中国专业作家作品典藏文库

中国专业作家作品典藏文库

石钟山卷

追逃

石钟山 著

中国文史出版社

目　录

战友 …… 1
敌情 …… 6
任务 …… 9
围捕 …… 18
刘春来和李林 …… 21
班长文夏 …… 26
战友 …… 30
华子 …… 34
处理 …… 38
结果 …… 48
老孟 …… 53
刘春来 …… 61
华子 …… 66
等待 …… 70
归 …… 76
大队长王伟 …… 81
老孟 …… 86

孟星 …… 95
华子和张桂花 …… 100
刘春来和华子 …… 104
结婚 …… 109
行动 …… 113
线人 …… 118
孟星 …… 124
业余侦探 …… 132
万家平安装饰公司 …… 137
跟踪 …… 142
生日 …… 147
寻找 …… 152
母亲和这个家 …… 156
老孟 …… 161
探亲 …… 167
假线人 …… 173
父与子 …… 180
生死一搏 …… 188
战友啊战友 …… 193
早产 …… 198
孤独的李林 …… 203
盯梢 …… 207
难舍难离 …… 213
李林 …… 227
老孟 …… 230

恋人 …………………………………………………………………… 234
孟星 …………………………………………………………………… 240
老孟 …………………………………………………………………… 246
孟星的爱情 ……………………………………………………………… 252
孩子 …………………………………………………………………… 256
进展 …………………………………………………………………… 261
父子相认 ………………………………………………………………… 265
孩子 …………………………………………………………………… 270
本案没有结局 …………………………………………………………… 275

战　友

南方的树林是湿的，李林和刘春来以及一个班的战友，在这片湿漉漉的树林里已经潜伏三天三夜了。

全班十一名战友，潜伏在十一处隐蔽物的后面，他们头上戴着草圈儿，身穿迷彩服，身前横卧着冲锋枪。他们面对着一条似有似无的羊肠小路，这条小路很少走人，杂草已经蔓延到了路面，如果不细心，很难发现这条小路。

他们潜伏在这里，是配合公安局抓一个贩毒团伙。据内线的可靠消息，山水市的毒贩老盂最近两天要进一批货，交易地点就是他们潜伏的这片林地。周围是一片葱茏的树木，山窝里有一片小湖，湖岸上有两块石头。这一切和内线提供的情报并无二致。

他们在这里潜伏了三天，毒贩并没有出现。一切都静悄悄的，静得世界似乎都不存在了，只有草虫嗡嗡嘤嘤地发出细碎的声响。

在潜伏点上，刘春来回头看了一眼身后的李林，他发现李林也在看着他。他咧开嘴冲李林笑了笑，李林也机械地咧咧嘴。他们就这么不时地对望一眼，然后又全神贯注地把注意力集中在那条似有似无的小路上。

这样的经历对他们来说已经不陌生了，甚至早就司空见惯了。

他们是武警边防支队的士兵，经常会配合公安机关抓捕非法越境者或毒贩，埋伏在某地，张开罗网，只等犯罪分子钻进来。一声令下，他们如同天降一般冲出去，打得犯罪分子措手不及。

每一次，他们基本上都是出师必胜。当然，也有落空的时候，潜伏个三天两天，最长时也有一周的，上面突然来了命令，就收队了。一行人心里空落落的，沉默着，似乎埋伏时的那种情绪仍在感染着他们。至于为什么收队，他们并不多问，问了也白问，这是上层的机密，谁也不会对他们说的。他们的任务只是配合公安机关的工作。

不论成功与否，他们都在完成着自己的本职工作。胜利了，回去后要会餐，开表彰大会，一连要热闹上好几天。参加行动的战友，该立功的立功，该受奖的受奖，所有的喜悦都挂在脸上。任务落空了，队里也会放上两天假，洗了澡，然后美美地睡上一天一夜，再起床的时候，人就又精神抖擞了。他们的年龄都在二十岁左右，身上有的是精气神。

副班长李林悄悄地爬了过来，他的潜伏地点离班长刘春来最近，这样安排，主要是为了方便交流工作。两个人隐身在一棵树后，李林就悄声说：咋还不来呢？

刘春来没有说话，从兜里掏出盒烟，抠出两支，递一支给身旁的李林。他们把烟拿在手里，放在鼻子底下使劲儿地闻一闻。埋伏是有规定的，吸烟的事是绝对不允许的。纪律规定不让吸烟，他们就只能闻一闻了。这样闻着，似乎也能缓解两人的烟瘾。

两个人闻着烟，眼睛却没有离开那条小路。

小路仍然静静的，似乎已经死了。

李林又小声地说：还能来吗？

他说这话似乎不是在问刘春来，而是说给自己听的。

刘春来没有说话，眯着眼睛，远远近近地望着前方。

刘春来和李林是同年兵，入伍前两个人是一个镇子上的，从上初中到高中都在一起。后来，两个人当兵后，又被编到一个班里。这种事说不上巧合，也说不上太多。

此时，两个人都即将当满四年兵了，四年兵已经是老兵了。四年的时间说长不长，说短不短，似一眨巴眼的工夫，但那是四年后回想时才有的感受。而眼下，两个人不仅眨巴了无数次的眼睛，香烟都闻了无数支了，毒贩还是没有出现。

天黑了，又亮了。亮了，又黑了。黑黑亮亮了三个轮回，约定的时间已经过去了，那条蜿蜒的小路仍静静的，仿佛已经不存在了。

在这静静埋伏的时间里，每个人的思绪似乎都处于一种空白，只有潜意识在自由地徜徉。这次执行任务和以前并没有什么两样，周围的环境、埋伏的时间段也都经历过无数次，他们不激动，也不紧张，就是新兵，在经历过几次这样的场面后，也不觉有啥稀奇了。

刘春来和李林这样的老兵，更是见怪不怪了。他们埋伏在这里，只是完成一次普通的行动。此时，他们还没有意识到，就是这次普通的行动，将影响他们的一生。

在大脑真空的这段时间里，思绪在自由地流淌，仿佛一下子又回到了家乡的小镇。

小镇的房子青砖青瓦，路面铺的是不太齐整的青石板，一切都是青灰色的。

在这条青石板的路上，连蹦带跳地走着华子。华子叫王华，家人和同学都喜欢叫她华子。华子爱笑，爱穿红色的衣服，人就显得风风火火的。华子是刘春来和李林的同学，年龄自然也就相差无几。

他们当兵前，华子考上了师范学院，现在已经毕业了。而后，李林和刘春来也当兵走了。

华子去师范学院读书的那天早晨，李林和刘春来都去送了，还有其他几个同学，华子的父母也去了。华子背着行李，提着一个箱子，穿一件红色的T恤，华子人很白，她的牙齿更白。华子在等长途车时，回过头冲送行的人说：我这就走了，以后常联系吧。

她这么说时，长途车还没有来，她面朝着众人，脸上眼里全是笑，最后，她把目光落在了李林和刘春来的脸上。两个人刚开始还都很矜持的样子，此时在华子目光的抚慰下，两个人都用力地把笑容绽放在脸上。

三个人也都年满十八了，男女之间的情感朦朦胧胧，一触即发的样子。在学校的时候，华子和李林、刘春来算是最要好的朋友，三个人的学习成绩也差不多，家又都在镇子上，上学放学的也总爱凑在一起。一晃三年，高中的学习就结束了，现在又到了分手的时候，李林和刘春来说不清此时华子的感受，反正他们两个人心里都有些空荡荡的，有一种无着无落的感觉。他们都想冲华子说些与众不同的话，还没想好，长途车就来了，轻盈地停在华子面前。华子轻盈地上了车，车子又一路昂扬地向前驶去。

华子把头探出车窗喊：再见了，常联系——

华子这句话似乎是对大家说的，又似乎是对李林和刘春来说的。

车驶远了，华子走了。人群也散了。

李林和刘春来仍望着那条伸向远方的路，思绪飞扬。

不知是谁先把目光收了回来，两个人你看看我，我望望你。

李林说：华子走了，今年秋天我就当兵去。

刘春来咽口唾沫，嘴里咕哝着：那我也去。

秋天的时候，两个人就一起当了兵。他们的部队是南方某省的武警边防总队。

敌　　情

武警战士和公安干警埋伏到第三天傍晚的时候，情况出现了。

此时的林地已经有些发灰发暗了，就在这时，蜿蜒的小路上出现了两个人，那两个人一高一矮，一前一后，影子似的一飘一晃地走来。

刘春来和李林身子一紧，瞬间的紧张感让他们浑身有些发抖。按理说，这样的抓捕对他们来说已经习以为常了，执行这样的任务是三天两头的事，但情况出现了，他们的身子还是发冷似的那么一抖。抖过之后，人立马精神了。整个树林没有一丝动静，有风吹过，树叶和草丝发出沙沙啦啦的声响，同时伴着由远及近的脚步声。

刘春来望一眼小路上的那两个人，又扫了眼埋伏在四周的战士，以及他们身后的公安干警。此时，所有人的目光，都集中在这条小路上。

一高一矮的两个人，走走停停，样子犹犹豫豫，似乎在试探，又似乎迷了路。终于，他们来到了那片湖水边，坐在水边的两块石头上。他们放下手里的箱子，用帽子扇着风，样子就像是两位旅行者不经意地走到了这里，坐下歇歇腿脚。

忽然，高个子站了起来，用手击掌，一连三下，击掌声在静谧的林地里显得突兀和仓促。这时，一个人闪了出来，那人手里提着箱子，箱子似乎很沉，人走得有些趔趔趄趄。

那就是毒贩老孟。为了抓老孟，公安局已经放了四年的长线。

据内线提供的线索，老孟在山水市毒贩中是个核心人物，贩毒的年头足有十几年了。

毒品刚流入山水市时，老孟就是参与者，由最初的星星点点，最后织成了一张深不可测的网，有的网还是老孟亲手织的，网织好了，他就撤了，在一旁看着，关键的时候也会利用一下。老孟对山水市这张毒网可以说是了如指掌。抓获他，对破获山水市的这张毒网关系重大。

老孟今天浮出水面，是意料之中，也是意料之外。老孟做事历来很谨慎，这么多年没翻船，原因是老孟这人不贪，人在江湖混久了，就知道哪儿轻哪儿重了。每一个贩毒的人都知道自己的下场，那是脑袋别在腰带上做这件事。人不精明，稍有差池，就会掉了脑袋。精明的老孟知道生命比任何东西都金贵，贩毒是为了过上好日子，要是命都没了，还谈什么好日子？因此，老孟把生命和欲望的辩证关系弄得就很清楚。

老孟一直把自己藏得很深，干活时从不招三唤四的，什么事都自己干。老孟的为人原则是，求人不如求自己。他历来是独来独往，自己的事干砸了，那自认倒霉；要是拉着别人一起干，风险就会呈几何级递增。他能管住自己，但不一定能管住别人。老孟做了这么多年的贩毒生意，之所以到现在还没被抓住，原因也就在于此。

这次要不是内线工作做得细致，老孟就又得逞了。

老孟的出现，意味着撒下了三天的网该收了。

就在这时，树林后一颗绿色信号弹腾空而起。这是收网的信号。

刘春来和李林一跃而起，埋伏在周围的战士和公安干警一阵风似的冲了出去。他们在这之前已经做过严格的分工。

刘春来带着两名战士负责抓捕那个高个子，李林还有另外两名战士负责矮个儿的，公安干警则对付老孟。

贩毒分子都是亡命徒，他们知道只要被抓住，自己必死无疑，所以每次他们也都做好了鱼死网破的准备——身上不是揣着剧毒就是缠满了炸药，情况不妙时，挥手间，就让自己逃到了天国。

当刘春来和李林带着战士把那一高一矮两名毒贩扑倒时，果然就在他们身上发现了捆绑好的炸药。

公安干警也把老孟拿下了。

老孟被拿下的瞬间，抬头望了眼天空，有两颗泪珠顺着眼角滚了下来，他喊了一声：老天爷呀——

这是一次普通的抓捕行动，看似和以往的抓捕并没有什么两样，甚至比以往还要顺利一些。然而，刘春来和李林的命运却在这一瞬间发生了变化。

任　务

刘春来和李林的命运发生变化，一切都缘于这次临时任务。

公安机关一下子抓获了三名贩毒分子，就连追踪了十几年的老孟也终于落了网。

押解老孟这样的重犯，公安机关自然很重视，追踪老孟而来的山水市公安局的干警只有五名，带队的是刑侦支队的王伟大队长。刑侦支队的人没想到这次真的能把老孟抓了个现行，显然，这结果有些出人意料。

五名刑侦人员要押解三名贩毒分子回山水市，果然有些难度。这里离山水市还有两天的路程，要是在押解过程中出了什么差错，谁也担不起这份责任。

大队长王伟就向边防支队求救，负责这次行动的是中队长邱豪杰。当刑侦大队长王伟提出让边防支队派两名战士协助押解这几名毒贩时，中队长邱豪杰的目光就在队伍中扫了一个来回。在这之前，中队长已经把队伍集合完毕，准备带下山去了。

公安局提出的要求合情合理，边防支队配合公安机关押解毒贩也在情理之中。当王伟大队长向邱豪杰中队长提出请求时，邱中队长其实根本不用扫那一眼，他心里早已有数了。这些朝夕相处的战士，他熟悉得不能再熟悉了，就是闭上眼睛，兵们这个长、那个短的他也了如指掌。

刘春来和李林不仅是班长和副班长，而且作为中队的骨干已经报请上级机关，将二人留队准备提干了。

中队长邱豪杰的目光落在刘春来和李林身上时，两个人的身体像被电流击中般猛地一紧。当邱中队长的目光再次逼紧他们时，两个人各自从队列里向前迈了一步，站在了邱中队长的面前。

邱中队长就笑了，为了心有灵犀，但很快他就把笑容隐去了，伸出手，左手搭在李林的肩上，右手搭在刘春来的肩上，手上用了些力气，然后低沉地说：协助公安人员押解毒贩的任务就交给你们了。

刘春来和李林的身子向上一挺道：放心吧，中队长。我们保证完成任务。

邱中队长看他们一眼，又说：一切听从公安干警的指挥，完成好任务，立即归队。

刘春来和李林的双脚响亮地磕了一下。

刘春来和李林随着公安干警的队伍就出发了。两个人负责押解老孟，他们用手铐分别铐住了老孟的左右手，同时也把自己和老孟铐在了一起，两个人一左一右地把老孟夹在了中间，只要自己人还在，犯罪分子就逃不掉。以前，两个人也配合过公安机关执行过任务，这样的情形对于他们并不陌生。

他们要翻过两座山，才能走到公路旁，那里有个小镇，公安机关的车就停在一家宾馆的院子里。

老孟其实并不老，也就是四十多岁的样子。单从外表上看，老孟一点也不像贩毒品的人，他长了一副和善的面孔，看人时似乎总是在笑。然而，就是眼前这个人，却是山水市贩毒网中的一个核心人物。

老孟贩毒的年头有十几年了，从一开始，老孟就进入了公安局的视线，可惜的是，老孟这人太谨慎了，谨慎得公安机关一直没有抓住过他的把柄。有一度，公安机关的人甚至都怀疑起自己的判断了。

老孟做任何事都只相信自己，在这张毒网中也总是独来独往。他不想把贩毒这事闹大了，那是掉脑壳的事，因此，他没有做成大毒枭，反而把自己隐藏起来，藏得越深越好。一年出手就干上那么一两次，几年的花销就都有了。但他对山水市道上的事太清楚了，谁进了多少货，又出了多少货，货源是哪条道上的，他都一清二楚。道上有许多人相继落马，唯有他是一棵常青树，从来没湿过鞋。

有许多新入道的人，都要来他这里拜码头，其实来的人也并不知深浅，都说老孟在山水市有一号，但这号是怎么来的，没人能说得清楚。但按规矩还是得拜码头，每次有人来找他，让他引引路，他总是不显山不露水的，别人把一些头抽给他，他也接过来，然后说些含混的话。来人听了也是云里雾里的，有些团伙的头目隔三岔五地向老孟进贡，老孟也照收不误。他在每个团伙身上只收那么几次，从不多收。这是老孟的性格使然。也有一些团伙并不把老孟当回事，见到老孟哼哼哈哈，甚至连眼皮也不抬一下，老孟不说什么，只是笑一笑。没过多久，这个团伙就有人落网了，然后是作鸟兽散。

老孟隐得很深，表面上他什么也不怕。他的真实身份是装修公司的老板，老孟的装修公司也不大，干一些有油水或没油水的装修工程。老孟经常出现在装修现场，穿一件不起眼的工作服，手里拿把尺子，这里量量，那里看看，然后说一番关于风水之类的话，弄得看似科学又很玄妙的样子，许多客户都愿意找老孟来做装修。

老孟按照合同该交活交活，该接活接活。装修市场很乱，经常会有一些装修带来的纠纷，闹到打官司的也不在少数。老孟从来不会让自己的公司出现这样的局面，大事化小，小事化了，以和为贵，大不了挣不到就不挣了，拍拍手，笑一笑走人。老孟在装修市场上的威信很高，承接的活也就不少，没个闲下来的时候，老孟就一副日理万机的样子。

在人们的印象里，老孟不可能是毒贩，甚至连违法乱纪的事都不可能去做。老孟知道山水市这条道上的事情很多，他从不和那些混得很深的人打交道，认识归认识，但从来不会打交道。那些入行浅的，知道老孟在圈内有一号，但也没什么证据，只是听说而已，就是翻车栽进去了，想咬一口老孟都不知从何下手。然而，老孟却对山水市所有环节上的事都一清二楚，每一笔账也都在他的心里记着呢。老孟这么做不为别的，就是为了知己知彼，这是道中人取胜的法宝，也没别的什么用意。

老孟在山水市的道上藏得很深，且又八面玲珑，这么多年没让公安机关抓住过把柄，公安机关只是怀疑罢了。这次抓获老孟，公安机关的内线起到了至关重要的作用，据说是花了四年的时间，潜入到老孟的装修公司，才通报了老孟这次接货的时间和地点。

这次人赃俱获，抓了老孟的现行，想抵赖也没法逃脱。抓捕老孟不在于抓一个老孟本身，也就是说，抓捕老孟就等于起获了山水市的这张毒网。只要老孟交代了那张网，也就是公安机关真正收网的时候了。

老孟终于被抓获了，所有办案的干警都松了一口气。接下来的任务就是押解老孟归案。

翻过两座山才能到达停车的地方。山路人可以走，车是进不来的。老孟走起山路显得很虚，走几步就要停下来歇会儿，让刘春来或者李林给自己点一支烟。他叼着烟，眯着眼睛，望着远方，似乎在想着什么，又似乎什么也没有想。

王伟大队长不断地催促老孟上路，老孟才不情愿地把嘴里的烟吐掉，懒洋洋地上路了，一边走一边嘟哝着：有什么可急的，抓都让你们抓了，还急什么？

老孟这么拖延着时间，刘春来和李林也没有更好的办法，他们只能拖拽着老孟踉踉跄跄地顺着山路往前走。

又一次停下来的时候，老孟喘着气对刘春来和李林说：两位小兄弟，辛苦你们了，让你们和我一样受苦。

刘春来和李林就仔细端详起眼前的老孟，老孟也就四十出头的样子，人有些文气，目光看起来是柔和的，但往深里看，里面却有一种很冷的东西不停地往外冒。

这是李林的第一印象，他再往下看去，后背竟有了一丝凉意。不知为什么，他看了一眼老孟的目光就有了这种感觉。他看了眼刘春来，刘春来没有看他，刘春来的目光透过树林向很远的地方望着，那目光飘飘抖抖。李林一望见刘春来的目光，心里就阴晴雨雪的不是个滋味。他知道，刘春来又在想华子了。刘春来一想华子，目光就变得飘飘抖抖，李林的心就有种被人揪扯的感觉。

李林把一支烟递给刘春来，又递一支给老孟。老孟叼着烟，看着左右手上的铐子，就说：两位小兄弟，能不能给我解开一个，我吸支烟、上个厕所都不方便。放心，我不跑，跑也跑不了，再说我往哪儿跑？让你们抓住了，我就没想过跑。

刘春来把目光收回来，瞟一眼老孟，又瞟一眼，然后说：这事我们说了不算，给你松铐子得公安局的领导说。

公安局的几个干警正押解着另外两个人在前面不远处的地方歇着。他们押解犯人时也是这样，根本没有松开犯人手铐的意思，刘春来和李林自然也不好说什么。老孟只能这么难受地和两个人铐在一起。再翻过一个山头，就上公路了，上了公路一切就都好办了。

从这里到山水市还有三百多公里，如果是高速公路，三百多公里也就是三个小时的事，这里是山路，车子在路上绕了半天，却还在这座山上转呢。

刘春来和李林就是坐在公安局的车上，也是一左一右把老孟夹在中间，每个人的一只手也都和老孟的手铐在一起。一位公安干警开着车，另外一位干警坐在副驾驶的位置上。

公安干警和武警官兵一样，在林地里潜伏了三天，在这三天的时间里，他们最好的休息就是打个盹儿。人都是肉长的，这种困倦和疲惫便可想而知了。刘春来和李林从上车那一刻，眼皮就开始打架了，两个人为了身边的老孟也都在硬撑着。

如果不出现什么意外，他们就这么撑一撑，咬咬牙，天亮时分也能撑到山水市，把嫌疑人交给公安局，两个人也就顺利完成任务了。那时，他们最大的愿望就是立马找到一张床，躺上去，睡上个三天三夜。此时，他们脑子里出现最多的就是床了。

结果，意外还是发生了。前面的一辆车为躲避从山上滚落到公路上的一块石头，一个急刹车，后面的车在高速行驶中就与前面的车追尾了。因为是下山的路，车速都很快，车损坏得就很严重，水箱也开始漏水了。

刘春来和李林是在迷糊中惊醒的，他们醒来的第一时间就意识到出事了，下意识地用手去抓身边的老孟，发现老孟还在，这才松了口气。老孟似乎倒是很清醒，轻描淡写地说：追尾了，没什么大不了的。

车没法再开了，他们只能从车上走下来。大队长王伟一边给家里人打电话，让派车来救援，一边组织公安干警押解着三名嫌疑人徒步往前走。夜半三更的，人又不能守在山路上，最积极的办法就是往前走了，两个干警留下来看车，其余的人一起深一脚浅一脚地往前赶去。公安干警人本来就不多，王伟大队长只能带着两个干警押解着另外两个嫌疑人。出发时，王伟大队长走到刘春来和李林的面前，拍了拍两人的肩膀，低声道：辛苦你们了，咬咬牙，明天早晨接咱们的车就到了。

接下来，一行人一脚深、一脚浅地踏上了山路。此时已是夜半时分，王伟大队长打着手电在前面引路，他们靠着山边小心地走着，另一侧就是深不见底的山崖。步行的这段路程，所有的人都变得小心翼翼。

走到山脚下的时候，出现了一个不大的小镇，路边立着一栋二层小楼，上面写着旅馆的字样。一行人眼前一亮，如同沙漠中的行者看到了一眼清泉。刘春来和李林看到旅馆就像看到了床，脚步也开始有些踉跄了，思维也有些迷糊。

王伟大队长走到现在似乎也有些穷途末路了。他站在旅馆门口犹豫了一下，又拿出手机看了眼时间，再回过头，看了一眼押解的犯人和公安干警，终于做出了决定：为了安全，今晚就住在这里，然后让公安局的车到这家旅馆来接他们。因为他知道，即便坚持着走下去，就是走到明天这个时候也不一定能走出大山，与其这样，还不如以逸待劳，等待援军的到来。王伟大队长这么决定之后，又给家里打了电话，通报了旅馆的名字和大致的方位。

一个迷迷糊糊的村姑打开了两个房间，当她转身看到锃亮的手铐和被铐的人时，惊叫了一声，捂着嘴，跑回到值班室，很响地关上了门。

刘春来和李林被安排到了最里面的房间。房间里的床刚好有三张，靠窗旁有两张，门口一张，还有一张桌子、两把椅子，桌子上放了台老掉牙的电视机。

他们一进门就把老孟铐在了床上。老孟长吁了一口气，躺在了床上。

刘春来躺在门口的床上，李林的床在老孟的对面，靠着窗。灯是开着的，电视也打开了，里面正演着一出没头没尾的古装剧。

安顿好之后，王伟大队长过来检查了一番，另外两名犯罪嫌疑人也和公安干警住在靠外面的一个房间里。

王伟大队长交代说：都累得够呛了，你们俩也轮班休息一下，只要有一个人醒着就行。我在走廊里安排了一个人值班，你们也抓紧休息吧。

说完，大队长就走了。

刘春来搓了把脸说：李林，你先睡，我看会儿电视，到时我叫你。

李林的眼皮真的是睁不开了，听了刘春来的话，他下意识地看一眼老孟。老孟躺在床上，早就闭上了眼睛，他的一只手被铐在了床头。

李林这么看了最后一眼，一歪头，就睡了过去。

刘春来看了几眼电视，就打开门走了出去，在走廊里他看到了王伟大队长。王伟大队长搬了把椅子坐在两个房间的空地上，深深浅浅地抽着烟，杯子里还泡了很浓的茶水，一副和自己死磕的样子。王伟大队长冲他点了点头，刘春来也点点头。他去了趟洗手间，最后就走回到自己的房间，电视仍然开着，电视剧仍不知疲倦地演着。

刘春来本想就这么一直坐下去，可老孟和李林的鼾声此起彼伏地响着，他的眼皮有些发沉，刚开始，他挣扎了两下，又挣扎了一会儿，不知什么时候，一股巨大的睡意迎面扑过来，头一歪，人就毫无知觉地睡了过去。

还是李林先睁开了眼睛，他的潜意识里是要替换刘春来的。他在梦里已经挣扎好几次了，可就是没能睁开眼睛。眼睛终于睁开了，他先是看到了闪着雪花的电视，又看到了歪在床旁的刘春来，接下来，他大吃了一惊——老孟的床是空的，只留下了床头那只手铐。窗子被打开了一半，此时的窗外已经发白了。

李林大叫了一声：老孟跑了！

他的叫声惊醒了刘春来，同时也惊动了王伟大队长。他们同时看到了老孟那张空荡荡的床。床上一个亮闪闪的东西吸引了众人的目光，王伟大队长小心地把那东西拿起来，竟是一枚被抻直了的曲别针。小旅馆的窗帘就是被这种曲别针挂起来的。

围　捕

中队长邱豪杰带着战士们赶来的时候，天已经大亮了。

刘春来和李林已经漫山遍野地搜索老孟了。两个人站在山顶，望着公路上闪着警灯的一辆辆警车，心里一阵说不出来的难受。

他们恨不能立刻把老孟抓捕归案。根据判断，确定老孟逃跑的方向后，他们追了一气，又追了一气，结果连老孟的影子也没有看到。

邱豪杰带着中队的战友赶来的时候，漫山遍野都是搜捕的队伍，通向山外的路口也都设了检查站。按理说，老孟就是插翅也难逃得出去，结果却是老孟就像蒸发了一样，无声无息。

邱豪杰中队长看了两人一眼，又看了一眼，刘春来和李林只看了眼中队长责怪的眼神，就低下了头。

中队长"唉"了一声，便没再说话，指挥着队伍向一片树林搜了过去。

两个人望着中队长消失的背影，真想哭出来。

此时两人已经彻底清醒了过来。他们刚从旅馆里清醒过来时，简直不敢相信眼前的一切竟会是真的。他们从开着的窗子跳出去，只看到了老孟留下的一串脚印。老孟是跳窗而逃的。他们在没有接到王伟大队长命令的情况下，就追了出去。

这里除了一条盘山公路就是大山，老孟不可能上公路，那样很容易暴露目标，他只能往山里跑。两个人在判断后，便向山里追了过去。可茫茫大山，无尽无头的样子，哪里有老孟的影子呢？

后来，又有许多武警部队加入到了搜山的队伍中，作为第一梯队的两个人，已经接到了下撤的命令。他们已经在山上又搜了一天一夜，全中队的人连抬脚的力气似乎都没有了。在后续的部队上山后，他们只能后撤了。

当刘春来和李林接到撤退的命令时，眼泪就不可遏制地流了下来。

刘春来哑着嗓子，冲邱豪杰中队长说：中队长，让我们留在这里吧。

李林也说：中队长，贩毒嫌疑人是从我们的手上逃走的，抓不住他，我们的心不安。

邱豪杰看了眼自己的两个兵，心里有种说不出的滋味。他的眼睛都红肿了，从潜伏到现在的搜山，已经连续五天五夜了，在这五天五夜的时间里，他们没吃好过，更没有睡过，也就是打个盹儿，结果还是出事了。两个兵在中队长的眼里是优秀的，当兵这几年，执行这样的任务也无数次了，两个人都立过功，在中队长的心里，押解这样的重犯，他们俩是不二人选。邱中队长也没有料到会出这样的事。他们的任务虽然是配合公安机关，但毒贩毕竟是从他们的手上逃掉的，这实在是种耻辱。

李林和刘春来更加感到耻辱。当战友们再出现在他们身边时，没有人责怪他们，邱中队长只用目光扫了两人一眼，鼻子里不满地“哼”了一声。但就是这样，两个人的心里似被十磅的铁锤，重重地砸了一下，又砸了一下。

当两个人请求邱中队长继续留下搜山时，邱中队长想都没想地说：不行，执行命令，撤——

两个人只能无奈地随着队伍下山了。他们下山时，仍有源源而来的队伍加入到搜山的行列。

两个人知道，在这上千人的搜山队伍中，多他们两人少他们两人无足轻重，他们想留下，其实也就是让心里踏实一些。他们想第一时间听到老孟被抓到的消息，只有那时，他们悬着的一颗心，才能真正地踏实下来。

他们一步三回头地下山了。直到上了卡车，车子启动后，他们仍向一座连着一座的山回望着。

两个人这时多么希望得到老孟被抓到的消息呀！

两颗沉重的心随着盘山公路起起伏伏着。山路渐行渐远，一切都在他们焦灼的视线里模糊了起来。

刘春来和李林

刘春来和李林注定要走在一起，然后，又生出许许多多的故事来。

那年秋天，他们一同送走华子，随着华子所乘的长途车的远去，两个人的心里都空落落的。华子离开家乡去远方上学，人走了，也把两个人的心带走了。他们从小到大还没有离开过小镇，小镇以外的世界是什么样子，他们不知道。即便有所了解，那也是通过电视机看到的。电视里呈现的所有事物都是虚的，他们看得见，却摸不到。于是，两个人一起决心参军，也只有参军，他们才可以离开小镇，远走高飞。

他们当初下决心参军，并没有别的想法，只想远走高飞，像华子一样离开小镇。

那年秋天，到小镇来接兵的有两拨人，一拨是省军区的，还有一拨是武警部队的。

参加什么部队，他们心里也没有数，就去找人了解情况。他们报名之后，镇里的武装部长给这些报名的青年开了一个会，武装部长说：省军区就是不用出省，在自己的家门口当兵。武警部队是边防警察，要去边境执勤站岗。

武装部长还说：你们都是有志青年，去省军区当兵，我高兴。去武警部队，我跟着光荣。

刘春来一开始就下决心报名参加武警部队。几年前，他在电视里看过一个纪录片，一群武警战士和公安干警追捕一名逃犯。逃犯带着枪和炸药，埋伏在一块巨石后负隅顽抗，最后，被武警的狙击手一枪击毙。他还看过许多类似的片子，讲的也都是些武警配合公安，一举抓获犯罪分子的内容。刘春来每当看到这样的画面时，都一副热血沸腾的样子，在他的印象里，和平年代，只有武警部队才能有机会真刀真枪地实战。那时，他就下决心，要参军就一定要当武警。这次，他没有犹豫，就报名参加了武警。

李林也是有想法的，他想去省军区当兵。武装部长已经介绍了，参加省军区就不用出省了。他不想出省是因为华子，华子现在在地区的师范学院读书，离小镇并不远，坐长途车也就是两三个小时的车程。李林那时候想，说不定他也会分到市里，那就离华子更近了，说不定周末的时候还能见到华子。

李林的这些想法自然不好和刘春来说，他们和华子都是同学，李林能感受到刘春来一见到华子，话就特别的多，有时还妙语连珠。华子听了就不停地笑，很高兴的样子。李林在心里暗自喜欢华子已经好几年了，他自己也说不清楚是什么时候开始喜欢华子的，也许是上高中开始，也许是上高中以前。总之，华子在他心里早早地就占据了一份重要的位置。

李林和刘春来两个人在一起时，谁都不说华子，仿佛根本就不认识她，或者这人从来就不曾存在过。他们嘻嘻哈哈，说些漫不着天儿的话题，仿佛华子是他们心中的禁地，不容侵犯。

看到刘春来报名参加武警部队，李林心里有种异样的感觉，他冲刘春来说：武警部队好，那里锻炼人。

刘春来不解地望着他问：那你为什么不到武警部队来？

李林厚道地笑一笑说：我不想去那么远，我想在家门口当兵。

刘春来的样子就很失落，但他还是动员着李林：去武警吧，咱俩在一起还能有个伴儿，相互照应着，也许进步能快一点。

李林也希望能和刘春来在一起，可他心里已经有华子了，他去边防当武警，就会离华子很远，那样，他的心里就会发空。他舍不下华子，最后，他还是报名参加省军区的招兵。

接下来，他们就开始体检，然后等待入伍的通知。

当李林接到入伍通知书时，才发现竟是武警部队发送的。他拿到入伍通知书时，刘春来找到他向他告别：李林，我去武警部队了，明天就走。我到了边防后会给你写信的。

直到这时，李林才把自己的入伍通知书展开，冲刘春来说：我也是去武警当兵。

刘春来吃惊地瞪大了眼睛，说：怪了，你不是要去省军区当兵吗？

李林这时已经在心里跟华子作了告别，他认命了，这时他才觉得当什么兵并不重要，重要的是，他当兵了。

刘春来仍皱着眉头分析着：会不会是搞错了？你快去武装部问一下。

李林淡淡地说：武警就武警吧，咱们还可以在一起，也不错。

直到入伍后，李林才知道自己来武警部队的真正原因，是省军区招兵的名额满了，他就被划到了武警部队。阴差阳错地，两个人就又走到了一起。

真正到了武警部队，他们才知道一切并不像他们想得那么简单。

他们会经常执行这样或那样的任务，有时是配合公安局，有时是独立完成。每次去执行任务，中队都会选派一些骨干。刚入伍的时候，他们只有训练的份儿，训练很单调，也很苦，从基本步伐和队形训练起，这一点和所有的部队没什么两样。接下来，他们就开始了更加艰苦的专业训练，爬楼上房的，练潜伏时最难熬了。在密林深处，趴在原地一动不动，一待就是几个小时，不管蚊虫怎么叮咬，也不许动一下。然后，就是更加艰苦的越野训练，速度要不停地加快，奔跑的距离也在不停地延长，山路上不知洒下了他们多少汗水。

刘春来以前对武警的理解此时已发生了根本性的转变，艰苦而枯燥的训练早将他对边防武警风光、刺激的浪漫想象远远地丢到了天外。

刘春来和李林住上下铺，刘春来在下铺，李林是上铺。他们训练回来就一头扎在床上，就连吃饭，也不想从床上下来，似乎连走到食堂的力气也没有了。

他们的班长叫文夏，文夏班长那时已经是士官了。每到这时，文班长就站在宿舍门口，大声地喊：都起床，马上起来——

服从命令是军人的天职，他们从床上东倒西歪地站到地面上。

文班长手一挥，喊：吃饭——

说完，率先走了出去。战士们随着班长走到门外，列队站到班长面前。

文夏是嘴上刚长出绒毛的小伙子，入伍已经四年了。当满四年兵的文夏班长已经是个合格的军人了。他们这批新兵，从老兵的嘴里知道，文夏是个传奇式的人物，他立过三次功，两次三等功，一次二等功。文夏击毙过两名犯罪分子，还徒手扒火车，在火车上抓住过两名逃犯——这一切光环都笼罩在文夏的身上。他们敬仰文夏，觉得班长文夏离自己那么近，又那么远。

文夏看着蔫头耷脑的这些兵就有些不高兴，他带头唱起了军歌。刚开始，大家唱得很不带劲儿，有种完成任务的感觉，但唱下去，就觉得力气又一点点地回到了自己的身上。歌唱完了，他们也一个个昂首立在班长文夏的面前。

文夏这回笑了，他点点头说：这才像我的兵。

然后，一声令下，战士们开始向食堂进发了。

班长文夏

班长文夏和他的名字一样，个子高挑，长得有些秀气，可以用英俊潇洒来形容。平时话语不多，但他的身上却充满了军人的果敢和力量。

在新兵连的时候，文夏就是刘春来和李林的班长。两个人第一次见到班长文夏时，就被文夏身上的一股劲所吸引，他们不由自主地把肩膀挺了起来。总之，只要和文夏在一起，不由得你不把肩膀挺起来。表面上看着秀气的文夏，其实骨子里非常军人。

刘春来和李林来到中队半年以后，他们第一次执行任务，就是由班长文夏带队。

那是个雨季，山里的丛林到处都是湿漉漉的。南方的丛林，别说是雨季，就是平时也是潮热难当。他们潜伏在一棵大树后，被他们锁定的目标仍是越境的贩毒分子。

那次，他们在丛林里潜伏了两天两夜，手上、脸上抹了厚厚一层驱蚊剂，仍摆脱不掉毒虫的骚扰和叮咬。那真是难挨的两天两夜。

班长文夏似乎对这一切已经习以为常，趴在那里后，便一动不动，唯一活动的就是他的一双眼睛。

刘春来和李林第一次执行任务，处处都觉得新鲜，一路上，这儿看看，那儿瞅瞅，还没到潜伏点，两个人就拼命地小便，一会儿一趟。到了潜伏点，当班长文夏发出各就各位的命令时，两个人仍感到有尿意。他们在草丛里不停地扭着身子，怎么趴都觉得不舒服。文夏就一次次地回过头。文夏的目光是严厉的。他们感受到了班长的目光，渐渐地安静了下来。两天两夜，他们除了吃饭、上厕所之外，从来没有离开过潜伏的位置，静静地等待着目标的出现。

第三天中午的时候，目标终于出现了，就在贩毒分子交易的时候，公安局的首长下达了命令。

刘春来和李林想随着这声命令一跃而起，却看到班长文夏早已一下子冲了出去，像一只蹿出林地的豹子。

刘春来和李林冲了几次，都没有站起身来，长时间的潜伏让他们的手脚都麻木了，别说冲，就是站都站不起来。

当公安局的人和文夏把贩毒分子制服后，两个人才一歪一扭地跑过来，文夏回过身子，轻轻地看了两人一眼，两个人的头立马垂下了。班长带他们来执行任务，他们却没有给班长长脸，只能深深地埋下头去。

执行完任务回来时，两个人一直不说话，文夏就拍拍这个，捅捅那个，说：我知道你们这次冲不出去。

两个人抬起头，惊讶地望着文夏。

文夏没有去看他们，嘴里说着：我第一次执行任务时，也没有冲出去。

两个人望着文夏的目光就异样起来，搞不清班长文夏是在安慰他们，还是真的。

文夏肯定地说：真的！我没骗你们。潜伏也是一种功夫。

直到成为两年兵时，他们才意识到文夏这句话的含义。

在他们所在的这支队伍里，第一次执行任务冲不出去的例子有很多，原因也是多方面的，保持一个姿势时间长了，身体麻木是一方面，还有就是紧张造成的，中枢神经不听指挥了。

从那以后，他们再也没有发生过这样的事情。在以后执行任务时，他们一直跟随在班长文夏的左右。

文夏从来没有过多地责备过他们，只是用自己的行动感染着班里的每一位战友。

文夏在执行一次不起眼的任务中牺牲了。那一次的任务很平常，文夏带着全班的人在边境上巡逻执勤。他们走在一个岔路口时，发现两个形迹可疑的人，上前盘查时，一个人掉头就跑，被文夏一把揪住了。因为可疑，文夏坚持要对其进行检查。

其中的一个人就说：有什么好检查的，我把衣服脱给你看就是了。

那人就把衣服脱了，赤裸的上身绑满了炸药，凭经验文夏知道，这是两个亡命的贩毒分子，成功与失败就是转瞬间的事。毒贩以为这样就能把文夏镇住，那人一边往后退着，一边喊道：别过来，你们别过来——

他在退出几步后，转身想逃时，文夏像一只敏捷的豹子，一跃冲了出去，旁边的战士还没有反应过来，文夏已经把那人扑倒在身下。

文夏倒地的一刻喊了声：别过来，趴下——

在班长文夏发出命令的同时，全班的人都就地卧倒了，他们执行班长的命令完全是下意识的。就在战士们卧倒的瞬间，只见文夏的身子底下冒出一缕青烟，紧接着，“轰”的一声，眼前就被一股浓烈的烟雾所包裹了。

文夏牺牲了，而且就倒在自己的眼前，这对刘春来和李林来说还是第一次。

当全支队的人给文夏班长举行追悼会时，看着文夏的遗像，刘春来和李林恍似在做一场梦，当梦醒了，文夏班长仍会像以前一样真实地站在他们中间，和他们一起训练，执行任务。

文夏的未婚妻也来了，她手里捧着文夏的遗像，两眼红肿地看着每一个从她眼前走过的战士，似乎想从文夏的战友身上捕捉到文夏生前留下的气息。不知为什么，刘春来和李林同许多战友一样，在班长文夏的追悼会上却没有哭出声来，脑子里始终空茫一片，似乎他们的悲伤、哀痛还没有达到顶峰。

追悼会结束之后，全班战友来到营区后的小树林里，这是他们经常聚会的地方。

他们又像往常一样，以为班长文夏会站在他们中间，可这次中间空荡荡的。不知是谁说了一句：班长不在了。直到这时，战士们似乎才醒悟过来，抱在一起，放声大哭起来。

也就是那一次，刘春来和李林感受到自己真正地成熟了，他们是个兵了。

战　友

当刘春来和李林当满一年兵后，他们才真正地感受到当兵的滋味，感受到战友这个称谓意味着什么。当满一年兵后，他们进入到了一种当“兵”的境界。

一次，他们得到情报，一批境外的贩毒分子武装押运一批货物要进行交易，地点不太明确，时间也比较模糊。那一次，他们在丛林里进进出出，一直埋伏了十几天，贩毒分子才出现。这伙人骑着摩托车冲过来。埋伏地点在山上，等他们冲下来的时候，贩毒分子也发现了他们。这是一伙真正的亡命之徒，见正面有埋伏，掉转摩托车向回冲去。这是一伙游荡在边境线上的幽灵，经常这样进进出出，已经有好长时间了。没想到，这次公安机关和武警早有准备，断了他们的后路，无路可逃的贩毒分子跳下摩托车，端起了早已准备好的枪，十几个人分不同的方向向林地里跑去。

刘春来和李林两人一组，尾随着一个贩毒分子追了过去。贩毒分子一边射击，一边向前跑去。见贩毒分子射击了，他们也开始还击，这样打打停停，大大影响了两个人追赶的速度。那个毒贩对这里的地形显然要比他们熟悉，从这儿窜到那儿，一连追了一个多小时，毒贩仍然在前面奔跑着。就在他们的子弹射完后，毒贩的枪声也停了，没有了子弹的三个人，一人在前，两人在后，气喘吁吁地在林地狂奔着。他们几乎都能听到对方粗重的喘息声了，渐渐地，他们远离了追捕的人群。刚开始，他们还能听见战友们追赶毒贩的喊声和枪声，现在，这一片丛林里只剩下他们三个人了。那个毒贩显然没有意识到这两个边防武警战士这么难缠，这么长时间也没把两个人甩掉。毒贩忽然停了下来，从怀里掏出几沓钞票，喘着气说：兄弟，这里没别人，放我一马，我身上的钱全给你们，然后你们复员回家，过好日子去。说完，把几沓钱扔了过来，接着又从身上掏出几沓也扔了过来。

那一刻，刘春来和李林对视了一眼，迎着扔过来的钱，直奔毒贩扑过去。毒贩见这招不灵，又向前跑去，边跑边说：我就没见过你们这样的，追上我有什么用？顶多立个功，管屁用！我给你们的钱你们一辈子也挣不到。

毒贩有些跑不动了，他跑得跌跌撞撞、踉踉跄跄，刘春来和李林也跑不动了，样子并不比毒贩好到哪里去。毒贩在射光子弹后，枪也扔掉了，他们俩却不能把枪扔掉，仍沉甸甸地挂在身上。远路无轻载，此时的枪成了他们最大的障碍，贩毒分子就在他们几步远的地方跑着，他们却没有扑过去的力气了。他们咬着牙坚持着，坚信毒贩跑不动了，会一头栽倒在那里。跑了一气，毒贩把手上的手表扔了过来，说：这可是瑞士表，值十几万呢！

那只明晃晃、沉甸甸的表，在两人面前落下来，砸在草丛里。两个人仍气喘吁吁地向前追着，毒贩这时干脆把手上的戒指取了下来，举在手里说：兄弟，这可是钻戒，几十万啊！看好了，我可扔了。

毒贩手一扬，钻戒从两个人的头上划过来，无声无息地落在草丛里。

毒贩仍在跑，他回头看时，见那两个人仍在后面穷追不舍。

毒贩踉跄了一下，终于跑不动了，他扶着一棵树，“刺啦”一声，把上衣扯开了。

毒贩突然停下脚步，后面的刘春来和李林也一怔，停了下来。

毒贩靠在树上，拍着缠在怀里的炸药，气喘着说：你们上来吧，咱们同归于尽。

引爆的拉环就在毒贩手里攥着。对于毒贩这些惯用的伎俩，他们听说过，也见过，几个月前班长文夏牺牲时的情景又浮现在他们的眼前。两个人一下子呆怔在那里，毒贩有些得意，狞笑着说：我们这些贩毒的，脑袋可是别在腰带上，现在死也就是个死，让你们抓住了，也是个死！你们要是想死就过来陪我，老子够本儿了；不想死，就好好地活着，离我远远儿的。

毒贩靠着树干坐了下去，说：我数三个数，你们就撤，否则我就引爆了。

就在这时，不知为什么，刘春来踢了一脚李林，李林一下子就栽倒了，刘春来大叫一声，向毒贩扑了过去。毒贩下意识地向外滚动了几圈，拉响了怀里的炸药。

一声轰响过后，李林摇摇头爬了起来，他看到毒贩早已被炸得支离破碎，刘春来正满身是血地躺在草丛中。直到这时，他才明白刘春来为什么要狠狠地踢他一脚。他大叫一声，向刘春来扑了过去，当他把刘春来抱在怀里时，心里只有一个念头，那就是拼了命也要把战友背出丛林。

奔跑了这么久，脖子上挂着两支冲锋枪的他不知哪来的力气，猛地把刘春来背到了背上。刘春来身上的血，顺着李林的脖子点点滴滴地流下来，那每一滴血仿佛都是他自己的心在流血，他一遍遍地喊：春来，你不能死！你千万不能死！

李林摔倒，又爬起来；爬起来，又摔倒。他背着刘春来跌跌撞撞地向前奔跑着。这期间，刘春来一直昏迷着。

快到中午的时候，他们才来到一条山路上，那是他们进山的路，部队也正在寻找他们。刚上路，战友就发现了他们。刘春来大难不死，被及时地送到了医院，但因失血过多，需要输血。那次，全支队的人排起了长队为刘春来献血。

刘春来终于被抢救了过来。按医生的话说，刘春来再晚到半个小时，就没救了。

是李林的拼死相救，让刘春来重新活了过来。当两个人在病床前紧紧握手的那一刻，刘春来眼里含着泪花，哽咽着说：李林，谢谢你。

李林笑一笑说：我还得谢你呢！要不是你踢我那一脚，我说不定就留在丛林里了。

两个人说到这儿，握在一起的手又紧了一下。

那次，刘春来立了二等功，李林也立了三等功。武警部队和公安机关的收获也很大，一直猖狂的贩毒敢死队终于被一网打尽。总之，那是一次漂亮的歼灭战。如果刘春来不受伤住院，战斗应该可以用完美来形容了。

福兮祸兮，当然了，如果刘春来不是负伤住院，华子也不会过来看他。没有了医院的那段经历，也许就没有了后来的故事。华子的出现，为以后的故事设置了一个悬念。有些事情从表面上看，几句话就能说得清，可当华子处在刘春来和李林中间时，好多事情就变得复杂、微妙起来。

华　子

华子来看负伤的刘春来时，已经在读大二了。

经过大学熏陶的华子已经出落成风姿绰约的大姑娘了，她的发型也由原来的马尾变成了披肩长发，人就显得妩媚了许多。

华子赶到武警医院的时候，刘春来已经转危为安，好在没有伤到骨头和要害部位，经过输血，气色也好了许多。刘春来的事迹通过报纸、电台被宣传了出去，家乡的一家报社还派人到医院，对刘春来进行了专访。华子就是在报纸上看到了刘春来的事迹，正在放暑假的她匆匆从家乡赶了过来。

华子突然出现在病房里，不仅李林吃惊，刘春来在床上也张大了嘴巴。是李林先看到走进门来的华子，虽然一年多没有见到华子，华子此时的样子也是今非昔比，但他还是一眼就认出了华子。他的心猛然跳了几下，脸色由白转红。最初的一瞬，他以为华子是来看他的，他站起来，张口结舌地说：华子，你……你怎么来了？

华子轻轻地笑了一下，华子的笑很有感染力，整个房间似乎都灿烂了起来。

华子用手抚了一下额前的刘海儿，说：我怎么就不能来？我是来看看你们这两个功臣。

那时，刘春来的二等功和李林的三等功已经批了下来。当初，李林当兵不想离开本省正是为了华子，这是他的心事。他喜欢华子已经不是一天两天了，高中毕业前，他曾暗地里给华子塞过纸条，纸条上写的都是些爱慕的话。李林写这张纸条时并没有署上自己的名字，但他想，华子对他的笔迹应该是熟悉的，他们前后桌地坐着，还经常一起做题、复习。但不知为什么，华子却一点动静也没有，像没事人一样。那些日子，李林却不像华子那么轻松，他一见到华子就心跳加速，不知说什么好，红头涨脸的，一直到参加完高考离开了学校。后来，在分数还没有下来之前，李林和刘春来在小镇的街上又见到了华子。

华子的一双眼睛依然澄澈，确切地说，正是华子澄澈的眼睛吸引了李林。他每次想起华子时都是由那双眼睛开始的。他一看见华子的眼睛便六神无主，心慌不已，也就是这样一双眼睛伴着李林度过了蠢蠢欲动的青春期。

李林没能如愿地在省军区当兵，却成了一名边防武警，和华子的距离一下变得遥远了起来，但他对华子的惦念却与日俱增。刚到部队他就一封接一封地给华子写信，华子也回信，回得有些稀疏。每次华子回信都是以同学的口吻，说一些自己的学习情况，也说说校园生活和同学，然后就说：你和春来还都好吧？这种感觉让李林不舒服了很久，仿佛他每次给华子写信都是在代刘春来执笔。

有时候，实在忍不住的李林就在信里把一些话挑明了，然后，怀着忐忑的心情把信寄了出去。之后，也许是十天，也许是半个月，华子的信慢悠悠地来了。每次接到华子的信，李林都是怀着迫切的心情把信拆开，找到没人的地方把信读了。读完信，他的心就和华子的信一样，平淡得无风无浪。华子依旧以同学的口气回信，字里行间表达的都是：你们怎么怎么样？还好吗？就连信的结尾都无一例外地捎上一句：给春来问好！

李林情绪好时，就会和刘春来说上一句：华子问你好呢。

刘春来每次也不说什么，笑一笑，然后说：那你给华子回信时也代我给她问好，都是同学嘛。

李林仍然勤奋地给华子写信，心情好时也会写上：春来给你问好呢。他对华子的态度是急不得，也恼不得，自己明明把喜欢华子的话都说了，可华子就是不理他这个茬儿，仿佛他的那些抓心挠肝的话都是冲别人说的。他曾经有一阵想放弃自己对华子的感情，可他每一次给华子写信，华子又都会给他回信，这让他又有些难以舍弃。他有时也会想，也许华子现在忙于学习，还不想谈感情，但对自己还是有好感的，否则华子就不会回信了。说不定什么时候，华子的信突然就会热情洋溢起来呢！这么想过了，李林就又充满了希望。有了希望，李林的生活就有了奔头。

也就是在这个时候，华子突然出现了。

正是那一次，华子的出现让李林突然间意识到，以前的他是夹在刘春来和华子中间的一只灯泡。华子这次是来看刘春来的，而刘春来负伤成为英雄，才是华子来看望刘春来的契机。

李林以前所有的努力，只是给他们搭了一座爱情的桥，后来，他才意识到华子之所以每次给他回信，那完全是因为刘春来的缘故。

那次，华子在医院里待了三天，而华子一来，李林就下岗了，照顾刘春来的任务理所当然地被华子接了过去。

李林猛醒之后，跑到医院外的小树林里，抱着一棵并不粗壮的树，流下了两行热泪。爱情的梦幻一下子破灭了，醒过来的李林心里慢慢静了下来，华子在他的眼里就又是同学了。李林似乎在那一刻突然间成长了，也明白了许多。

华子来了，又走了。养伤的刘春来还不能下床，李林替华子拎着包走在前面，华子跟着后面，两个人一路上都没有说话。一直到华子上了火车，坐在车窗前，突然冲站在站台上的李林说了句：李林，对不起。

李林的脸一下子就红了，他一时不知说什么，憋了半天才说：没什么，咱们还是同学呢。

华子终于冲着车下的李林清爽地笑了笑，火车就开了。

华子在李林的视线里很快就消失了。李林举起了手，他在向华子告别，也在向自己告别。

从那以后，刘春来和华子开始了火热的通信。每次华子有信来，刘春来都是热情洋溢地躲到一边。那些日子，处在热恋中的刘春来幸福得要死要活。

李林平静，又不平静地看着眼前发生的一切。

在后来的日子里，两个人又相继立功，在当满两年兵后，顺利地晋升了士官。刘春来还当了班长，李林也是副班长，他们已经真正地成为中队的骨干。每年他们都会被评为全支队，有时甚至是全总队的标兵。在每个年度的立功授奖大会上，几乎都能看到两个人的身影。他们成了全总队瞩目的对象。

如果事情这么一帆风顺地进行下去，两个人仍会在部队干下去，不断地晋升下去，说不定什么时候立个大功，也有可能彻底改变两个人的命运，由士官转成警官的例子已经有好多了。结果狡猾的老孟竟从两个人的手里逃脱了。从此，两个人的命运便发生了根本的改变。

处　理

中队长邱豪杰带着全中队的战士，不仅是他们一个中队，全支队的人都出动了。漫山遍野都是公安局和武警的人马，他们又一连搜了三天，结果连老孟的影子也没有发现。

公安局在无奈的情况下，下令撤出了搜山行动。

当刘春来和李林站在卡车上，站在战友们中间，看着公安局的车队时，两人同时看到了刑侦大队长王伟。王伟大队长正摘下帽子擦汗，三个人的目光碰到一起时，王伟的表情是沮丧的，他似乎无奈地摇摇头，将目光很快地移到了别处。

刘春来和李林的头慢慢地垂了下来，整个卡车上的人都很压抑。这是一次失败的撤退，以前他们顺利地完成任务后，不管多累多苦，心情都是愉悦的，而这次的空手而归令空气都凝固了一般。所有的战士都沉默着，只有刮过耳边的风呼呼作响。

在发现老孟逃走的那一刻，刘春来和李林的心都凉到了脚底。他们从老孟逃走的窗口跳出去，一路追击下去。老孟的确也是刚刚逃走，两个人似乎都感受到了空气里残存的老孟的气息。那时，他们都坚信老孟就在他们眼前，只要他们一个冲锋就能抓获老孟。两个人发疯似的一路追下去，一直追到山里，老孟的气味竟无声无息地消失了。从那时起，两个人的心就空了，他们发狂似的到处乱窜，从林里、蒿草旁、乱石后搜了个遍，仍然是一无所获。

老孟从进旅馆的那一刻，就觉得机会来了。如果公安局的车不抛锚，一路行驶下去，他肯定没有逃跑的机会。结果，一行人就停在了山脚下的小镇里。那家靠在路边的小旅馆，谁也想不到，老孟曾在那里住过好几次，对那里的地形可以说了如指掌。他一走进房间，就做好了逃跑的准备。也只有逃跑才是唯一的生路。

当刘春来和李林把老孟铐在床上的时候，老孟就觉得机会真的到了眼前。对于这种手铐他太了解了，虽然以前他没有被铐过，也没有和警察打过交道，但不知为什么，他竟对手铐产生了浓厚的兴趣，在黑市买来各种各样的手铐，潜心研究起来。手铐被他拆了装、装了拆的，他似乎比发明这些手铐的还要了解它们的性能。他差不多都快成手铐专家了。他把各种型号的手铐挂在一间密室的墙上，有事没事就会端详一阵，仿佛在欣赏一堆宝贝。在他的潜意识里，自己早晚是要和这些东西打交道的。结果，它们真的派上了用场。

老孟是个心理素质极好的人，他看淡了许多东西，也就看透了许多事情，生呀死的，对他来说早就看开了。

他之所以冒着风险做这样的事情，完全是为了自己的儿子。三十多岁才有自己的孩子，他爱儿子胜过爱自己。他被抓住的一瞬间，想到的也不是自己，而是自己的孩子。他为儿子感到悲哀。即便是为了儿子，他也要逃出去，只有自己逃出去了，儿子才能过上荣华富贵的生活。他以前积累起来的钱财，也只有他自己知道放在什么地方，如果他被抓了，那些为儿子攒下的钱也就化为乌有了。

儿子的存在远远大于他的求生本能，也正是为了儿子，他也要殊死搏上一回。

老孟一走进房间，就开始了表演。当他被铐在床上假寐，听到刘春来和李林对看守任务的具体分工时，他就记住了这两个武警战士的名字。他用余光看到两个嘴上没毛的小战士时，就想到了自己的儿子。儿子比他们小一些，正在省会的大学里读书。这时的儿子做梦也想不到他被人抓了起来，一想到这儿，他的眼角就有些湿。为了儿子，他拼死也要逃出去。

老孟的样子睡得很香，并且打起了鼾，以前老孟睡觉从来不打鼾，但这次他却把鼾声弄得很响。他知道瞌睡是可以传染的，没几分钟，他对面床上的李林也鼾声渐起，他心里有数，倚在门口床上那个叫刘春来的小战士也不会坚持太久。一会儿，他看到小战士把电视打开了，在看一部无头无尾的古装剧。

老孟的鼾声愈发抑扬顿挫起来，他眯着眼睛观察着，不一会儿，刘春来的眼睛就开始发饧了，老孟心中暗喜，他的鼾声便有节奏地响下去。又过了一会儿，刘春来撑在脑后的胳膊就软了下来，身子一歪，倒在了床上。

老孟嗓子里打着鼾，眼睛就睁开了。进屋的时候他就观察到，这家旅馆的窗帘是用曲别针随意地挂在窗上，有几枚曲别针就落在了窗台上。对手铐精于研究的老孟别说是曲别针了，就是一根火柴棍也能捅开手铐。他伸出另外一只没有被铐住的手，很快就把曲别针抓在手里，抻直，只轻轻一捅，手铐就从他手上松开了。老孟又是自由人了！他蹑手蹑脚地从床上下来，仍然打着鼾，把窗户打开了一条缝。当他面对窗外吹来的空气时，浑身一紧，每一根汗毛都竖了起来。那是自由的气息，以前他天天嗅着这样的空气，却并没有觉得什么。此时，他激动得差点儿哭出来。想着就要见到儿子时，他跃上窗台，回头看了一眼，便消失在黎明前的黑暗中。

他先是往山里狂奔了一阵，当听到刘春来和李林追来的时候，他爬上了一棵树。在树上，他亲眼看见那两个嘴上没毛的战士从树下经过，又慌慌张张地跑远。他这才从树上跳下来，向相反的方向跑去。

老孟一直跑到公路上，这时天已经微明，他知道过不了多久，漫山遍野都会是搜捕他的人。一辆运货的卡车开了过来，他从路旁的草丛里闪出来，爬上了卡车。他要回家，回到山水市去。凭经验他知道，公安局的人和武警是不会先在市里寻找他的，这就给他处理后事留下了足够的时间。

刘春来和李林回到中队，两个人都没心思去食堂吃饭。回到宿舍，他们就一头倒在了床上。不知是疲惫还是沮丧，一种说不清楚的情绪混杂在他们的身体里。以前，每次执行完这样的任务，中队都会隆重地聚一次餐，然后放两天假，大家可以美美地睡上一大觉，再次醒来时就又都精神抖擞。

此时，刘春来和李林的身体虽然躺在了床上，可脑子里却安静不下来，睁眼闭眼都是老孟的身影——于是从潜伏开始，他们把整个过程的每一个细节都在脑子里演绎了一遍，最终那家发着一股霉味儿的小旅馆成了回忆中的定格：老孟错落有致的鼾声似乎仍然响在他们的耳边，小旅馆房间里似乎仍然弥漫着老孟的气息，接下来，就是推开的那扇窗，还有那半垂半挂在窗户上的窗帘……

李林和刘春来不停地在床上翻腾着，班里的其他战友似乎睡得也不踏实，整个中队都被一种莫名的情绪笼罩着。

中队长邱豪杰一直没有睡，他甚至连床都没有看一眼。他伏在宿舍的桌前，准备写执行此次任务的汇报。他捏着笔，面对着稿纸却是一个字也写不下去。

邢指导员背着手走进来，立在中队长邱豪杰的身后。执行任务时，邢指导员带着一个班在中队留守，他并没有亲临现场。对于这次的任务，他所得到的消息经历了冰与火的转折。获悉擒获毒贩，他亲自指挥留守人员把欢迎的横幅挂了起来，并让炊事班按照节日会餐的标准做了六菜一汤。一切准备就绪，他站在桌前，欢迎队友归来的开场白还没讲完，通信员就跑了进来，把中队长邱豪杰叫走了。电话里支队长命令邱豪杰带上中队的人立刻出发，封锁山里的交通要道，并进行搜山。

老孟逃跑了！这个消息对邱豪杰来说犹如五雷轰顶，煮熟的鸭子飞了！在以前执行任务时，还从来没有遇到过这种事情。老孟被押走时，他眼见着刘春来和李林把自己与老孟铐在了一起。这种万无一失的押运，怎么就让老孟逃跑了呢？来不及多想，他马上组织队伍又一次出发了。战士们还没有吃到嘴里的饭菜热乎乎地留在了桌子上。

邢指导员当时还抱有一丝幻想，认为毒贩老孟不会跑远，毕竟中队也调集了几百人开始了搜山行动。邢指导员目送着战士们又一次融进了黎明中，他多么希望这是虚惊一场啊！两三天后，全中队的人又都回来了。之前，他已经得到消息，老孟并没有被抓到。桌子上依然摆着六菜一汤，这是部队改善伙食的最高标准，然而，没有人走进食堂。他站在门口，看着战士们一个个垂头走回宿舍，他急了，一把扯住邱豪杰的胳膊，说：你给我让战士们先进食堂！

邱豪杰看了眼邢指导员，伸出手，拍了拍他的肩膀，说：这时候有谁能吃得下啊！

邱中队长说完，摇摇头走了。

此时，邱豪杰坐在桌前，低头写着一份关于失败的汇报。每次执行完任务，他都要例行公事地写这样的汇报，叙述行动的要点，然后把表现突出的战士的事迹逐条写出来，接下来就等着上级的评功授奖。以前，邱豪杰写起来都是顺风顺水、水到渠成。而这次的汇报他没有写过，执行任务的过程很容易写，然而失败呢？刘春来和李林见到他时的样子一遍遍地在他的眼前闪现着。

当他带着队伍重新回到山里时，他看到了近乎疯狂的刘春来和李林。两个人的迷彩服被树枝剐破了，他们眼睛血红，神情焦躁。看着昔日爱将的这番模样，他的心都碎了。他命令他们下去休息，两个人就像没有听到一样，又一头扎进了面前的一片丛林里。

两天后，部队终于无功而返，战士们低头耷脑地上了车。在车上，邱豪杰望一眼战士，低声冲三班长说：让战士们唱首歌吧，带点劲儿的。

三班长清清嗓子就起了个头。以前，战士们一唱这歌都会热血沸腾，可这次，他们无精打采地只唱了两句，就唱不下去了。

邱豪杰冲司机说了句：开车吧。

车启动了，越来越快。全连的士兵都沉默着，一直回到了中队，这种情绪仍然弥漫着。

邱豪杰看到邢指导员时，仿佛见到了救星，把眼前的纸笔往前一推，说：老邢，你文笔好，这次的汇报还是你来吧。

邢指导员坐在邱豪杰对面，手托着下巴，沉默了一会儿，说：老邱，我知道你为什么写不下去。

邱豪杰抬头望着邢指导员，嘶声道：刘春来和李林是咱们中队最优秀的士兵。

说到这儿，他说不下去了。邢指导员也难过地低下了头。他们都知道，写报告不能不写这次失败的责任，说到责任，刘春来和李林自然首当其冲，毕竟老孟是从他们的眼皮底下逃走的。不管这报告多难写，对刘春来和李林的处分是不可避免的，家有家规，军有军法。

对刘春来和李林两个人的处理似乎并没有那么简单。两天以后，一种更为不利的说法在中队悄然传播着。

几个战士在洗漱间里洗脸，有人忍不住说了一句：乖乖，听说五十万呢！另一个说：那么多钱，得用什么装啊？其他人就说了：你老帽儿吧，现在的钱不用点现金，往卡里一存就行了。

这时，刘春来和李林端着脸盆走了进去，说话的战士立刻噤了口。两个人不知他们在说什么，一头雾水地望着眼前朝夕相处的战友。回来以后，两个人的情绪一直很低落，把自己关在宿舍里不愿意见人。刚开始，战友们轮流前来劝慰，一只只手重重地拍在他们的肩上说：这次是马失前蹄嘛！没关系，你们俩以前立过那么多次功，就算将功补过了，没什么大不了的。

面对战友们的劝慰，他们只能感激地笑一笑。战友们走了，他们的心里依然沉重。战友们可以轻描淡写地劝慰他们，然而，这次押运的失利，对他们来说毕竟是一件耻辱的事情，这是他们的失职。他们高兴不起来，但战友们的劝慰还是让他们感受到了一份友谊。

此时，正在有说有笑的战友们见两人进来，便噤了口，冲二人尴尬地笑笑，就陆续地出去了。

两个人当时也没有多想，冲战友们的背影点点头。刘春来刷完牙，就去洗脸，然后犹豫着又把牙膏挤在了牙刷上，他冲李林说：

我刚才没刷牙吧？

李林也恍恍惚惚地望着他说：可能刷了，也可能没刷。

刘春来就把牙刷放进了嘴里，李林也跟着又把牙刷了一遍。总之，两个人头重脚轻地从洗漱间回到了宿舍。战友们已经上床了，但仍有人在议论着：你们说，这事能是真的吗？另一个说：人心隔肚皮，不好说。还有人说：我觉得八九不离十，要不然老孟怎么能跑出去？咱们也押过犯人，咱们的犯人咋就跑不掉。

刘春来和李林走进来时，听到人们议论的尾声，仍没听出什么来，只觉得脸红心跳，然后就心虚气短地上床睡觉了。

直到又一天的傍晚，三班的同乡赵为民把两个人拉到中队外的一片小树林，急赤白脸地说：你们知道全中队的人都在议论你们什么吗？

刘春来和李林睁大眼睛，神色紧张地望着眼前的赵为民。

赵为民低下头，看着脚下的一块土坷垃，说：你们到底收了老孟多少钱？

两个人听了赵为民没头没脑的问话，就怔在那里，他们似乎意识到了什么，但还是不明就里的样子。

赵为民看着他们，猛地就把两人抱住了，真诚而坚定地说：你们要真的拿了老孟的钱，就给组织退回去吧。组织要是调查出来，这可是犯罪呀！要坐牢的。咱们是同乡，我才这么劝你们。

刘春来和李林直到这时才清醒过来，他们抓住赵为民的胳膊，异口同声地说：你说什么？他们以为我们收了老孟的钱，故意把他放跑的？

赵为民点点头，说：听说这事是从毒贩的嘴里说出来的。上次和老孟一起抓住的那几个犯人也打算收买公安来着，据他们交代，老孟肯定是收买了押解人员，否则根本跑不出去。

两个人听到这里，头上如同响起无数个炸雷，轰轰隆隆的巨响从此震撼着他们整个的生命。

他们几乎跑步冲进中队的会议室。中队长、指导员还有几位排长正在研究关于两个人的处理意见。两个人忘记了喊报告，就一头撞进了中队部，所有的干部都吃惊地看着他们。

刘春来涨红了脸说：中队长、指导员，我们没收逃犯那五十万。我们真的没收。

李林也说：我们要是收了逃犯的钱，你们就枪毙我们。

中队长就站了起来，说：支部正在研究你们的事，你们收受逃犯的钱只是传言，我们要的是证据。没有证据，我们是不会轻易下结论的。

邢指导员也说：你们先回去吧，对你们的处理意见一定会有的，中队也说了不算。我们还要报请支队批准，因为这次逃跑的犯人是重犯，公安机关为此跟踪了十几年，所以，我们还得听取公安机关的意见。你们回去吧，上级有了处理决定，我们会找你们谈的。

两个人只能向门口走去，刘春来仍冲屋里的人说：我们真没拿逃犯的五十万。

李林也说：我还是那句话，我们要是收了逃犯的钱，哪怕是一分钱，你们就枪毙我们。

两个人一肚子委屈地从中队部走了出来。天还是那个天，中队还是那个中队，可他们的心境已是天翻地覆。昔日的中队就是他们的家，无论是训练还是执行任务，他们都是生龙活虎的。现在，一切都离他们远去了，一连几天，战士们不是训练就是执行任务，宿舍里只剩下他们两个。他们趴在桌子上，写完事情的经过，就开始写检查，写了一遍又一遍。空荡荡的宿舍静得有些可怕，李林拿在手里的笔掉在地上，惊得两个人猛地一怔。

两个人痴痴呆呆地坐在马扎上，面对着一张张空空的床铺，你看看我，我看看你，就有了一种想哭的欲望。

突然，李林站起身，把自己的衬衣撩了起来，一用力，撕下一块布，平摊在床上。刘春来不知他要干吗，怔怔地望着他。

李林似乎已下好了决心，他把中指放到嘴里，眉头都没皱一下，便咬破了手指，然后举着中指在那块布上写下了一行字：我是清白的。

写完了，他把那块布递给刘春来。刘春来看见那几个字，内心的热血也被激荡起来。他也咬破中指，在上面写下了自己的心声：我要戴罪立功！

这份血书被两个人送到了中队。

中队长和指导员望着这份血书久久没有说话。指导员找了个信封，很仔细地把血书收了起来，然后说：你们的心情，我们会向上级组织转达。

两个人望着中队长和指导员表情坚定地说：只要让我们配合公安机关，把逃犯抓回来，组织怎么处理我们都行。

说完这句话，两个人的眼里就闪出了泪光。

中队长为难地搓着手说：这两天对你们的处理决定就会下来了，有些事情不是我们中队一级的领导就能做主的。说不定，我们中队一级的领导也会受到相应的处分。

两个人抬起头，抢着说：这事是我们造成的，和你们中队领导无关。

中队长勉强地笑一笑，说：你们立功，我们光荣；可你们失误，我们也有责任啊。

从中队部出来后，他们才突然意识到问题的严重性。

结　　果

等待处理结果的日子是难熬的。自从他们一同入伍到部队，便明白了一个道理：铁打的营盘流水的兵。迟早有一天他们也会离开部队，但随着时间的流逝，从士兵到士官，他们已经爱上了部队。如果说当兵前，对部队的了解是一种表面的东西，直到他们真正走进部队，彻底融入这个集体时，他们才体会到当兵的滋味。他们立过功，也受过奖，作为优秀士兵，他们完全有可能被破格提干。如果有一天，他们真的能够提干，那他们就是一名职业军人了。成为职业军人是他们的梦想。

就在这次任务执行前，中队长和指导员分别找两个人谈话，并让他们填了士兵转干考核表。全支队一共有五个指标，他们这个中队也就两个。当时，中队长和指导员还激动地说：要是你们俩真能破格提干，这可是我们全中队的光荣。

填表时，握笔的手都有些抖，这是他们从入伍的第一天起就梦寐以求的。曙光微现的时候，他们没有理由不激动。填完表，中队又一级一级地报上去，就等着总队的批复了。他们知道，这种批复一般都要等到年底。也就是说，如果不出现这次意外，再有两个月，他们就有可能成为一名光荣的边防警官了。

也就是在这次执行任务时，老孟跑了。他们心不甘、情不愿。他们执行过那么多次任务，从表面上看，哪一次的任务都不比抓捕老孟这次小，每一次即便不立功，也顺风顺水地完成了任务。没想到这次，表面上和以往的任务没什么两样的一次行动，却让两个人在阴沟里翻了船。

从回到中队开始，他们睁眼是老孟，闭上眼睛还是老孟，就连老孟的气味都已经深深地进入了他们的记忆。

老孟在他们两个人手里跑掉了，这对一次任务来说，他们失职了。国有国法，家有家规，部队自然有部队的纪律。以前，他们光荣地执行完任务，受到过无数次嘉奖；这一次，他们失职了，理应受到处罚。对这一点，他们早就有了心理准备，让他们想不通的是那些可怕的谣言。

一切都缘于老孟的逃跑。想要证明自己的清白，就只有抓住老孟。老孟跑到哪里已经无人知晓，就是两个人现在有抓老孟的心，也没那个力了，他们只能远远地当一名看客了。每天，他们都闷在宿舍里等待着处理决定。对他们的处理，要等上级调查结果出来后，才能有个明确的答复。

在这期间，公安机关的人来部队了解过一次情况，带队的是大队长王伟，还有两名机关干事。他们先是在中队长和指导员那里了解两个人的情况，最后，又找到两个人分别谈了话。第一个被找去谈话的是刘春来，当他走进中队部时，一眼就看到了王伟大队长。他几乎不敢相信自己的眼睛，也就几天的时间，王伟的胡子长了，嘴上也长满了水疱，两眼也红肿着。

他没有料到，因为自己的失误，竟给王伟大队长带来这么大的变化。他们配合公安机关执行任务，每一次王伟都在场，他们这批战士几乎都和王伟很熟，彼此可以算得上是出生入死的战友了。虽然，在这之前，刘春来也能想到，王伟的日子肯定也不会好过，但王伟现在的样子还是大大出乎他的意料。看到王伟大队长，他轻轻地喊了一声：大队长——

王伟看了他一眼，目光里空空荡荡的，一点内容也没有。王伟回过头，冲两名干事说：这是刘春来，你们谈吧。说完，转身走了出去。

刘春来对王伟的离去有些不解，直到看着王伟的背影消失在门口，他才在两名公安干警的招呼下，坐了下来。

两名公安干警又从事情的经过问起，其实他和李林早就把事情的经过写成了材料，但他还是把当天发生的事情重复了一遍。面前的桌子上摆着一支闪着红灯的录音笔，其中一名干警认真地做着笔录。

问得最多的还是押解过程中的分工情况，以及住在小旅馆时王伟和其他公安干警都说了些什么，也包括老孟。

在刘春来和李林无数次地回忆自己与老孟打交道的几个小时的时间里，他们似乎想不起老孟说过什么。刘春来只记得进了旅馆后，把老孟的手铐在床头时，老孟抬头看了他一眼，然后小声地问：小伙子，你多大了？

刘春来看了老孟一眼，没有说话。老孟收回目光，低低地说了句：你们跟我儿子差不多大。

接下来，老孟就闭上了眼睛，很快就响起了鼾声。

刘春来回忆来回忆去，想起的就这两句话。

一名公安干警问道：他就没有再说别的？你好好想想。

没有。刘春来说完，肯定地摇摇头。

又一名干警问：他没提钱的事？

刘春来望着眼前的两名干警心里沉甸甸的。这几天，他和李林听到最多的议论就是老孟的那五十万，他们想向每一个人解释，却无从辩驳。压抑和憋闷得就像心口上堵了扇磨，让人无所适从。

此时，刘春来面对着公安干警慢慢地站了起来，他盯着两个人的眼睛，声音沙哑地说：这事只有老孟能证明我们的清白。都说我们收了老孟的钱，我再说什么也没有用，我现在请求公安机关，再给我们一次机会，让我们配合你们把老孟抓获归案，一切就都真相大白了。

刘春来很激动，两个公安干警却显得很平静，他们一边录音，一边记录着，然后抬起头，态度不冷不热地说：你的情况我们会向上级反映的。

这时候，刘春来看到了王伟大队长，他正蹲在中队的院子里抽烟，头低得很深。此时的刘春来突然间不想再说什么了，在他的感觉里，王伟大队长的压力也许比他和李林还要大。

后来，公安干警又找到了李林询问情况，整个过程和刘春来说的并没有两样。

那天傍晚，两个人在军人服务社买了一瓶酒，在营区的小树林里坐了下来。两个人拿着酒瓶，轮流咕嘟咕嘟地喝下去，不一会儿，人就头重脚轻了。

刘春来把酒瓶递给李林，透过枝头望着天边的一轮弯月，说：李林，我难受，我心里真的难受啊！

李林把酒瓶重重地狠狠地蹾在地上，压着声音说：春来，等这件事处理完了，我非把老孟亲手抓住不可。让公安局好好审审，他那五十万到底给谁了。

刘春来伸手抓过酒瓶，咕咚咕咚一口气喝光后，手一挥，酒瓶就撞在一棵树上，碎了。

几天之后，关于刘春来和李林的处理决定下来了。两个人因工作失误，被记过处分，提前复员。

在召开大会宣布处理意见之前，支队的领导和两个人分别谈了话，说明了对他们的处分完全是依照部队的纪律条令，但也谈到了另外一个问题，就是老孟那五十万的事。领导说：这事等老孟归案了，才能水落石出。如果他们收了老孟的钱，将再依据法律追究刑事责任。如果那五十万的确只是谣传，组织也一定会还他们一个清白。

在宣布完处理决定后，两个人含泪摘下了国徽和肩花，将它们送到了中队长的手上。这就算是对军营的告别了。

刘春来和李林就这么心不甘、情不愿地离开了部队。

他们背着背包，一步三回头地走出了营区。战友们排成两队默默地目送着，一时间谁也不知道说什么好，只是用眼神和他们做着最后的交流，情绪有些压抑。刘春来和李林的目光依次地从战友的脸上掠过，他们在那一张张脸上，既看到了同情，也看到了怀疑。

那一刻，两个人的心情是复杂的。然而，就在走出营门的那一瞬，两个人心照不宣地挺起肩膀，回过头，深深地回望着朝夕相处的军营。

刘春来用力把背包甩在肩上，说了一句：有一天我还会回来的。

李林也学着刘春来的样子，把背包甩在肩上，心里山呼海啸一般：老孟，你等着，我要是不抓到你，我就不再姓这个李。

老　孟

老孟并没有离开山水市，活了这么多年，他知道灯下黑的道理，最危险的地方往往也是最安全的。

在山水市，他经营了这么多年，一直是独来独往，从不和山水市的贩毒网纠缠在一起。他始终是站在局外人的角度审视着山水市的同道，不管谁落网，他都不必担惊受怕，白天只管潇洒地来去，晚上睡觉也安稳得很。

他也想过自己落网时的下场，到那时，毁掉的也只是他一个人。为了不让自己毁掉，他一方面小心翼翼地经营着自己的贩毒生意，另一方面也给自己留了一手。细心的老孟知道“常在河边走，哪有不湿鞋”的道理。老孟把最坏的打算都想好了，人就显得很超脱，也很冷静。

如果老孟不够冷静，也许这一次他真的会栽进去。冷静的老孟正是把成败置之度外了，才能成功脱逃。这一次，他没有像那些头脑发热的毒贩一样，逃出来后，第一个念头就是跑得越远越好，最终的结果，跑等于没跑，不论千里万里，还是被抓了回来。

老孟哪儿也不跑，他还回他的山水市。卡车驶进山水市郊后，他就悄悄从车上跳了下来，打了一辆没有牌照的黑车进城了。此时，为抓捕老孟，公安干警和武警的人马正在全力搜山，当然，也把山水市出城的各条交通要道封锁了。

老孟没有回自己常住的居所，而是顺利地用钥匙打开了一间新装修好的房子。这是他的公司才装修完的房子，因房主和开发商闹经济纠纷，装修的尾款还没有付，也就没有把房子交出去。工人早就撤走了，是老孟垫钱给工人结了工钱。

老孟站在崭新的房子里，既真实又有些虚幻。装修时从设计到施工，老孟曾无数次来过这里，但仍感到虚幻。他走到客厅里，坐在沙发上，他要好好地想一想了。

坐在沙发上的老孟这才感到有些累，累得他腰酸腿疼。他把身体平放在沙发上，想着要把以后的事情再想一想，还没有想出个开头，人就睡着了。不知何时，他又做了一个梦，又是那个儿子丢了的梦。每次做到这样的梦，老孟仿佛又回到了年轻时的岁月。八岁的儿子哭喊着站在人头攒动的菜市场，他大声地喊着儿子的名字，结果他就醒了，一时竟不知自己在哪儿。他从沙发上掉到了地上，当他从地上爬起来，晃晃悠悠地站在中央，环顾四周许久才清醒过来。

老孟走到洗手间，打开了水龙头，水欢快地流出来，他感到了口渴，前所未有的渴。他弯下身子去喝水，水流到他的嘴里，也流到了他的脸上。喝了一气，人彻底清醒了。他站在镜子前仔细地看着自己，一张脸有些苍白，也有些虚肿，鬓角的白发已经长了出来。他在镜子里审慎地望着自己，琢磨着，到按照自己的计划实施的时候了。

天终于黑透了，老孟悄悄地从房间里溜出来，买了一些吃的和用的送回到住处，然后就去了一个二手手机市场。市场里闹哄哄的，他在人群外找到一个卖主，没有讨价还价，买了一部二手手机。他之所以买这部手机，是因为手机里有卡，可以随时打进和打出。

老孟被抓住时，身上所有的东西都被搜走了。他人跑了出来，那些东西却留在了公安局。其实也没什么东西，一部手机，一串钥匙，还有一大笔现金——那是他买毒品用的毒资。当然，手机就是不被查获，他也不可能再用那部手机了。这点常识他还是懂的。就连这个新装修居室的钥匙，他也并不随时带在身上。因为谨慎，他把好的坏的都想过了，也就为自己的生存多了几种可能性。这把新居的装修钥匙被他放在了门口堆放的砖料下面，这是他自己留的最后一手，现在终于派上了用场。

办完了这一切，他又来到了一家药店，买了些外用药品，包括纱布和一些消炎药。回到屋子里，他把买来的东西摊在洗手池的台面上，然后找出一根钢锯条，开始用酒精消毒。

做完这一切准备之后，他拿出手机，拨通了儿子的电话。儿子就在山水市上大学，学习很好，可以说是他的骄傲。他在电话里对儿子说：快睡觉了吧？要好好学习，没事儿就不要回家了，爸要去北方出趟差，得过一阵才能回来。爸的手机丢了，这是用一个叔叔的手机给你打电话，等爸重新换了号码再告诉你。

儿子很听话地答应着。

最后，他又说了一句：儿子，爸爱你。

说完这最后一句话，他就关上了手机。

回到洗手间，他看着镜子中的自己，深深地吸了口气，缓缓地拿起了手里的钢锯条。锯条在手里颤抖了一下，马上就定住了。那根锯条麻利地在脸上锯了下去。

老孟是搞装修出身的，装修的活不赖，这是因为老孟有手艺。

现在，老孟把装修的手艺用到了自己的脸上。这也是他事前早就想好了的。老孟想过好事，也想过最坏的事，眼前这一切应该就是最坏的事了。

血顺着脸流了下来，滴在洗手间的地上。老孟横横竖竖地把脸修饰一番后，用纱布把整个脸包了起来。

做完这一切后，洗手间里到处都是血，老孟的腿有些抖，身子也有些软。他扶着门框，打开了水龙头。水声响起，血水被一点点冲淡，冲走了。

老孟再一次站在镜子前时，整个脸都被厚厚的纱布覆盖了，纱布后面只剩下两只熟悉的眼睛。老孟审视着自己，他突然把灯关掉了，整个世界便黑了下来。老孟慢慢地蹲在一个角落里，拿出了一支烟。随着打火机的一声脆响，突然而至的光明竟吓得他猛一哆嗦。

老孟从来没有想过要离开山水市，他并不是没有别的去处，离不开山水市的原因是他离不开自己的儿子。

老孟和儿子孟星的感情非同一般。老孟以前有过看似非常美满的家庭。老孟的起点不高，下过乡，插过队，回城之后就和同时下乡的女青年结了婚。那时的老孟在林业部门的一个木材加工厂上班，妻子在宾馆当服务员。从乡下回来，在城里能有一个比较稳定的工作也算是不错了，很快，他们就结婚了，接着又有了孩子。日子虽平淡，但也有滋有味，那时的老孟感到自己很幸福。老孟的妻子姓柳，叫柳柳，很诗意的一个名字。柳柳是当年下乡的一拨人里长得最漂亮的，从下乡开始就有很多人追求她，一直到回城她也没有看上哪个。当别人追求柳柳时，老孟，那时还叫小孟，只能在一边看着，他心里清楚，自己的长相和家庭都很普通。自认为非常普通的老孟在爱情面前注定只能是个看客，他亲眼看到一批又一批的男知青在追求柳柳的过程中纷纷败下阵来，直到回城以后，他才有了单独和柳柳见面的机会。

木材加工厂离柳柳上班的宾馆很近，两个人上班下班总能在马路上碰到。都在知青点待过，现在又相距很近地上班，每次碰到了，两个人都会从自行车上下来，说上三两句。两人推着自行车在马路上走一走，心里是轻松的，也是愉悦的，城里的一草一木在他们的眼里都是美好的。

心情一好，就有可能生出许多浪漫的事。两人一来二去地就好上了，这种结果大大出乎老孟的意料，他总感觉柳柳这朵鲜花插在了他这堆牛粪上。直到他们结婚，他实实在在地拥抱住柳柳时，仍觉得一切竟是那么的不真实，他在心里千遍万遍地发过誓：一定要和柳柳过好日子。

不久，他们的儿子孟星出生了，一帆风顺的日子有了变化，生活变得不再那么平静了，浪漫的生活就打了些折扣。这还不是事情的关键。最主要的原因是，老孟工作的木材加工厂的生意开始有了上顿没下顿，改革开放了，大家都开始有了环保意识，木材不再可以乱砍滥伐，厂子就有些吃不饱，已经有工人陆续下岗了。老孟的日子便可想而知。

那会儿，许多人都在纷纷下海，红红火火地有了自己的生意，山水市也经常光顾一批又一批的广东商人。他们操着蹩脚的普通话，像唱歌儿似的驻足于山水市的大小宾馆。

柳柳的不满就是从这时候开始的，她所在的宾馆暂时还没有下岗的迹象，反而比以前的效益还好不少。拿着缩水工资的老孟就没那么幸运了，整日里苦着脸，上班下班都是一副无所事事的样子。

柳柳就鼓动他下海做生意，柳柳是个思想很前卫的人，她希望自己过上红红火火的日子。老孟却踏实得很，始终下不了决心，主要是他还没有想好自己能干什么，最后，思来想去还是觉得在厂子里上班最好。这是他从农村回城后，组织给他找的工作，他相信组织就跟相信自己一样。从那以后，他和柳柳就经常吵架，吵来吵去的结果是，柳柳不再愿意回家了，照顾儿子的重任就落到了老孟的肩上。好在老孟在厂子里也没事可干，晚来早走的也没人管，老孟就又当爹又当妈的，有时还干脆把儿子带到班上，认识老孟的人都说：老孟这男人不容易。

如果日子这么过下去，也还算是一种日子。然而，突然有一天，柳柳失踪了。老孟抱着孩子找到了宾馆经理，经理斜着眼睛有一搭无一搭地说：还是做老板好啊，有钱了就什么都有了。

后来，老孟才知道，自己的老婆柳柳，那个还算有些姿色的女人跟一个广东生意人跑了。虽然柳柳随人走了，可法律上他们还是夫妻，那些日子的老孟又气又恨，他想象过无数种整治柳柳的办法，在他的潜意识里，老婆柳柳迟早有一天会回来的。事实上却是柳柳一直没有回来的迹象，儿子孟星一天大似一天，一直到老孟真的下岗，柳柳还是没有回来。从那一刻开始，老孟已经不恨柳柳了，他把儿子送到幼儿园，自己做了一名装修工人。干了一阵后，他又拉了一伙人，成立了装修队，磕磕绊绊地一直到了现在。

因为这种特殊的境遇，老孟和儿子的关系就不一般起来。

老孟一把屎、一把尿地把儿子拉扯大，直到儿子考上山水市最好的一所大学。儿子小时候经常会问起妈妈，老孟每次都轻描淡写地说：死了。一直到孟星上了高中，老孟才和儿子说了真话。

那天，孟星听老孟说完，一句话也没有说，苍白着脸回到自己的房间。从那以后，老孟觉得孟星似乎一下子长大了，成熟了。

也是因为柳柳的出走，老孟就有了一个很重的心结，他开始痛恨有钱人，也痛恨广东人，只要在大街上听到操着广东话的男人，他就浑身爆起鸡皮疙瘩，攥紧拳头，真想扑上去。最终，痛恨有钱人的结果却是，自己也想成为一个有钱人。

老孟从最初的小装修队到成立装修公司，前后折腾得也很辛苦。装修的活并不好干，利本来就不厚，再加上万一碰到个不讲理的客户，鸡蛋里挑骨头，七扣八扣，再拖着不结账，有时一个工程下来，不仅没挣到钱，老孟还搭了些工人的工钱。为此，老孟就很焦灼。也就是在这样的情形下，老孟通过一次偶然的机会碰到了毒品，一转手就挣了五千多。那几天，老孟的心都快从嗓子眼儿里蹦出来了。

老孟尝到了甜头，便欲罢不能。刚开始，老孟干得很勤奋，很快就成了有钱人。有了钱之后，老孟反而害怕了。他知道，自己是为了儿子在挣钱，现在钱挣到了，万一自己哪天栽进去，这些钱又有什么用？说不定儿子也用不上。他爱儿子，想让儿子过上好日子，不再走他的老路。但想让儿子幸福，他就一定不能出事，他要和儿子一起守住眼前这份家业。于是，老孟开始变得谨慎起来，他不再轻易出手了，一年顶多干上那么三两回。

他以前也动过解散装修公司的想法，可转念一想，又把公司保留了下来。只有有事做，他心里才踏实，同时也给自己的身份多一层掩护，让儿子也觉得自己是个踏踏实实的人。

在儿子孟星的眼里，他是个安分守己的好父亲，勤勤恳恳，吃苦耐劳。孟星还在一篇作文里写过父亲，那是上初中时的一篇命题作文，题目是《我最熟悉的人》。

孟星是这么写的：

从我记事起，这个人就是我的爸爸了。他给了我父亲的爱，也给了我母亲的爱。我的爸爸很普通，他只是一个装修工人，每天回来时身上都带着浓浓的油漆味，就是这样一个爸爸，他为我洗衣做饭，撑起这个家，他是这个世界上我最亲近的人……

刘春来

刘春来是遗腹子，父亲去世两个月他才出生，那年姐姐只有两岁，是母亲一手拉扯着他和姐姐长大的。刘春来参军时，姐姐刘茹就已经嫁人了，家里只剩下母亲张桂花。六十岁的张桂花身体还算硬朗，只是生活的磨砺让这个女人多了些坚定。

那天下午，张桂花正站在院子里晒太阳，晒完太阳，她想去女儿的服装加工厂看看。这两年女儿和女婿弄了十几台缝纫机帮人搞服装加工，她有时会过去照应一下。儿子刘春来在部队当兵，从战士到士官，进步很快，最近她又听刘春来在信中说，有可能会被破格提干，看来儿子是有大出息了。张桂花有时就想自己从年轻到现在所走过的路，苦吃过了，也许真的是苦尽甘来了。她眯着眼睛，看着爬满豆角秧的小院，心里立时升腾起前所未有的幸福和满足。

她听到院外有动静，转过头去时，看见刘春来风尘仆仆地站在院门口。她吃惊地睁大了眼睛，怀疑自己花了眼，揉了揉眼睛，定睛再去看时，眼前果然立着儿子刘春来。

她惊呼一声：春来，真的是你吗？

刘春来向前走了两步，站在母亲面前，从喉咙里挤出一声：妈——

春来，你咋回来了？没见你信上说呀，是出差路过，还是探亲哪？

刘春来从肩上摘下背包，不知冲母亲如何说起，他低着头从母亲身边走过去，一直走到屋里。母亲张桂花不知发生了什么，也从屋外跟了进去。

刘春来一屁股坐在椅子上，猛地抱住了头。从老孟逃走直到现在，他心里一直有种硬硬的东西在顶着，也就是这口气，让他从部队回到了家里。在他看到母亲的那一刻，心里的那口气突然就泄出去了。他喉头一阵发紧，很想哭出声来。

张桂花看了儿子半晌，从儿子的装束上忽然意识到了什么，抖着声音问：春来，你从部队上回来了？

突然，刘春来捂着脸大哭了起来，这么多天来的委屈、难过，顷刻间爆发了。他哭着，母亲就站在他的面前。从刘春来的哭声中，母亲意识到了什么，她把刘春来拉过来，伸出那双粗糙的手，像小时候那样拍了拍儿子的脸，冷静地说：到底咋了，跟妈说。

望着母亲，刘春来恍惚又回到了儿时，那时遇到不开心的事他总会趴在母亲的怀里哭上一气，一切的不快也就烟消云散了。他仰起头，泪流满面地说：妈，我离开部队了，以后再也不是部队上的人了。

张桂花把儿子推开一些，坐在他的面前，坚定地说：就是犯了错误也没啥，只要你没昧着良心，你就还是妈的儿子。

刘春来的眼睛一下子就又模糊了，他喊了声：妈——

张桂花一把抱紧了儿子，许久，刘春来的心情才平静下来。然后，他向母亲讲述了这段时间发生的一切。

张桂花听了，怔了一会儿没有说话，她伸出手，抚摸着儿子的头。忽然，她抬起头问了句：那个贩毒的老孟真的就抓不到了？

刘春来恨恨地说：他现在成了公安机关的重要通缉犯，迟早会被抓住的。

张桂花透过窗子望向远方，说：看来，只有抓住老孟，才能还你一个清白。

人过留名，雁过留声。刘春来和李林回到镇子里没几天，关于两个人的流言便也跟了过来。镇子里的人们之间是这么传的：刘春来和李林收到毒贩五十万元后，就把人给放了，现在是犯了错误，被部队处理后复员了。

那些日子，关于两个人的谣言像阵风似的传到了镇子上每一个人的耳朵里。小镇不大，不管认识还是不认识刘春来和李林的，很快就把这个故事传到了四面八方。

那天在小镇的街上，母亲张桂花也听到了这样的谣言，她原本是想去街上买瓶酱油，走到半路上，酱油没买就回到了家里。

从部队回到家乡的刘春来整天就是坐在院子里发呆，到现在还没迈出家门一步。

张桂花站在儿子面前，认真地打量了一会儿，才一脸严肃地问：儿子，你真的没收那毒贩的五十万？

刘春来腾地站了起来，说：妈，你这是咋啦，连你都不相信我了？

张桂花望着刘春来的眼睛，突然就吁了口长气，说：妈相信你，你是妈的儿子，你嘴可以撒谎，但你的眼睛不能！你的眼睛逃不过妈。

张桂花说到这儿，走到门口，猛地把院门打开，然后大声地说：

儿子，妈带着你和你姐这么多年，从没让人指过我的脊梁骨。咱一家人一直是清清白白做人。春来，妈相信你是清白的，别人嚼舌头，就让他们嚼去。

说完，张桂花抓住刘春来的手，用一种命令式的口气说：走，儿子，跟妈一起买酱油去。然后，就拉着刘春来一起来到了街上。

这是刘春来回到家里第一次走出家门。众人看着娘儿俩走过来，都用惊奇的目光望着。等他们走过去了，人们便交头接耳地议论开了。

刘春来在张桂花有力的臂腕中感受到了母亲的力量，他的心慢慢地舒展了一些。刚开始，他是低着头在走，母亲用力地拍了一下他的背，说：儿子，抬起头来。

听了母亲的话，刘春来把头抬了起来，这时他看清了小镇，也看到了遥远的天边。

那天晚上，张桂花坐在灯下，长久地凝视着眼前的刘春来。

母亲终于说：儿子，你看着妈的眼睛。

刘春来看着母亲，母亲的头发花白了，他想起四年前自己刚当兵走时，母亲的白发似乎还没有这么多。离开家的那天，母亲没有去送他，仿佛他只是出一趟门儿。母亲只是交代他：走吧，到了部队上给妈来个信儿。你是咱家唯一的男人，你长大了，就该离开家闯一番事业去。

从小到大，母亲一直把刘春来看作男子汉。刘春来对于父亲的记忆只是来自父亲留下的照片。父亲的形象并不高大，也谈不上英俊，父亲活着的时候给母亲留下了一双儿女，这也是他留在这个世界上唯一的一笔财富。父亲走了，母亲似乎就是在那个时候学会了坚强。也就是从那时起，母亲就不断地提醒刘春来是家里唯一的男人，是男子汉。此时，刘春来从母亲的眼睛里又一次看到了坚强。

母亲面容平静地说着：从你爸这儿开始，咱家从来没有做过昧良心的事。儿子，你记着，啥时候公安局的人把那个罪犯抓到了，你就在镇子里点上两千响的鞭炮放一放。

刘春来点点头说：妈，我记下了。

母亲又说：从明天开始，你该干啥就干啥。

刘春来又点点头。

你姐也为你这事儿操心哪。你现在一时半会儿也找不到活干，就去你姐夫的服装加工厂帮帮忙。以前都是你姐取货送货的，现在你过去，他们也能轻松点儿。

刘春来没有说话，他这时又想到了李林。下午的时候，他和李林见了一面，李林回来后和他一样待在家里。

李林见到他时说：春来，我现在什么也干不下去，就想着把老孟抓到。

李林这么说，刘春来又何尝不这么想呢？从老孟逃跑的那一刻起，他就有了这种念头。而此时，这种想法在他的心里越来越强烈，就像疯长的野草。

那天晚上，母亲和他说完那一番话后，他有些不知如何回答母亲了。

华　子

华子得知刘春来复员回来，已经是他回来的第二天了。在这之前，所有的变故华子并不知道。她不明白，在部队干得好端端的刘春来为什么说回来就回来了，这次回来的还不止刘春来一个，李林也回来了。

此时的华子已经从师范学院毕业了，在镇子里的中学当一名语文老师。华子从上大学那会儿，就知道自己毕业后一定会回到镇子里工作，那时她最羡慕的就是当了兵的刘春来和李林，羡慕他们一走就走了那么远。上高中的时候，她就清楚两个人对自己的感情，但那种好感仅仅局限在各自的心里，属于那种朦朦胧胧的感觉。直到上了大学，她也说不清这种懵懵懂懂的情感算不算是恋爱。每次接到李林给她的信，她都会及时回信。因为，她知道李林和刘春来在一起，李林在信里很详细地讲述着自己的点点滴滴，她也正是通过李林的一举一动，悄悄地关注着刘春来。于是，她在给李林写回信时心情也变得不一般起来。尽管刘春来从不主动给她写信，但她还是从李林的回信中感受到了刘春来对自己的问候。女孩子通常都很相信自己的直觉，她相信刘春来也一定悄悄地喜欢着自己。

从报纸上得知刘春来受伤，她不假思索地去了部队，守在刘春来的身边。也就是从那一刻开始，她用自己的勇敢捅破了两人之间那层窗户纸。从那以后，两个人的关系便明朗起来。爱情是美好的，年轻的心像美丽的蝴蝶在幸福的花海中翩跹起舞，两个人对未来也充满了幻想，刘春来争取从士官的队伍中破格提干，她则努力当一名勤勉的人民教师。这种憧憬如果不发生意外，实现起来也并不是一件难事。正当两人顺风顺水地奔着目标奋斗时，华子做梦也没有想到，刘春来就在这时不明不白地回来了。回来得一点预兆也没有。当然，华子得知刘春来回来的同时也听到了那些谣言。

华子当天下课后风风火火地来到了刘春来的家。

刘春来正蹲在院子里看地上的蚂蚁，他此时的心境和地上东奔西突的蚂蚁一样乱。华子一阵风似的飘进了院子里。

华子站在刘春来的身后，他竟丝毫没有察觉。

华子喊了声：刘春来。

刘春来猛地站起身，惊慌失措地回望着身后的华子。回到小镇两天了，他时时刻刻都在想念华子，可他不知如何去面对华子，在他对未来的憧憬中从不曾有过今天的一幕。在这种身份、这种情况下，别说见华子，就是小镇上任何一个人他都不敢面对。

华子恰恰就在这时出其不意地站在了他的面前，他一时口干舌燥，不知如何是好。

你回来为什么不告诉我一声？

面对华子的问话，他低下头去。

华子的声音高了一些：难道你真的收了毒贩的五十万？

他用力地抬起头，迎着华子的目光看过去，他从华子的眼神中读出了一些内容。

华子继续说：如果你是清白的，你就该走出这个院子，让他们看看。

他嗫嚅着：我自己去讲没有用，只有等毒贩归案了，才能证明我的清白。

那公安局怎么还不去抓那个毒贩？华子一脸焦急的样子。

已经在全国通缉了，能不抓吗？

那就是说，他跑到天涯海角也会被抓回来，而他被抓到时，你就又是从前的刘春来了。

华子的几句话说得刘春来热血沸腾，他握着拳头的手紧了一下，又紧了一下。突然，他把手松开了，长长地吐出一口气，说：可就是毒贩被抓到了，我们也回不去部队了。毒贩是从我和李林的手上逃掉的，我们就是因为这个提前复员的。

华子这才上上下下地又把刘春来打量了一遍。现在的刘春来虽然还穿着警装，却少了帽徽和领章。但刘春来仍以标准的武警战士的姿态，站在华子的面前。华子喜欢这样的姿态，挺拔，向上，阳光灿烂。华子喜欢这种干净、利落的男人。

华子一把抱住了刘春来，把头伏在他的胸前，突然，华子的眼泪就流了出来。她哽着声音说：春来，不论你怎样我都喜欢你。我相信你是清白的。

刘春来是第一次这般面对华子，尽管在信中曾无数次地说过甜蜜的情话，在梦里有过浪漫的拥抱，但最初的瞬间，他还是有些迟疑和紧张。在被华子紧紧拥住时，他的身体感受到了华子的温度和起伏，慢慢地，他的力气似乎从脚底升了起来，他突然张开双臂，箍紧了怀里的华子。

他气喘着说：华子，我不再是从前的刘春来了。

华子仰起脸，满脸泪痕地说：你是，你还是从前的你。

他松了松环住华子身体的手臂，说：我现在从部队上回来了，我就又是个百姓了。

华子推开他，抹了把脸上的泪，坚定地看着他，说：刘春来我告诉你，你以前是，现在是，以后还是。

他突然泄了一口气，看着西边烧得正旺的晚霞说：我现在是个不清不楚、不明不白的人了。

华子摇着他的胳膊，大声地说：没人相信你，我信你。

他把目光收回来，端详着华子，瞬时眼里涌出了泪花。

放心吧，那个毒贩迟早会被抓住的，到时你就又是你了，别听人乱嚼舌头。

刘春来深吸一口气，挺直了腰杆。华子的话似乎又让他看到了希望，看到了明天。

等　待

从部队回来后，最初的日子，刘春来和李林虽然很少见面，但他们的心境都是一样的，都在等待着那个让人日思夜念的消息。当然，这个消息自然与老孟有关。

逃跑的老孟已经成了全国的通缉犯，抓住他是迟早的事，对于这一点，两个人坚信不疑。刚回到小镇时，战友们总会有信来，信的内容除了表达思念之情，更多的还是些安慰。读着战友们的信，他们似乎又回到了部队，回到了那些朝夕相处的战友身边。两个人的思绪一下子就飘得很远，越过山山水水，回到了部队营地。特别是在现在的情境下，他们的心像被抽空了，无着无落，没有了依傍，而那里的一切是如此刻骨铭心。

他们在难挨的煎熬中等候着战友的消息。战友们的来信对他们来说很重要，似乎只有这样，他们才觉得自己并没有真正离开部队，毕竟部队的信息还点点滴滴地渗透在他们的生活中。

给刘春来寄信最多的是新兵马小初。在班里时，刘春来对他关照最多。马小初是孤儿，也是因为孤儿的身份，让刘春来对他多了份关注和耐心。从新兵入伍到平时的训练，刘春来经常给马小初开小灶，也经常找他谈心。马小初刚开始很孤僻，这是他的不自信造成的。刘春来就有意识地人前人后地开始培养他的自信心，就是执行任务，他也会把马小初带在身边。

在等待抓捕老孟的时候，马小初趴在草丛里，浑身不停地发抖，上牙磕下牙，这是他第一次参与抓捕罪犯。刘春来看了他一眼，悄声道：小初，别紧张。你现在什么都不要想，跟着我就行。

马小初颤着声答应了，但仍不时地爬起来跑到树后去小便，然后又哆哆嗦嗦地趴到地上。刘春来干脆和他聊起家常来，很快，马小初就平静了下来。人就是这样，只要迈过了第一道坎儿，以后的事就一马平川了。在丛林里潜伏了三天的马小初彻底摆脱了心理紧张。

就在老孟一行人出现，信号弹升起的时候，刘春来从树后冲出来时仍没忘了拉马小初一把。后来，队里还给马小初等几个新战士记了嘉奖。但马小初却始终高兴不起来，他望着一脸疲惫的刘春来，甚至哭出了声，说：班长，你会不会被处分啊？

他在为刘春来和李林担心。刘春来用手拍了拍他的肩，冲他笑一笑，还伸手刮了他的鼻子，说：男子汉，哭什么？

没过多久，谣言就在队里传开了。

当处理结果宣布后，马小初抱着刘春来和李林放声哭了起来，他一边哭，一边说：班长、副班长，你们走了，我会想你们的。

真诚的泪水打湿了马小初的军装，也打湿了两个人的心。现在，这么多天过去了，马小初似乎很理解他们的心情，每封信里都会通报一下抓捕老孟的进展情况。他们走后，部队配合公安机关又在山水市进行了一次排查搜捕，仍一无所获。后来，又有人报案，在山水市郊区的山里有个犯罪嫌疑人很像老孟，结果人抓到了，却不是老孟……

马小初每次的来信都会带来老孟的消息，但每一次他们都大失所望，老孟似乎从人间蒸发了。但刘春来仍然期待着战友们的来信，每次打开信纸时，手都是抖的，他多么希望战友能给他带来好的消息。只有抓获老孟，还自己一个清白，他们才能真正地踏实下来，开始新的生活。

毕竟，战友们不是计划的制订者，他们只是配合公安机关进行抓捕，关于核心的问题，自然也不清楚。有一段时间，战友们的来信再也不提老孟了，介绍的多是一些执行其他任务的情况。

刘春来和李林就有些失落，在他们的潜意识里，抓获老孟只不过是时间的问题，却不曾料到竟会等待得这么久。以前，在配合公安机关执行抓捕任务时，也有过失手的时候，但也是跑了初一，跑不过十五。很快，人就被抓了回来。当初老孟跑时，他们就是这样想的。然而，时间一天天过去了，老孟却迟迟不能归案。

刘春来真的有些等不及了，他走出家门，直到看到那熟悉的环境，他才猛地意识到自己就站在李林家的楼下。

此时，李林瘫坐在沙发上，头发和屋子一样的凌乱，电视里正在演一部案情剧，一群公安在追捕一名逃犯——

李林正看得面红耳赤。看见刘春来，李林似乎并不热情，只是看了他一眼，就把目光又投到了电视屏幕上。刘春来看一眼电视，又看一眼脸涨得通红的李林，拿过遥控器，把电视关了。

李林拍了下大腿，喊道：干吗呀你？正是关键时候！

刘春来把遥控器扔到一边，说：那些都是瞎编的，对你我来说只有老孟才是真的。

李林顿时来了精神，问：老孟有消息了？

刘春来叹了口气，说：我还想问你呢。

接下来，两个人就变得沉默起来，心也沉甸甸的。

李林别过头去，用拳头狠狠地砸了一下自己的腿。

突然，他转回头说：我说过，不抓住老孟我就不再姓李。你说公安局那帮人是干什么吃的？不就是个老孟嘛，怎么这么长时间还抓不到。

刘春来深吸一口气，这时他感到有一股热血从脚底升了起来，仿佛自己又回到了部队。以前，每次执行任务带队出发时，他都会有这种血脉偾张的感觉。此时，见到曾经的战友李林就很容易让他找到这种感觉，他猛地站起来，两手握拳，最后又把拳头松开了。他又何尝不想抓住老孟呢，他现在做梦都会梦见在抓捕老孟，可每一次都是就要抓住老孟的时候，梦就醒了。醒来的他恨自己，也恨自己的梦，他就一次次地在梦里梦外失落着。

李林早晨和父亲刚刚吵了一架。李林的家庭条件比刘春来好一些，父亲是镇里的一名领导，每天提着公文包进进出出，有时也车接车送的。李林的父亲与另外一位领导共用一辆车，那位领导的家远一些，司机接两位领导时就有些绕路，李林的父亲就大度地把车让给了路远的领导，自己步行去上班。公文包提在手里，一甩一甩的，样子也很潇洒。

李林的母亲是镇里一家医院的医生，每天早出晚归，很是忙碌，仿佛永远是生活的主角。母亲的这种主角的感觉一直都很好，恰恰这个时候，李林回来了，打搅了母亲惯常的生活。关于李林回来的种种风言风语，母亲和父亲也都有所耳闻。父亲对这个问题没有太多的评价，只做了简单扼要的指示：这事儿啊要相信组织，相信自己。

接着，父亲又补充道：这么着吧，回来就回来了，铁打的营盘流水的兵，回到地方就好好地工作。

母亲的态度与父亲大相径庭，她把李林拉到一边，说：儿子，你跟妈说实话，你到底收没收那毒贩的钱？

李林看着母亲，半晌没有说话，许久，才一脸失望地说：妈，你也不相信我？

母亲这时似乎松了一口气，说：看来，那就是你那个战友刘春来收的，你替他背了黑锅。如果是这样，你把事情说清楚，我去找部队澄清事实去。

李林用力甩开母亲的手，脸憋得通红，说：妈，你以为我们是你们医生啊！做个手术都收人家的红包。

那时的医院已经开始收病人的红包了，母亲三天两头总有红包拿回来，不论多少，母亲总显得很开心。

李林的话把母亲噎得说不出话来，她在儿子的肩上拍了一下，说：你这孩子，胡说什么呢。你爸已经在帮你找工作了，等联系好了，你就去上班，省得在家里瞎折腾。

父母走了，家里立时清静了许多，李林顺手打开了电视。他现在只喜欢看那些案情剧，在部队时很是不屑，感觉不真实，如今却只能靠看案情剧回想自己在部队时的日子。

一早，父亲喝完最后一口粥，放下碗时，想起什么似的冲李林说：你的工作我联系好了，县里锅炉厂保卫科缺个人，你去那儿上班吧。

说到这儿，又从公文包里拿出一张名片递给他：这是锅炉厂王厂长的电话，你直接找他就行。

李林看都没看，就顺手把名片扔到了桌子上。

怎么，你不愿意？

他梗着脖子说：不就是去当保安吗，有什么意思。

父亲用手敲着桌子说：人家王厂长听说你是武警复员回来的，考虑到你工作对口，才答应要你的。

他不说话，伸手一弹，那张名片就落到了地上。

父亲有些不悦，提高了声音说：那你想干什么？你说你都回来这些天了，不能永远这么待下去吧。

说完，父亲气哼哼地走了。父亲没有时间和他磨牙，他还要上班处理更多的事务。

母亲把厂长的名片小心地捡起来，苦口婆心地劝着：儿子，你不能老这样下去，保卫科就保卫科吧。等过一阵，妈再给你找找关系，看有没有更好的，到时再给你调换。

他冲母亲没好气地说：妈，我现在什么也不想干，您就甭管了。

母亲听了，脸上的表情有些难看，说：怎么？当了几年兵倒弄出一身毛病了，人家都说部队是出人才的地方，你可倒好，现在连班都不想上了。

他突然火了，冲母亲说：妈，你有完没有了。

不知为什么，这些天他什么也没有想，就是憋着想发火。

刘春来进来的时候，他内心的烦躁仍没有消停。

刘春来望着李林，突然冒出一句：要不，咱们回部队一趟？

说到这儿，刘春来也被自己的话吓了一跳。

李林顿时眼睛一亮，说：去就去。

刘春来点点头说：那就说好了，明天就出发。

好，就明天。

做出这个决定后，两个人的心倏然就静了下来，似乎这么多天的焦灼与不安只是为了这样一个决心。

归

两个人走出山水市火车站时，眼里早已蓄满了泪水，这一刻竟让人有几分激动。刘春来掩饰地用手在眼睛上抹了一把，自言自语着：这风真大。

说完，他看了眼身边的李林。李林仰起头，努力地往回憋着泪水，说：可不是嘛。

很快，他们就在火车站路边的电线杆上看到了老孟的通缉令。风吹日晒的，那张通缉令有些发黄、变暗，印在上面的老孟也变得模糊起来。两个人站在电线杆下，仔细地把那张通缉令看了又看，心猛然开始沉重起来。

轻车熟路地上了公交车，不多久，车就驶到了营区门口。从车上下来后，他们并没有急着往前走，而是远远地望着营区。门口的岗哨依旧，离开这里不过一个多月，他们却感到有几年那般漫长。两个人对视一眼，然后向前走去。

离哨位越近，他们的心跳得越厉害。刘春来气喘着说：歇歇。

李林就立住脚。两人在马路边的一块空地上坐了下来。

刘春来从兜里掏出烟，给李林和自己点上。再往前走几十米就是他们熟悉的营区了，不知为什么，他们越往前走，脚下越没力气，心也咚咚地跳个不停。

不知过了多久，刘春来站了起来，两个人又肩并肩地往前走去。

哨兵很远就认出了两个人，说：班长、副班长，你们回来了？

这时，两人才看清哨位上的士兵是马小初。

马小初站在哨位上，标准地敬了一个军礼。

见到马小初，刘春来和李林仿佛见到了自己的亲人。他们有很多话要对马小初说，可是又不知如何说起。

咱们中队还好吧？半晌，刘春来才从喉咙里挤出一句话。

大家都好。你们走后全中队的人还经常提起你们，咱们班的人也都想你们。前两天咱们班的王鑫说梦话还叫你们俩的名字呢。

王鑫是今年的新兵，刚下中队时刘春来带过他。

听了马小初的话，望着营区里熟悉的一草一木，两个人百感交集。马小初猛然想起什么似的，说：快进去吧，你们大老远地过来，一定想去中队看看战友。他们正在操场训练呢，快去吧。

与马小初告别后，他们走进了营区。这里的空气是如此的熟悉，风轻柔地吹在脸上，恍惚间，似乎他们从来就不曾离开过这里，只是出去执行任务，转身就又回来了。

操场上正在进行越障碍训练，士兵们生龙活虎的样子深深地感染了他们。这一切对他们来说太熟悉了，一个月前，他们也曾经是这支队伍中的一员，然而，世事难料，如今他们已离开了这支队伍。

两个人就那么入神入定地看着。

中队长邱豪杰正在带队训练，忽然间，他发现了两个人。战友们也早就看到了他们。中队长一声“休息”，战友们马上围了过来，七嘴八舌地问着：班长，你们咋回来了？都工作了吧？这次是不是出差路过啊——

刘春来和李林一时不知如何回答，他们把早准备好的烟拿出来，分发给大家。战友们一边抽烟，一边笑嘻嘻地说：班长，你瘦了，没有在部队时精神了，是不是谈对象了？

刘春来和李林不管战友们问什么，一律微笑着，打量了这个，又看一眼那个，然后就和战友们抱在了一起。

抬起头时，刘春来就看到了站在不远处的中队长邱豪杰。中队长透过人群默默地看着两个人。

刘春来拉了李林一下，两个人就整理了一下衣服，虽然他们现在穿的不再是军装，但他们还是下意识地整理了一下，然后，向中队长跑过去。

两个人跑到邱豪杰中队长面前，举起手敬了军礼，说：报告中队长——

话说到这里，他们就没词了，两人这才意识到自己只是回到部队来看看，一时间，竟显得手足无措起来。

邱中队长热情地握着他们的手说：欢迎你们回来。

两个人异口同声地说：我们就是回来看看。

邱中队长点点头说：让通信员在招待所给你们开一间客房，以前你们是中队的人，现在回来了，你们就是中队的客人。

那天晚上，刘春来和李林就住在了支队的招待所里。

战友们也都三五成群地过来看望他们。晚饭的时候，马小初还给他们打来了中队的饭。埋头吃饭的时候，两个人的眼泪止不住地落在了碗里，马小初急得一边用手摩挲着裤腿，一边劝着：别哭啊，班长，你们这不是回来了嘛。我知道，你们也想这些战友。

邱中队长和指导员是熄灯前来到招待所的。

直到站在中队长和指导员的面前，两人憋在心里的话才终于说了出来：中队长、指导员，我们是想打听个事儿，那个逃跑的毒贩抓到没有？

指导员和邱中队长招呼两个人坐下，也在另一张床沿上坐了下来。

邱中队长沉吟了一下说：按道理，老孟的事不该跟你们说，这是组织的秘密，但我和指导员能理解你们的心情——

说到这儿，邱中队长冲指导员点点头道：指导员，还是你说吧。

指导员深吸了一口气，语气颇有些沉重：好，那我就告诉你们，老孟至今还没有被抓获。公安机关也给其他省发了协查通报，但老孟就像人间蒸发一般，目前丝毫没有消息。

指导员说到这里，停住了。

邱中队长拍了一下腿道：没关系，老孟迟早会抓到的，他就是跑到天边，也逃脱不了法律的制裁。好啦，咱们不说这些了，你们俩这次来，中队欢迎你们，有什么困难就跟中队说。

这时，熄灯号吹响了。邱中队长和指导员站起身来，说：那你们休息，我们还要去查哨。

当熄灯号又一次响起时，刘春来和李林已经躺到了床上。一切都静了下来，军营特有的静谧浪一般地涌了过来。

两个人却没有丝毫的睡意，过了许久，李林翻了个身，说：春来，还没睡？

睡不着啊。刘春来深深地叹了口气，从烟盒里摸出两支烟，递给了李林一支。

暗夜里，两个烟头明明灭灭地闪着。

你说这老孟去哪儿了？刘春来狠狠地吸了口烟，自言自语着。

中队长不是说了吗，就是跑到天边也要把他抓回来。

刘春来忽然咳了起来，上气不接下气的。

你怎么了？

没事儿，烟呛的。刘春来用力按灭了手里的烟头。

忽然，李林在黑暗中说：明天咱就去公安局看看，说不定他们会有什么新消息。

刘春来咬着牙，攥紧了拳头，说：只要一天抓不到老孟，我这心就一天不得安生。

接下来，两个人都不再说话，似乎在静静地想着自己的心事。

夜里，他们被一阵急促的哨声惊醒。两个人条件反射地站到了地上，穿好衣服时，才发现哨声是在营区的另一侧响起。

透过窗子，他们看见一队战士紧急集合后，悄无声息地消失在夜色之中。看着窗外的一切，他们知道这是部队又接到了紧急命令。

第二天一早，他们才得知又有一个大案发生了。全支队的人统统都去执行搜山任务了，整个营区除了执勤人员，一下子就空了。

刘春来和李林走在空荡荡的营区里，心里不是滋味。如果一个月前不离开部队，他们就依然还是这里的一员，和战友们一起站岗训练，执行抓捕任务，生活既紧张而又充实。可现在，他们只能作为看客目睹着眼前熟悉的一切。

没过多久，两个人落寞地从营区里走了出来。

大队长王伟

刘春来和李林走在大街上，一时竟有些茫然。人是回到了昔日的营区，但自己却成了客人，所有的热闹已经和他们无关了。他们不想给战友们添麻烦，只能走出来。

大街还是那条熟悉的大街，嘈杂而忙碌，路人行色匆匆地从这里奔向那里。他们站在街上，一时不知身在何处。

在一根电线杆上，他们又看到了那张通缉令。老孟的形象已经变得有些模糊了，通缉令下面，一张新的通缉令赫然在目。这次到山水市只是验证了一个结果，那就是老孟还没有被抓到。至于下一步对老孟将采取什么样的抓捕措施，他们也一无所知。

望着那张已经斑驳发黄的通缉令，不知过了多久，刘春来终于狠狠地说了句：走，去公安局找大队长王伟，他一定知道老孟案子的情况。

李林听了，脸上的表情也变得坚毅起来。

公安局对他们来说是再熟悉不过了。当他们走到公安局大门时，正赶上几辆警车呼啸而来，第一个跳下车的正是大队长王伟。几个人都是一身便装打扮，同时有几个刑侦人员押着几名犯罪嫌疑人从车上走下来。

两个人疾步奔过去，喊了声：大队长。

王伟抬起头，看了两人一眼，又看了一眼后，终于认出了他们，说：你们这穿上便装了，我还真差点儿认不出了。什么时候回来的？

还没等两人回答，王伟大队长抬起手腕，看了眼手表说：走，跟我吃饭去，到吃饭的时间了。

说完，不等两人反应过来，就把他们推着往前走了好几步。

很快，王伟就把两人带到了路边的一个饭馆里。他似乎对这里很熟，随口冲服务员说：老三样，麻利点儿。

王伟交代完了，这才看着两个人说：你们这次回来是玩儿啊还是出差？

看着眼前的王伟大队长，两个人竟有了一种想哭的冲动。那天晚上，他们就是跟着王伟大队长执行的任务，然而，命运也就是在那一刻发生了转机。

李林哽咽着喊道：大队长——

王伟摆摆手说：我现在不是什么大队长了。上次的押解出了意外，我和你们一样有责任，现在，我只是个普通的刑警。

刘春来和李林吃惊地望着王伟，他们没想到，老孟的逃跑不仅让他俩离开了部队，就是大队长王伟也受到了牵连。

王伟低下头，避开两个人的目光，慢悠悠地给自己点上一支烟，深深地吸了一口，说：你们不知道，抓捕的那几个罪犯不仅说你们收了老孟的钱，还说我也收了。不管收没收吧，老孟人跑了，我作为大队长是要负主要责任的。说实话，没把我开除出公安队伍就算是轻的了。

那老孟就不抓了？刘春来按捺不住地问。

王伟打开一瓶啤酒，一边往杯子里倒，一边说：本来应该陪你们好好喝几杯，叙叙旧。不管怎么说，你们是为了配合我们工作才出了差错，我应该赔不是的。今天，咱们仨就这一瓶酒，意思一下吧。

说完，王伟就雷厉风行地举起了杯子：来，咱们喝一口。

王伟喝了一大口酒后，抹一下嘴才说：有些话，我不应该对你们说，尤其是关于案子的问题。但我也知道，老孟一天不被抓到，咱们仨就都说不清楚，总有个污点在那里悬着。那我今天就告诉你们，老孟的确还没抓到，这小子太狡猾了，没留下一点蛛丝马迹。但老孟的案子在公安部是挂了号的，抓住他只是迟早的事。

说着，王伟就又举起了酒杯：你们复员时，我执行任务没有来得及去送你们。毕竟你们是跟着我王伟出的差错，责任在我，是我在安排押解时大意了，与你们无关。但你们武警有自己的纪律，我只能说声对不起了。

王伟站起身，真诚地和他们碰了一下酒杯。

看着王伟一脸的愧疚，刘春来和李林的眼睛也有些发红，说：大队长，您别说了，这责任在我们。

王伟挥挥手说：别叫我大队长了，也许等抓到老孟时，才能真正还我们一个清白。

这时，王伟的呼机响了。他低头看了一眼，说：又有案子了。你们吃吧，账我已经结了，我得走了。

风风火火的王伟走到门口时，转过头说：两位兄弟，以后有空就经常回来看看。等抓到老孟那一天，我第一个通知你们。

王伟走了，风吹起他的衣角，一抖一抖的。

刘春来和李林望着远去的王伟，呆呆地坐在那里。不知过了多久，两个人才恍恍惚惚地从小饭馆里走出来。走出来时，街上的景致依旧，两人的心境却仿佛和这个世界隔开了。

这次来山水市，他们是满怀着希望和梦想的。然而，希望毕竟是希望，现实的结果却是老孟仍逍遥法外，也许这会儿正躲在某个角落里，过着忐忑不安的生活。但最让他们感到吃惊的还是王伟大队长，如今，他竟成了一名普通的刑警。

关于王伟大队长传奇的经历，他们当兵时就听说了。王伟二十五岁就当上了刑侦大队的大队长。警察学院毕业后，王伟接连破了几起案子，办得很漂亮。一次是孤身追踪几千里，抓到了一名在逃的毒贩。另外一次是成功解救人质。一伙歹徒绑架了商场的近十名员工，歹徒的身上绑着炸药，随时做好了与人质同归于尽的准备。关键时刻，王伟单枪匹马地与歹徒谈判，巧妙周旋，使歹徒乖乖地放了人质。两次漂亮的出手，让他成了最年轻的刑侦大队长。可一年以后，就走了麦城。在追捕一名持枪逃犯时，他失手打死了逃犯。这是个重犯，公安局抓捕他时是想留活口的，只有通过他，才能将那个团伙一网打尽。正是这个致命的错误，导致王伟丢掉了大队长的职务。当时也有许多闲言碎语，有人说王伟是帮助罪犯杀人灭口，他早已收取了那个团伙的好处。又一年之后，那个犯罪团伙被一网打尽，才算还王伟一个清白。由此，他又当上了大队长——

王伟的事迹传遍了山水市的大街小巷，人们都知道公安局有个拼命三郎王伟，同时人们也知道，那里也有一个经常走麦城的王伟。

王伟在大队长的位置上三起三落，按他的话说，他这个刑侦大队长一直是处在风口浪尖上。可以升，也可以降，升和降的关系就像晴雨表上的那条细细的红线，瞬息万变。

因为老孟，王伟再一次走了麦城。对于当事人刘春来和李林来说，他们并没有像听一个传奇故事那么轻松，在他们心里，王伟这次受处理，完全是因为他们的失职。毕竟，老孟是从他们的手里逃掉的，他们理所当然要受到处分。而王伟现在的境遇，是他们始料未及的。

现在，得到了准确的消息，他们就没有理由在山水市待下去了。他们只能再一次从山水市回到小镇。一路上，他们说不清自己的心情，只觉得胸口上像压了一座山，憋闷、沉重。

长途车在小镇停了下来，然后，又拖着呛人的烟尘呼啸而去。刘春来站在扬起的尘土里，亮着嗓子冲李林说：我想好了，我要亲手抓住老孟，还王伟大队长清白，也还自己一个清白。

李林望着刘春来，喉咙里又干又痒，他动了动嘴唇，似乎想说什么，却没有说出来。

刘春来挺起腰，向小镇深处走去。

李林看一眼远去的长途车，再看着眼前刘春来的背影，也慢慢向前走去。

老　　孟

老孟脸上的纱布已经拆掉了。他站在镜子前端详着崭新的自己。他已经认不出镜子中的自己了，一个完全陌生的老孟出现在自己的眼前。

老孟被镜子里的自己惊呆了。他伸出手，摸着自己的脸，一颗颗的泪珠滚落下来。最后，他一把捂住脸，蹲在地上，恸哭了起来。老孟也不知道此时的自己是高兴，还是难过，但他清楚，他这是在向以前的老孟做着最后的告别。

脸上裹着纱布的老孟，亲眼看见公安局的人走进了他居住的小区，挨家挨户地进进出出。他甚至还在人群中看到了王伟，王伟站在院子里，似乎在打量着他居住的这栋楼。他隐在窗帘的后面，心里怦怦地跳着。

后来，他看见王伟带着几名公安人员，向自己居住的单元走过来。很快，他听到了脚步声，噼噼啪啪的脚步似乎就停在了门外。有人敲门，紧一阵慢一阵，每一串敲门声都仿佛敲在老孟的心上。老孟瘫坐在地上，一动不动，门他是不会开的，如果公安破门而入，那他只能是束手就擒，这是天意！敲门声响过一阵后，停了下来，有人在旁边说：这户新房还没人入住呢。

又停了一会儿，脚步声渐渐远去了。老孟手捂着胸口，张大嘴，坐在地上拼命地喘息着。老孟知道自己又逃过了一劫！他知道公安局的人就是冲着自己来的，市里的每一个角落恐怕也都在搜捕他。这时，他不由得想到了儿子。

想着儿子，老孟的心就变得柔软了起来，嗓子也有些发紧。躲在屋子里的他，曾无数次地想到儿子。老婆离家后，孟星还小，经常吵着要找妈妈，刚开始他骗儿子，说妈妈出差了，过几天就回来。儿子孟星就天天盯着桌上的台历，台历很快就被翻过去厚厚一沓了，孟星就又缠着他找妈妈。没办法，老孟就干脆告诉孟星：只要再翻完一本台历，妈妈就该回来了。

孟星似乎看到了希望，每天睁开眼睛的第一件事就是去翻台历。随着台历被一页页翻过去，孟星也一天天长大了。长大了的孟星终于不再找妈妈了，他似乎已经习惯了没有妈妈的生活，目光也开始变得坚硬起来。老孟看着，心里就像被扎了一刀，那时，他只能在心里一遍遍地说：儿子，好儿子，爸爸一定要让你幸福，让你过上世界上最好的日子。

从那时开始，老孟就让孟星上最好的小学和中学，就是上大学，也要上山水市最好的大学。好在孟星也很争气，一切都天遂人愿。老孟为了不让孟星受委屈，还在学校附近租了公寓，请了小时工来料理儿子的起居，尽可能地让儿子生活得舒适一些。

以前没有出事时，老孟每个星期都会去孟星那儿坐一坐，不管儿子在不在。他坐在公寓里，这儿看看，那儿摸摸，心里就感到踏实。书桌上摆着一张儿子的照片，孟星很酷地站在学校的操场上，叉着腰，高大俊美。每次看到照片上的儿子，老孟的心里就缓缓地涌出一股暖流，妥帖而温暖。

周末的时候，孟星有时会回家里看看。老孟每一次都会婆婆妈妈地啰唆着：儿子，今天想吃点儿什么？

孟星总是轻描淡写地回答：随便啦。

老孟就带着孟星打车去吃海鲜。他给孟星点一份海参，再点三两个青菜。儿子吃得很香，老孟却不吃，手里端着一杯红酒，半天抿上一口，笑眯眯、心满意足地看着儿子。

孟星毕竟大了，也懂事了，有几次竟说：爸，以后就别出来吃了，在家随便吃一点算了。你搞装修，挣钱也不容易。

老孟听了，心里酸得不行，也暖得不行。他伸出手，摸着儿子的头，慢条斯理地说：儿子，没事儿。爸都是土埋大半截的人了，挣钱就是给你花的。要是有一天，爸干不动了，挣不到钱，爸就指望你了。

孟星不说话，低着头吃饭，眼里早已经含了泪。

这时的老孟是幸福的。

那时，老孟就已经想好了自己的末日。干他们这一行的都知道，常在河边走，哪有不湿鞋。为此，他一直留着后手，在这行上也一直小心谨慎，每年只做一两次生意，然后，该干什么还干什么。

老孟靠贩毒是挣了些钱，但这些钱他没买房子，也没置地。他觉得那都是些身外之物，如果有一天，自己掉进去了，这些东西都是没收的对象，不管户主写着自己还是儿子，都没有用。而写别人的名字，他又如何能放心。于是，老孟就把一堆又一堆的钱换成了金条，一捆捆地搬回家里。他在墙上挖了个洞，每次把金条藏进去后，他都会用水泥、石灰抹好，再刷上涂料，丝毫看不出破绽。老孟是搞装修的，做这些事驾轻就熟。

藏在墙里的金条，他还没打算和儿子说，觉得还没到给儿子交底的时候。他不着急的原因是他现在还活着，只要临死前，把这个秘密告诉儿子就够了。

老孟虽然做好了最坏的打算，但他仍希望自己平平安安地活着。有儿子，他的日子就有滋有味，有了奔头。老孟曾畅想过，自己就是真的老了也没啥了不起，那时的儿子也成家立业了，有了自己的孩子，那该是怎样的幸福啊！而自己，即便是再老，仍然要努力地活着，直到生命的钟摆停止的那一刻，他再向这个世界告别，向自己的亲人告别。此生就再也没有遗憾了。

这是老孟的设想，事实上，设想永远也没有变化快。老孟这次就差点儿掉进去，好在死里逃生，躲过了一劫。可躲得了初一，又躲得过十五吗？

站在镜子前的老孟，慢慢止住了眼泪，他再次细细地打量着自己。他努力地回想以前的老孟，但眼前的老孟已是面目全非。他小心地摸着自己的脸，从额头再到下巴，他的手开始颤抖起来。终于，他的手垂了下来，张大嘴巴用力地喘息着。

接着，他走到客厅里。这么多天来，他第一次这么堂而皇之地站在这里。忽然，他想起了什么，赶紧把用过的纱布和剩下的药品，统统收拾到洗手间里。他用剪刀仔细地剪着那些东西，然后扔到马桶里冲走了，不留一点痕迹。

做完这一切，老孟点了支烟，这是他这段时间以来第一次从容地吸烟。他要好好想一想，以后的路该怎么走。

忽明忽暗的烟头，颇像老孟此时的心境。他知道，自己暂时是安全的，而下一步，他一定要从这里走出去，离儿子越近越好。

一个月后，老孟终于来到了大街上。

老孟从屋子里走出来，也是经过了一番准备。趁着夜色，他先在超市买了一身衣服，然后，又去了发廊，请师傅给自己设计了新的发型。

走在街上的老孟想的第一件事，就是去自己的公司一趟。出事一个多月以来，他几乎和外界断了音信，当然，也包括和儿子孟星的联系。

老孟的公司坐落在一条小街上，是一幢二层小楼，装修公司的名字叫万家平安装饰公司。

他站在街的对面，犹豫地望着熟悉得不能再熟悉的公司。没出事之前，他每天第一个来到公司，打开所有的房间，他甚至亲自把桌上的烟灰缸倒了，然后，给自己沏上一杯茶，点上香烟，仔细地翻看着每一份工期合同。这时候，公司的人才开始陆续走进来，他像迎接自己的孩子似的，冲每一位来上班的员工点头致意。新的一天，就在这种轻松愉悦的气氛中开始了。

一个多月没有迈进公司的大门了，老孟有些想念这里。他站在公司门口，心里就多了一种说不清的滋味。不知过了多久，他终于迈动双腿犹豫着走进去。这时，公司里出来一个人，这人老孟认识，是设计师小刘。小刘三十多岁的样子，已经来公司几年了。他看到小刘，竟下意识地站住了，小刘差一点和他撞了个满怀。小刘看了他一眼，低声说了句对不起，就匆匆地走了。

他站在那里，直到小刘消失才回过神来。他摸了一下自己的脸，这才意识到小刘根本就没有认出他来。他顺手抻了抻衣角，毫不犹豫地推开了公司的大门。

小柳看见老孟，走上前，热情地招呼着：您好，欢迎您来到万家平安装饰公司。

显然，接待员小柳把他当成了普通的客人。他犹豫一下，还是走了进去。

小柳引导着老孟在会客区的沙发上坐了下来。很快，小柳就端上了一杯热茶，说：先生，您请喝水。我可以帮您请一名设计师过来，请他和您做一下沟通。

望着眼前熟悉的小柳，他的心里动了一下。这是两年前他招来的一名小姑娘。小柳不是学设计的，也不懂装修，看小姑娘一副伶牙俐齿的样子，他就让她做了接待员。公司里有了接待员，档次就显得不一样了，就连小柳刚才的那些问候语，也都是老孟要求的。老孟要求公司里所有的员工，在对待客户时都要像对待自己的家人一样。从那以后，公司的生意渐渐多了起来，很多新客户都是在老客户的推荐下找上门来。由此，老孟也体会到了口碑的重要性。

老孟点点头，冲小柳说：我想见一下你们公司的老板。

小柳听了，怔了一下，望着他停顿了两三秒钟，但很快就笑一笑说：你等一下。

小柳转身走进一间办公室里。很快，她就出来了，身后跟着老于。老于和老孟的年纪差不多，是当年和他一起打拼出来的兄弟。公司能发展到今天，和老于的相助是分不开的。这么多年下来，两个人已经结下了深厚的友谊。

老于搓着手，在他面前站了一会儿，就坐在对面的沙发上，说：这位先生，你找我？我姓于，有事您跟我说就行。

老孟看着老于，从老于陌生的眼神里他意识到，老于并没有认出他来，他有些庆幸，也有些悲哀。他冲老于笑一笑，说：我想找你们的老板。

老于仔细地把他打量了一番后，小声地说：我们老板不在，有事您跟我说就行。

他点点头，放下茶杯，站起身来。他知道，自己已经没有必要在这里待下去了，于是，他冲老于淡淡地说道：他不在就算了。

在他走到门口时，老于跟过来小声地问：您是我们老板的朋友，还是——

老孟笑一笑，说：算是朋友吧。说完，往门外走去。

走出去时他没有回头，但他感觉到了身后老于望着他的一双眼睛。

重新站在大街上时，他回过头，望了眼那栋二层小楼，心里一片空荡。他这次来公司的唯一目的，就是要验证一下这些朝夕相处的人还能否认出他来。结果是满意的，他相信，这个世界上除了自己，再没有第二个人能够认出他来。他颇有些得意，但很快，他又变得茫然起来——现在，他又是谁呢？

他恍然地在街上走着。

中午时分，老孟走进了一家他所熟悉的饭店。这家饭店他以前经常来，他喜欢那里的几样小菜。服务员和老板也都认识他。有时他一进来，服务员就会把他带到他常坐的那张桌前。他随口说一句：老三样。服务员就知道该上什么菜了。

这次，他走进来，没有人热络地和他打招呼，只有一个服务员冷着面孔问：您几位？

他没有说话，径直向靠窗口的角落走过去，坐在那张熟悉的桌前。这时，旁边走过来一位服务员，说：先生，点菜吗？

他习惯地脱口而出：还是老三样。

服务员一脸奇怪地看着他。

他猛然醒悟过来，报出了菜名，点第三个菜时他犹豫了一下，临时又改了一道菜。他在心里告诉自己，他已经不是老孟了，过去的老孟已经死了。

吃饭的过程中，他开始盘算着自己的未来。他的思路始终是清晰的，那就是要塑造一个全新的老孟。

山水市所有道上的事老孟都了如指掌，下一步，他要给自己办一个新的身份证。办证对他来说再简单不过了，那张证上，除了照片是真的，其他的都是虚拟的。

他很快就办了一张假身份证，他给自己取了一个新的名字，叫张一水。地址填的是乡下的地址，地址是真的，他当年在那儿下过乡。

第二天，他就拿到了崭新的身份证。望着照片上的自己和陌生的名字，他的心暂时安静了下来。

做完这一切，他下一步就是去看儿子孟星了。

孟星的学校他不知道去过多少次了。晚上八点半的时候，他出现在孟星居住的公寓门口。他知道，过不了多一会儿，孟星就会从学校里回来。他蹲在那里，点了支烟。果然，孟星很快就骑着自行车，摇着车铃冲了过来。

看到孟星时，他的心一阵猛跳，然后站起身，和往常一样微笑着迎了上去。

孟星从自行车上跳下来，看了他一眼，也就是一眼，甚至只能说是瞟了一下，就匆匆地从他身旁过去了。

高挑、充满朝气的孟星，走起路来和所有的年轻人一样充满了活力。他跟在孟星的身后走了一段，直到望着儿子进了单元门，他才停了下来。他的目光一直跟随着儿子的身影，直到消失。

很快，再抬起头时，他看见儿子房间里的灯亮了。他靠在一棵树上，痴痴呆呆地望着窗前儿子的身影，泪水止不住地流了下来。

不知过了多久，他抹了一把脸，感到脸上凉冰冰的。

第二天，他又来到孟星居住的公寓。

他在院子里徘徊着，无意中竟看到告示栏中贴有房屋出租的广告。他停下脚步，思忖良久，掏出手机，拨通了广告上的电话号码。

他没有和房东讨价还价，就把房子租了下来，并付清了两年的租金。儿子孟星两年后才毕业，他要和儿子住在一起，天天陪着儿子。

孟　　星

孟星做梦也没想到父亲会成为通缉犯。三岁的时候，母亲就扔下他和父亲，跟着另外一个男人走了。母亲对于三岁的孟星来说只是一个模糊的符号，母亲能够给他的，父亲一样不少地都给了他。在他成长的过程中，父亲是他的天，是他的依靠。

在他的记忆里，父亲从来都是遵纪守法，与世无争。很小的时候，他就跟着父亲穿梭于各个装修现场，不管房主态度如何，父亲一律是不急不躁、小心翼翼的样子。至于结算时钱多钱少，父亲也从没有太多计较。父亲的搭档于叔叔有时都看不下去了，想要说些公道话，父亲都会摆摆手加以制止。父亲耐心地听着房主喋喋不休的指责，然后，在图纸上重新设计、修改，指挥工人重新施工。后来，父亲的态度反而弄得苛刻的房主都不好意思了，交活的时候，房主就拉着父亲的手真诚地说：孟师傅，你这人太实在了。我住进这房子里，会经常想起你的。

父亲也不多说什么，笑一笑，收拾东西和工人一起搬了出来。

在孟星的印象里，父亲似乎从来没有发过火。更多的时候，父亲更像是一位母亲。

父亲晚上从不在外面应酬，每天都准时回到家里，忙碌着晚饭。

吃完饭，父亲就坐在孟星身边，看着他写作业。小的时候，孟星觉得有父亲朝夕相伴，心里是温暖的，也觉得很开心。等他长大一些时，他忽然就不想让父亲这么陪了。他一次次把自己的想法和父亲说了，父亲就坐在门口，不远不近地看着他。父亲的样子似乎很随意，可目光却一直没有离开过他。

孟星知道父亲是疼爱自己的，父亲甚至是把缺失的母爱一同给了自己。他忘不了自己冲父亲要妈妈时，父亲痛苦的表情。那一次，父亲第一次冷下脸，没好气地说：你妈死了。

直到上中学后，父亲才把母亲的真实情况告诉了孟星。那天晚上，他整整哭了一晚。父亲坐在他的床头，默默地陪了他一宿。第二天一早，孟星起床后，冲父亲说了一句话：爸，没事儿，这样的生活我已经习惯了。

说完，孟星就背上书包走了。

孟星哪里知道，父亲那天竟哭了足足有一个时辰，不仅为了儿子，也为了自己。

孟星考上了大学，老孟似乎真的松了一口气。接到录取通知书那天，老孟请孟星到饭店里吃了一顿大餐。那天，他点了一桌丰盛的菜，有好多菜就是老孟自己也没吃过。孟星吃得很香，老孟看一眼儿子，喝一口酒。渐渐地，酒就喝得有些多了，老孟冲孟星说：你吃，儿子。等你上大学了，你就是个大人了。

老孟的脸在酒精的刺激下越发地红了，说：儿子啊，开学后咱不住学校，爸给你在外面租房住。

孟星放下手里的筷子，抬起头说：爸，那得多少钱啊？

花钱咱不怕。爸挣了这么多年的钱就是给你挣的。

孟星第一次看见父亲这么奢侈，结账时竟花了一千多块钱。老孟从兜里掏出钱，眉头都不皱一下地给了服务员。

从饭店里出来，孟星小心地搀着有些喝多的父亲。

老孟说：孩子，你现在是大学生了，穷家富路，在外面别委屈了自己。

爸，我不委屈。我觉得这样挺好。

老孟又说：儿子啊，你可不能过你爸这种生活了，爸过够了。这么多年爸就盼着你考上大学这一天，你大了，爸就不跟着操心了。

孟星搀着父亲的手就用了些力气，老孟感受到了来自儿子的力量。

儿子，爸挣这么多年钱可都是为你攒的。等你大学毕业了，找份好工作，爸给你买一套房、一辆车，你就好好过日子了。你过好了，爸看着才开心。

在孟星的记忆里，老孟的生活是朴素的，他知道父亲挣钱不容易。这么多年，父亲从没给自己买过一件像样的衣服，却总是把他收拾得体体面面。那天晚上，他站在马路旁，用力地抱住了父亲，哽着声音说：爸，你这么多年也太不容易了。

儿子的一句话，让老孟流下了眼泪，酒也立时醒了一大半。在回家的路上，老孟一句话也没有说，任眼泪恣意地流着。孟星沉默地跟在他的后面。

这就是孟星心目中关于父亲点点滴滴的印象。他想象不出，这样安分守己、纯朴善良的父亲会和毒品联系在一起。

直到公安局的人把家查了，也封了，他还是不能接受这个现实。公安局的人和他谈话时很客气，但话里话外透着法律的冷峻，话题自然也都是以父亲为中心。他不想隐瞒什么，关于父亲的事他都很配合地讲了，最后，公安局的人例行公事地说：一有你父亲的消息，就立即通知我们。

眼瞅着公安局的人走了，孟星依然不相信这一切会是真的。可没过两天，满大街的通缉令就贴了出来。他站在电线杆下面，看到了父亲的名字和照片。他的心怦怦地跳着，脸涨得通红，呼吸也变得困难起来。

最初的几日，他一宿也没睡踏实，总觉得有人在敲公寓的大门。他光着脚跑过去，打开门，楼道里却是空空的。

他经常在阵阵的雷声中醒过来。窗外大雨如注，他辗转反侧，难以入睡。他知道，此时的父亲一定还没有被抓住，可他又能躲在哪里呢？是正在逃亡的路上，还是躲在某个角落里，提心吊胆地过着日子——这么想着，他就没了睡意，呆呆地立在窗前，望着无尽的黑暗。透过闪电的光亮，雨夜中，他静静地思念着父亲。每一天，他都这样煎熬着自己，他在心里一遍遍地喊着：爸，你在哪里呀——

日子一天天地过去了，街头巷尾到处贴着的通缉父亲的告示，经过风吹日晒，早已变得面目全非，有的已被新的通缉令所覆盖。孟星的心也渐渐平复了一些。可他每天睡觉仍然不踏实，经常在梦中醒来，与无边的黑夜相伴。他屏息静气地捕捉着门外细碎的声响，稍有动静，他都会机警地奔过去，把耳朵贴在门上，聆听着外面的动静。

他知道，父亲不会丢下他不管的，不管如何，父亲都会和他见上一面。他相信父亲会这么做的，然而，父亲又在哪里呢？

又过了不久，他的银行卡上多了一笔钱。上大学后，父亲就给他办了这张银行卡，隔一段时间，父亲就会准时地往卡上打一些钱。

握着手里的银行卡，孟星掩饰不住内心的激动和不安。他激动的是父亲仍然是自由的，但又心疼父亲逃亡生活的磨难和艰辛。

这天，从学校回到家里的孟星见对面房间的门大开着，一个人正弯腰躬背地清理房间。那一刻，他的心猛地提了起来，他差点儿叫出一声“爸”，那人的背影太像自己的父亲了。

那人似乎也听到了身后的脚步声，回过头，看了他一眼，还冲他客气地笑了笑。孟星的心“咚”的一声，落地了。原来，那人只是有着与父亲酷似的背影。

孟星回到自己的房间，把门关上，心仍咚咚地跳个不停。他忍不住从猫眼里向外看去，那人仍里里外外地忙活着。令孟星惊奇的是，那人举手投足简直和父亲一模一样，面孔却又是如此的陌生。冷静之后，他这才意识到，父亲此时一定正奔波在逃亡的路上，怎么可能出现在自己的眼皮底下呢？但这个新搬来的邻居还是让他感到很好奇。

华子和张桂花

华子在刘春来回部队的那几天，总是准时出现在刘春来的家里。

华子的出现，深得刘春来的母亲张桂花的欢喜。华子去部队看望受伤的刘春来的新闻，早就在镇子里传开了。当时，张桂花对华子的印象并不深刻，尽管华子从部队回来后，她也曾到华子家里去看过华子。

华子那时还是大二的学生。张桂花找到华子，用审视的目光望着这个对自己的儿子颇有好感的女孩子。在母亲的心里，早早就勾勒出了未来儿媳妇的模样。

张桂花早年丧夫，她一个女人拉扯着一儿一女，磕磕绊绊地走到了今天。女儿刘茹算是有了自己的家，正和女婿热热闹闹地闯生活。对于女儿，她是放心的，最让她放心不下的是小儿子刘春来。在她的眼里，男孩要比女孩重要得多，女孩子嫁出去就嫁出去了，就像泼出去的水，是好是坏，那是别人家的人了。可儿子在她的心里就不一样了，男人承载着继承家族香火的重任，娶妻生子可不是件马虎的事。眼看着儿子一天天长大，成家立业的心事就在母亲的心里突显出来，并且以一个女人的心态，想象着另外一个女人。

张桂花第一次见到华子，可以说就喜欢上了华子。她很相信自己的直觉，也就是人们常说的缘分。她见到华子时，华子先冲她笑了一下。华子的笑很舒服地印在了她的心里，她的心里如同绽放了一朵水莲，淡雅芬芳，令她喜笑颜开。

你是华子吧？张桂花的眼睛早已成了一双弯月。

我是华子，阿姨您是谁呀？华子的声音像唱歌儿一般。

张桂花笑了笑，说：我是春来的妈妈。

华子的脸一下子就红了，不好意思地低下头。

此时的张桂花已经把华子看作自己的儿媳妇了。在这之前，她已经知道了儿子的伤情，但她还是问道：春来快出院了吧？

华子看了她一眼，赶快又垂下眼睛，点了点头。

看着华子娇羞的模样，心花怒放的张桂花一把拉住华子的手，上上下下地打量起来，真是越看越喜欢。

孩子，等以后学校放假了，有时间就到阿姨家来，阿姨喜欢你。张桂花由衷地表达着自己的热情。

也许是缘分，也许是张桂花的认可，从那以后，华子只要从学校回来，都会到刘春来家去看一看。

华子大学毕业那一年，张桂花把一只镯子戴到了华子的手腕上。这是婆婆传给她的。当年，是婆婆小心地把它戴到了她的手腕上，她才顺理成章地嫁给了刘春来的父亲。在她的心里，也希望华子能顺顺当当地嫁给自己的儿子刘春来。

这件事过去没多久，刘春来突然从部队上回来了。在最初的日子里，母亲张桂花为儿子扼腕叹息，如果不出意外，顺风顺水地在部队干下去，儿子还是很有前程的。可就在这个时候，儿子突然回来了。回来就回来了，母亲并没有多想，只要儿子平安地生活在自己的眼皮底下，这比什么都强。如果能够早点和华子成亲，生儿育女，当母亲的也算了了一件心事。

可事与愿违，在回来的一个多月里，刘春来不是发呆，就是闷头睡觉。张桂花并没有把儿子的异常举动太当回事，她想，儿子突然从部队上回来，一时还不能适应眼下的生活，过一阵就会好的。自己当年在丈夫去世后，不也是茶饭不思，心里空落落的？可日子总还是要往下过，想开了，释然了，往前奔就是了。

她想，儿子经过一段时间的调整后，就会一切如常。

令她意外的是，刘春来突然提出要去部队一趟。去就去吧，再回来也就该收心了。张桂花是这么想的。

在儿子去部队的这几天，张桂花把华子叫到了家里。她要着手为儿子设计婚姻大事了。她在给华子戴上手镯的那一刻，一切就板上钉钉了。

她拉着华子的手，充满希望和温情地说：等春来回来，你们就把婚结了吧。

别看华子已经大学毕业，算是踏入了社会，但在这方面却腼腆得很。听张桂花这么一说，她的脸早就热得发烫了。她低着头，微微地扭着身子。这一幕也是张桂花想看到的，她内心里期待的儿媳就应该是这个样子。她不希望儿媳妇是那种风风火火的女人，她希望儿媳妇老实、听话，这样的女人才能让儿子省心、踏实。

得到华子无声的认可之后，张桂花开始操办儿子的婚事了。她事无巨细，亲自上阵采买着各种结婚用品，还不时地征求着华子的意见，华子每次都说：阿姨，你喜欢就行。

华子的表现深得张桂花的喜爱。也就是在这短短的几天时间里，张桂花找人将房子粉刷一新，只等儿子回来成亲了。

在刘春来没回来之前，张桂花和华子在新房里谈了一次话。

张桂花认真地看着华子的眼睛说：闺女，这次春来从部队上回来，你相信外面那些闲言碎语吗？

华子坚定地摇摇头。

张桂花继续说：春来是从我身上掉下的肉，我相信自己的孩子能做啥、不能做啥。如果他拿了人家的钱，一定瞒不过我的眼睛。

华子看了眼张桂花，郑重地点点头。她相信刘春来，相信一个连死都不怕的人，还能去贪那些不干不净的钱吗？对于这一点，她从不曾犹豫过。

华子，阿姨是真的喜欢你。你嫁给春来，春来他这辈子也不会委屈你，这一点随根儿。他爸活着时对我很好，只可惜短命啊！你现在是大学毕业，春来是没上过大学，但他当过兵，等他以后找到工作，你们的日子一定也错不了。

华子羞赧地低下了头。

在母亲张桂花的畅想中，刘春来应该能过上那种可以想象得到的生活。然而，现实中的刘春来又等来一种什么样的生活呢？

刘春来和华子

刘春来和李林这次去部队，以为会得到想要的答案。结果，这份答案却被悬在了半空。老孟就像人间蒸发了，他们的心从此也就开始跟着一起流浪了。确切地说，他们的心情比去部队前还要糟糕。毕竟，王伟大队长因为这件事也受到了牵连。

刘春来从部队回来之后，母亲和他有了一次对话。

晚上，母亲张桂花坐在灯下，一边补着手里的衣服，一边说：春来啊，你从部队上回来也有一段时间了，我知道你对那件事还不死心，可你去也去了，结果又咋样？妈想啊，这事该咋着就咋着了，你也该安心了。从小到大，妈拉扯你和你姐不容易，家里一直没有个男人，现在妈老了，你也该撑起这个家了。你去找份工作吧，华子我看着不错，你们也该结婚了。你们这一结婚，这个家我也就不用操心了。

刘春来无精打采地看着母亲。他不是不想振作起来，但老孟像一座山一样压在他心头。母亲提到华子时，他的心里多少还是有了些安慰。出事之后，他经常会想起华子，也只有这个时候他绷紧的神经才会有片刻的松弛，就像跋涉在大漠中的行者看到了那一眼绿色。

对于他和华子的未来，他也曾无数次地想过。华子大学毕业后就是一名光荣的教师了，而他，有朝一日提干后，也就成了一名英武的警官。那时，他们郎才女貌，该是多么般配的一对啊！

但他从部队回来后，对华子的热情却发生了一百八十度的大转弯。他一是没那个心思，更重要的是，他觉得自己无法再配上华子了。他现在是受了处分，提前复员回来，以后就是一名普通的百姓了。

这一个多月以来，他都在躲着华子。看到华子，他的心会疼。

他越是躲着华子，华子越是要见他。有一次，看见华子从院门口进来，他慌不择路地跳窗逃了出去。

他无法与任何人倾吐自己的心事，他只能去找李林，他们只能彼此惺惺相惜。

跳窗的时候，他的衣服被剐了个大口子。李林看见了，问：怎么搞的，和人打架了？

刘春来没好气地用手摸着剐破的衣服说：要是和人打架倒好了，我这是从家里逃出来的。

李林不解地看着他。

嗨，也没什么，我就是躲华子。李林，你说说看，我和华子的事该怎么办啊？

李林煞有介事地仰起头，眯着眼睛问：那你到底喜欢不喜欢华子？

你净说废话，要是不喜欢她，我也用不着躲了。

听了刘春来的话，李林更是摸不着头脑的样子，说：既然你喜欢她，那还躲什么？咱们年龄都不小了，也该考虑终身大事了。这两天，我妈也天天和我念叨这事，我的头都大了。

刘春来瞥了李林一眼，说：这时候，你还有心思谈情说爱？你有，我可没有。

李林不再搭腔了。他和刘春来一样，巴不得一下子把老孟抓到，扭送到公安局，所有的心事也就都了了。也只有这样，他们才能心安理得地开始自己新的生活。否则，他们寝食难安。

刘春来在李林那里没有讨到说法，只能硬着头皮回家了。

张桂花正在包饺子，他一进门，母亲就说：晚上咱们吃饺子，你去把华子喊过来一起吃。

他冲母亲含混地喊了声：妈——

人却站在那里，没有动。

母亲看着他，又絮叨起来：人家华子不嫌你这，不嫌你那的，你还想咋的？今天是妈想请华子过来吃饺子，让你跑个腿儿，总该使得动你吧？

母亲把话说到这个份儿上，他还能说什么呢？他低着头，心乱如麻地往华子的学校里走去。

在学校门口，他一眼就看到了华子。

华子双目含情地看着他，他却把目光挪向一边，嗫嚅着：我妈喊你去家里吃饺子。

说完，他低着头，就往回走去。

华子跟在他的后面走着。忽然，华子喊道：春来，你能不能慢点儿走，这又不是急行军。

他无可奈何地放慢脚步。

华子赶上来，和他肩并肩地往前走着。

春来，我又不是老虎，你干吗总躲着我？

他抓抓头，支支吾吾着：不是，我是……

在华子面前，他始终没有办法说出自己真实的心理感受。

华子扯了一下他的胳膊，说：你回来就回来了。当初我喜欢上你，也并没想着你提干发财的，我就是喜欢你这个人，才决定和你好的。

可我……他欲言又止。

你是想说外面的那些谣传吧。说你收了人家五十万是不是？我相信你是清白的，等那个逃犯抓住了，一切不就水落石出了。怕什么？就是你真的收了人家五十万，有一天你被判刑了，那我就天天给你送饭，算我瞎了眼。

他的头越发低了下去，眼里也有些湿润。

我家和你妈都等着咱们早点把婚结了呢。如果你不敢结婚，那我就认为你有可能真的收了人家的五十万。

华子一双清澈的眼睛逼视着刘春来。

刘春来抬起头，望一眼远方的天空，挥挥胳膊说：华子，你不懂。

华子一把抓住刘春来抬起的胳膊，情绪激动地说：春来，难道你不喜欢我了？你给我写的信，我可都留着呢。难道信上的那些话都是假话，你是在骗我？

刘春来答不上来，只能把头深深地低了下去。

吃晚饭的时候，母亲张桂花一直在计划着他们的婚事。她把儿子和华子带到新房前，推开了门，说：看看屋里还缺什么，我再去买。

刘春来没有心思去看这些，回到客厅，打开了电视。电视里正在放一个专题片，是一档法制栏目，一群警察正在围捕一名逃犯。

母亲送走华子回到屋里，“啪”的一声，关掉了电视。刘春来无着无落的目光终于定格在母亲的脸上。

告诉你春来，华子这姑娘我打心眼里喜欢。这婚你结也得结，不结也得结，你不急我还急呢。等我有了孙子，你们爱干什么干什么，我才不稀罕管。这大半辈子的苦我是吃够了，我现在要过几天安生的日子了。

母亲说完，把手里的遥控器摔在他的面前。

结　婚

如果没有老孟的事件，刘春来对待华子的感情应该是一心一意的。在他的心里，华子无疑是优秀的。那次负伤躺在医院时，他无论如何想象不到华子会去看他。以前，他和华子之间只是很淡的来往，自从华子看过他后，他们的爱情就掀开了新的篇章。

华子就像一只超凡脱俗的云燕，在刘春来青春的心海里自由穿梭。身为武警部队的一员，他对自己的未来还有着许多的梦想，当然，这些梦想自然和华子有一定的关系。他们的爱情是崭新而热烈的，他们的未来也充满了梦幻。身隔两地的男女以鸿雁传书的形式表达着爱慕与思恋，未来似乎如此浪漫而美好。

眼看着水到渠成时，老孟的事件发生了。刘春来和李林双双从部队上回来了，刘春来的心境今非昔比了。他的心思完全被出逃的老孟占据了，抓不住老孟对他来说生不如死。

如今，母亲的话已经是铁板钉钉了，况且婚礼又是母亲一手操办的，此时的刘春来没有一点退路。

这是一个星期天，婚礼如期举行。参加婚礼的人并不多，有老邻居，有刘春来的战友，还有华子的家人和同学、同事等。简简单单的几桌酒席，热热闹闹地摆在院子里。

作为新郎，刘春来没有感受到一点点的喜气。简单的婚礼程序之后，他就溜到了战友的那一桌。这些人和他都是同年兵，当满两年兵后就复员回来了，只有他和李林当上了士官。虽然当兵时，他们不是一个兵种，但这么多年仍一直保持着联系。

刘春来走过来时，李林正在给战友们倒酒。李林显然有些喝多了，他端着酒杯，声嘶力竭地唱着《当兵的人》。一桌的人也都脸红脖子粗地跟着唱，有的人眼里还含了泪。

李林把《当兵的人》唱完了，就有人喊：为了咱们这些曾经当过兵的人，干了这杯酒。

七八个战友齐刷刷地站了起来，很有些悲壮地把杯中的酒干了。

看见刘春来，一个战友大着舌头说：春来、李林，你们是咱们战友中最有出息的，我们本来以为你们会在部队长期地干下去，没想到……没想到你们也回来了。

刘春来听了，心里猫咬狗啃似的难受。他拿起桌上的酒，为战友们一一满上，然后举起手中的酒杯说：都说战友亲如兄弟，为了我们曾经是兄弟，干杯——

李林也举起酒杯说：春来说得对，我们曾经是兄弟，但我要说，我们现在还是兄弟！

高高低低的酒杯又一次碰撞出清脆的响声。

酒越喝越多。不知为什么，战友们竟三三两两地抱在一起哭了起来。酒喝多了，人就不由自主地想起一些莫名其妙的东西，于是，刘春来的婚礼就变成了战友们壮志未酬的哭诉地。

刘春来不知道自己是怎么走回新房的。他睁开眼睛时已经是晚上了。新房里的灯光柔和温暖，他一时不知身在何处。躺在床上环顾左右，他就看见了华子。华子已经洗去了脸上的脂粉，素面坐在床的一侧，正温情地望着他。

他想对华子说点什么，张了张嘴，又什么也没说出来。

华子轻轻伸出手，把他的手放在自己的脸上，说：春来，咱们结婚了。这是我一直以来的梦想，我早就在心里认定要做你的新娘，今天，我的梦终于实现了。

刘春来晃了晃有些发沉的头，问：李林他们在哪儿？

他们都回家了。华子有些嗔怪地说，你看你那些战友，都喝多了。是我和妈叫出租车把他们送了回去，他们吐了我一身呢。

刘春来贴在华子脸上的手用了些力气。

春来，你和战友们的感情我都懂，你们是生死战友，就像当年你救李林一样。

刘春来的眼圈红了，他突然哭了起来——他多么想重新再回到军营中啊，但他也清醒地知道，那美好的一切都已成为他永久的回忆。

刘春来泪眼蒙眬地冲华子说：华子，现在的刘春来已经不是以前的刘春来了，我现在什么都没有了。

华子用手捂住了他的嘴，盯着他说：春来，你有。我现在就属于你。你拥有了我，就拥有了这个家。我知道你心里难受，我相信你，迟早有一天那个逃犯会被抓住，那时候就会还你清白了。

刘春来抱紧华子，用力地把她贴在自己的怀里，喃喃地说：华子，谢谢你。

华子仰起头，目光里充满了柔情，说：不要说谢。我现在是你的妻子，你要知道，你高兴，我才会快乐；你忧愁，我就会悲伤。

他突然坐了起来，捧着华子的脸定定地看了一会儿，然后，一字一顿地说：华子，我要亲手抓住老孟。

华子吃惊地睁大了眼睛。

我和李林从部队回来就商量好了，我们一定要亲手抓住老孟。

华子不解地问：这不是公安机关的事吗？

公安那边有那么多的案子，人员精力都有限，再说老孟又是从我们手上逃掉的，我和李林一定要亲手把他抓回来。

华子定定地望着刘春来，望了许久，才说：如果你真有这个心思，那我支持你。否则，你会觉得不幸福。我和你在一起，就是要让你幸福。

刘春来又一次抱住了华子。

新婚的夜里，刘春来向华子说出了许多心里话。

行　动

李林的父亲为李林的工作可以说是费尽心思，在动用了多年的关系后，终于为他在工商所联系到了一份工作，而且还是干部编制。

母亲领着李林去了一趟工商所，见到了秦所长。秦所长是李林父亲的老下级，这么多年一路得到李林父亲的关照和提携。这次，他为了报恩，也是跑前忙后没少费周折，终于把事情办妥了。

秦所长看见李林后就说：小子，你可别辜负了你爸对你的这番心思，好好干！在这工商所里，有我吃干的，就不会让你喝稀的。

李林把两手插在裤兜里，这里看看，那里转转，然后说了句令在场所有人都惊讶不已的话：秦叔叔，我停薪留职行吗？

秦所长立时瞪大了眼睛，母亲也吃惊不小。母亲忙冲秦所长说：他秦叔，这孩子说着玩儿呢。

说完，母亲把李林拽出了屋。

站在工商所外面的大街上，母亲都快急哭了，说：李林，你也老大不小了，你以为从部队回来，找份工作容易啊？现在有多少人下岗，没有你爸，没有你秦叔叔，你能有这份工作吗？

李林望着母亲，挥挥手，说：妈你别说了，这班我上。

第二天，李林就上班了。全家人都眉开眼笑的。

李林上班的第一天，母亲特意请假，在家里做了一桌的菜。父亲下班回来时，还把一瓶茅台酒打开了。

父亲亲自把李林的酒杯倒满，又给自己倒了一杯，这才说：小子，你有工作了，也就算是长大成人了。爸爸老了，快退休了，以后这个家可就靠你了。

李林望了父亲一眼，就看见父亲花白的头发，他心里一热，头一仰，就把杯中的酒干了。这时的他心里又热了几分。

父子俩喝酒时，母亲在一旁不失时机地说：你战友刘春来可都结婚了，你也老大不小了，等过几天，你三姨带个姑娘过来，你见见。要是行呢，就把这门亲事定下来，年底就结婚。我们的心也就操到这儿了，以后的路就靠你自己走了。

那天晚上，李林失眠了，往事点点滴滴地浮现在眼前。从当兵离开小镇，到华子突然出现在刘春来的病床前，直至老孟最终的逃脱。

那天，刘春来和华子的婚礼他去参加了，而且还喝多了酒。在婚礼上，他为刘春来高兴，也为自己感到悲哀。华子一直是学校里的校花，而且还是第一个考上大学的，那么多人都暗自喜欢着华子，华子却最终嫁给了刘春来。在给一对新人敬酒时，他大着舌头说：春来啊，咱们是战友，生呀死的可都见过了，华子今天跟你结婚，这是你的福气，你可要对得起她啊。

几个同学也在一旁附和着：是啊春来，你以后要是对不起华子，我们可不答应你。

刘春来笑了，一仰头，喝了杯中的酒。

从那一刻起，李林觉得自己是彻底失恋了。华子是他的梦中情人，如今华子嫁的不是别人，正是与自己情同手足的战友刘春来。

华子的一切美好瞬间在他心里定格了，所有的一切，都将成为美好的回忆。

那天晚上，想过华子，他就又想到了老孟。老孟像阴魂一样久久不能在他的生活里散去，他睁眼是老孟，闭上眼睛还是老孟。老孟此时成了他心里的一道魔障，一想起老孟，他就有些恍惚，有几次把报表都填错了。

终于有一天，下班后，李林来到了刘春来家。

刘春来正坐在院子里，望着西天的云彩发呆。太阳已经西斜，却依然把天空染得红彤彤的。

刘春来看见李林，上上下下地把他打量了好几遍。

李林也低下头打量着自己，并没有发现什么不妥，说：你看我干什么？

刘春来撇着嘴说：听说你找了工作，上班了？不错嘛。

李林也煞有介事地把刘春来端详了一番，说：你这蜜月看来过得也不错呀。

刘春来腾地站了起来，拉起李林，说：走，喝酒去。

两个人找到一家小酒馆，三两杯酒下肚之后，李林就皱起了眉头，说：我这班上得闹心，老是想起部队的事，想起那个老孟。一想起这些，我干什么都没心思。

刘春来端着酒杯呆呆地望着李林，半晌，又是半晌，他突然说：还记得我们刚从部队回来时说过的话吗？

李林狠狠地蹾了下酒杯，说：不抓住老孟誓不为人。

刘春来一口气把杯中的酒喝了下去，说：不抓住老孟，我就是再结十次婚也高兴不起来。

唉，我和你一样，现在就是给我个省长干也没意思。

两个人从小酒馆里走出来时，显然都喝多了。他们相互搀扶着，最后就抱住了路边的一棵树。

李林，我跟你说啊，不抓住老孟，我这心不甘哪！

班长，我听你的，你说咋办就咋办。

我早就想好了，过几天我就去山水市抓老孟。

我也去。李林的脸涨得通红。

刘春来摇摇头说：你都有工作了，你就别去了。

李林突然把头仰靠在树上，嘶声喊道：工作以后还会有的，可老孟只有一个。不抓住他，我活着还有什么意思。

刘春来踉跄着抱住了李林，说：李林，谢谢你，你还是我的好战友。

李林努力地挺起身体，让自己站得稳一些，说：春来，从现在开始你还是我的班长，你指哪儿，我打哪儿。

两天后，刘春来和李林登上了去山水市的长途客车。

李林出发时，没有和父母打招呼。他知道，无论自己怎么说，父母都不会同意他去寻找老孟。他在办公室留下了一封辞职信，同时也在家里的饭桌上留下了一封信。在给父母的信里他写着：

爸爸、妈妈，我走了。我曾经是个战士，却因工作上的失误留下了深深的遗憾，让罪犯从自己的手里跑掉了。这是我一生的遗憾和耻辱。爸、妈，我知道，你们对我好，但问题是只要一天不将其抓获，我的内心就永远不会安宁。爸爸、妈妈，请你们理解我！等我们配合公安机关把那罪犯抓获后，我就会回来好好上班，为你们养老……

这封信，李林的母亲看了，父亲也看了。父亲三两把就把信撕碎了，然后，背着手在客厅里走来走去。

母亲一边抹着眼泪，一边絮叨着：看看你这儿子，都多大了，还让人这么操心。好好的工作不要，说走就走了。

父亲大声地吼着：让他去。公安局那么多人，还显得着他了？他以为自己是谁啊！他走就走，就当咱们没养过这个儿子。

父母的气愤自不在话下。生完气了，他们就又开始为儿子牵肠挂肚了。

线　　人

要找到老孟，他们首先就得找到王伟。在他们的心里，王伟是离老孟最近的人。

当他们在公安局找到王伟时，王伟惊讶得睁大了眼睛。

王伟刚办完案回来。他把一副手铐狠狠地摔在桌子上，看来这次的行动又扑了一个空。

你们俩怎么又回来了？王伟奇怪地看着他们。

两个人异口同声地说：我们是来找老孟的。

王伟紧蹙的眉头略微舒展了一些。

大队长，最近有老孟的消息吗？

办公室里的人进进出出，王伟自然不好说话，他摆摆手，把两个人带到了大门口。

王伟看着两个人思忖了一下，这才说：公安局办案的纪律你们应该是清楚的。

那老孟的案子还归不归你管？

王伟点点头。

那案子的情况你肯定清楚，老孟到底还有没有消息？

两个人你一言、我一语地抢着问道。

王伟欲言又止。

大队长，我们信任你，你也该信任我们吧，我们不是外人。刘春来急得就差赌咒发誓了。

王伟搓着手说：我不是把你们俩当外人。我们有纪律，谁的案子谁负责，内部之间也不允许乱打听，况且，你们已经复员了。

刘春来上前一步，急切地抓住王伟的胳膊，说：大队长，告诉你，我们人是退伍了，可心却没退伍。老孟一天抓不到，我们就一天不得安生。这次来山水市，我们就打算在这里扎下去了，不抓到老孟，决不回家。

王伟的表情变得凝重起来，他看看刘春来，又看看李林，然后说了句：你们跟我来。

王伟带着两个人到了公安局的后院，这里是值班人员的宿舍。此时的宿舍是空的，王伟给两人倒了水，就坐在椅子上，掏出烟给自己点了一支，又把烟盒推到两人面前。两个人也不客气，各自点上烟，慢慢抽起来。

王伟很重地吐了口烟，说：实话跟你们说，现在咱们三个人都是说不清楚的人。外面都在传咱们收了老孟的钱，我现在虽然还负责老孟的案子，可我并不是主办人，只是协办，核心的消息我并不知道。但我知道，老孟的案子在局里属于大案要案，他人跑了，可他的案子并没有撤。现在是外松内紧，除了友邻省市发送了协查通报，还撒出大批的线人。一有消息，我们就会收网。

听了王伟的话，刘春来和李林的表情有些失望。公安局的一些内部纪律他们是懂的，他们也相信王伟所说的。但他们还是感到了失落，原以为这次来山水市，王伟会给安排一些具体的工作，让他们大展身手，可没想到却是眼前这样一个局面。

王伟见两个人的情绪低落下来，就安慰道：你们的心情我能理解，可你们不该来，来了也起不了什么作用。

可老孟一天不抓住，我们就吃不香、睡不好。我们在家里一天也待不下去了，这次过来，李林把工作都辞掉了。不抓住老孟，我们是不会回去的。刘春来攥着拳头，一副孤注一掷的样子。

李林站起身，走到王伟身边，说：大队长，咱们曾经也算是战友，我们不会给你添乱的。老孟是我们共同的痛，我们自愿过来抓老孟，不是想让谁表扬我们，我们只是完成自己的心愿。老孟抓到了，我们的心也就踏实了。不管以后做什么，这一段总算过去了。我们想清清白白地活，不想活得这么窝囊。

王伟抬起头，又一次盯紧了两个人，半晌，才叹了口气，说：实话跟你们说吧，老孟到现在也没有消息，我这心里比你们还急。

李林上前一步说：大队长，只要你还相信我们，就把老孟的基本情况告诉我们，我们肯定不会给你添乱。哪怕不能亲手抓住老孟，就是给你们当个线人也行，有什么情况，我们会及时向你们汇报。

作为曾经一起出生入死、执行过多次任务的战友，王伟从不曾怀疑过眼前的他们，就像从没有怀疑过自己一样。可老孟毕竟是从他们的手里逃走的，就是他们浑身长满嘴，也说不清楚。部队有部队的纪律，公安局也有公安局的规定。现在，不但他们提前复员，他自己也被免去了大队长的职务。对于这一结果，他心服口服，自古以来立功受奖，过失受罚。但让他窝火的是，如果当时自己的警惕性再高一点，老孟绝不可能逃走。就是这一致命的疏忽，让老孟乘虚而逃。他心不甘，情不愿，精明一世，糊涂一时。事情发生后，他曾暗暗地责备自己。可光责备又有何用，他要拿出实际行动，亲手抓住老孟，把山水市的毒网一举打掉，才是最后的胜利。当刘春来和李林又一次出现在他面前时，他被两个人的行为感动了。在得知刘春来撇下新婚的妻子，李林毅然决然地辞去公职，准备在山水市坚守下去的时候，他的眼睛有些湿润了。

李林和刘春来眼见王伟有些动容，忙不失时机地说：大队长，请你相信我们。咱们曾配合办过那么多案子，规矩我们还是懂的，我们不会乱来的。我们已经做好了充分准备，一天抓不到老孟，我们就一天不会离开山水市。

王伟长长地吁了口气，站起来说：那你们跟我来吧。

王伟被两个人的执着打动了，但他也有着自己的分寸。最近，办案组已经开始行动，四处撒网寻找着老孟。王伟思忖再三，决定还是从老孟的老窝入手，虽然不是明智的办法，但也只能守株待兔，希望老孟会留下一些蛛丝马迹。

王伟骑着三轮摩托车，带着两个人驶出了公安局。

王伟不说去哪儿，两个人也不问。不一会儿，摩托车停在了一所大学的门前。王伟从车上跳下来说：老孟有个儿子，叫孟星，就在这个大学里读书。学的是金融专业，现在读大三。

说完，王伟又用摩托车带着他们过大街穿小巷地来到一座二层小楼前。小楼的门口立着一块牌子，上面写着：万家平安装饰公司。

王伟冲里面努努嘴，小声地说：这是老孟的公司，以前他每天都到这里来上班。

两个人努力地向小楼里张望，此时已经是晚上，家家户户的窗口都亮了起来。老孟的公司仍有两个房间的灯在亮着，透过窗子，不时地有人影在晃动。

两个人的心顿时紧张了起来，仿佛老孟此时就在这里，心跳也有些加快。

看着两个人奇怪的表情，王伟在他们的肩上拍了一把，又一次发动了摩托车。车子七拐八绕地就到了一幢居民楼前，王伟没有熄火，一边用脚点着地，一边用手指着一个单元的窗口交代着：左手第二个窗子就是他家。以前，他每天都回到这里，周末的时候，他儿子有时也会回来。

说完，他一溜烟地把摩托车开到公安局门口才停了下来，回过头说：我只能告诉你们这些，这也不是什么秘密。但要抓老孟，也只能从这些线索入手了。如果你们愿意，就算帮我做个线人，有什么情况直接和我联系，不要找任何人。

两个人站在暗影里，望着面目不清的王伟，心里有几分感动。他们感动的是王伟直到现在还是如此地信任他们，在这之前，他们不知道老孟的任何线索，现在，在掌握了老孟的基本情况后，这就给他们以后的行动指明了方向。

刘春来和李林几乎是同时举起手，给王伟敬了一个礼，说：大队长，我们记住了，谢谢你。

王伟已经转身走了几步，听到两人这么说，回过头，纠正道：别再叫我大队长了，现在我只是个普通的办案刑警。

接着，就发动摩托车，驶进了公安局的大门。

两个人一直望着王伟的身影消失在黑暗之中，才往回走去。

在山水市当了四年兵，也在这里生活了四年，但他们对山水市的环境并不算熟悉。为了在这里长期驻扎下去，他们一下长途车，就在车站附近租了一间平房。这次见到王伟收获很大，至少关于老孟的线索已经变得清晰了起来。他们似乎也离老孟又近了一步。在这样的夜晚里，他们异常地兴奋。

他们从外面买了些酒菜，带回出租房，一边吃，一边聊着，仿佛成功在即。他们清楚，明天就可以行动了。

那一夜，刘春来和李林谁也没有睡踏实，睁眼闭眼的都是老孟的身影。

孟　　星

孟星做梦也没有想到，父亲竟然会是个毒枭。父亲在他的眼里，一直是个安分守己的人。从他有记忆开始，父亲就在忙碌着生活。先是带几个人给人搞装修，风里雨里，辛辛苦苦。父亲每天回来时身上都带着一股呛人的油漆味儿，不管怎么洗，那种味道总是挥之不去。后来，父亲搞了装修公司，生意大了，但依旧忙碌，和人谈合同，去工地检验质量，回到家里仍时常带着淡淡的油漆的味道。

孟星就是在这种熟悉、单调的环境中长大的，每天闻不到熟悉的油漆味儿，他就会感到不踏实。他知道，这熟悉的气味也正是父亲的气息。

父亲在他的眼里，一直都是节俭的，一身工装能穿上好几年。小时候，他经常会看到父亲在灯下缝补衣服，细细的针线，被父亲拿在手里，样子就显得很笨拙。但这一切却永远停留在孟星幼年的记忆里，父亲不仅是父亲，父亲还是他的母亲。

也就是这几年生活好了，父亲才开始不再补衣服。有时孟星周末回来，父亲会带他去饭店吃饭。每一次，父亲都把菜单推到他面前，让他点喜欢的菜。轮到父亲时，父亲总是点那老三样，一盘家常豆腐、一盘炝炒土豆丝和一盘回锅肉。当然，这三个菜是不可能同时点的，这个礼拜点其中的一个菜，下周就换另外一种。然后是一碗白饭、一杯白开水。父亲每次都是如此。见父亲这样，孟星点菜时就会把欲望压到最低限度，点一两样爱吃却又很大众的菜。父亲在一旁温和地鼓励着：儿子，多点几个，只要你爱吃就行。你现在学习，正是用脑子的时候，得补补。

受父亲的影响，孟星又怎么能奢侈得起来呢？

在孟星的印象里，父亲最为大手笔的就是他考上大学后，专门为他在学校附近租了一间公寓。

以前，每个周末回家时，父亲都会把他的生活费放在一只信封里，直到他考上大学后，父亲才把一张银行卡交到他手上。孟星接过银行卡，愣了好半天，老孟就在孟星的头上摸了一把，说：儿子，你大了，该花销的地方你就花，别嫌东西贵，爸能养得起你。

孟星接过父亲递过来的银行卡，眼睛就湿了，他哽咽着：爸，你赚钱也不容易，我不会乱花的。

老孟就把儿子抱住了，说：儿子，你长大了，爸总算可以放心了。

从那以后，父亲隔一段时间就会往那张银行卡里打钱，打钱的数额并不固定，有时多些，有时少些。不论多少，这些钱也够他用了，有时还绰绰有余。

有一个周末，孟星又一次回家，父亲又把他叫到饭店吃饭。父亲这次没有带他去那家常去的小饭店，而是换了一家气派些的。父亲没有把菜单递给他，而是自己点起了菜。那天，父亲破天荒地点了两只海参，还点了海鱼，这些都是以前孟星没有吃过的。父亲又点了一瓶红酒，这是父子二人第一次喝酒。

结账的时候，服务员报出了一个数，让孟星有些吃惊。

从饭店里出来的时候，孟星扯了一下父亲的胳膊，说：爸，以后别来这儿了，太贵了。

老孟冲儿子笑一笑说：今天爸刚跟客户结完账，没关系的。再说了，咱又不是天天来吃，一周请你吃一次，爸还请得起。

那天晚上，老孟兴致很高。在回家的路上，老孟借着酒劲儿和儿子说了很多话。当然都是一些教儿子如何做人、如何学会在社会上立足的话。后来，老孟停下脚步，倚在一排栏杆上，就说到了孟星的母亲。老孟说：也不知道你妈现在过得好不好，这么多年了，她一点音信也没有。怎么说，她当妈的也该来看看你，你毕竟是她亲生的啊。

听了父亲的话，孟星的眼圈就红了。小时候，他是恨母亲的，恨母亲心太狠，说把他们扔下就扔下了。那时候父亲就会说：这也不能都怪你妈，那时候咱们生活苦，她是看没有出路了，才跟人走的。父亲这样说过了，可他还是在心里怨恨母亲。后来，渐渐长大，这种恨慢慢就淡去了，反倒多了一种思念和牵挂。毕竟是自己的亲生母亲，骨肉相连，有时他甚至会梦见母亲。梦中的母亲，样子很是模糊，正不远不近地看着他。醒来后，他会发现枕巾早已湿了一片。他的心情也是冷冷的，有一种说不出来的情绪笼罩着他。

当喝了酒的父亲又一次提到母亲时，孟星的心里就有了种说不清、道不明的思念，这种感受不断地纠缠着他，撕扯着他，心里隐隐作痛。

这时，沉默了一阵的父亲突然问道：儿子，有女朋友了吗？

听父亲这么问，他的脸就红了，低下头，半晌才又点点头。提起女朋友，他心里就有种很温暖的东西在涌动，那感觉既幸福又忐忑。几个月前，他喜欢上班里那个叫杨悦的女生。杨悦似乎也很喜欢和他在一起。去食堂吃饭，两个人经常约好坐在一张桌前；傍晚，在校园里散步也总是形影不离。虽然，两个人谁也没有主动表白爱意，但都把对方装在了心里。前两天，两人之间的关系终于有了突破。那天晚上，也许是有意，也许是无意，杨悦的手碰到了孟星的手。令杨悦想不到的是，只轻轻地一碰，孟星就紧紧地抓住她的手，再也不松开了。杨悦没有把孟星的手甩开，反而主动地抱住了他。那一刻，孟星觉得自己幸福极了。此后，一连几天，他都会在梦中笑醒。

父亲这个时候问他，显然是猜中了他的心思。在父亲面前，他只能默认地点点头。

父亲这时点了支烟，吸了两口，才慢悠悠地说：过几天，把女朋友带回家，让爸爸看看，爸替你把把关。

他红了脸，用力地点点头。

然而，一切就像做梦一般。没过多久，父亲便消失了。

后来，公安局查封了家，直到现在大门上还贴着封条。再后来，他就在街上看到了通缉父亲的告示。直到这时，他才知道父亲是个毒贩。

他无论如何也想不明白，父亲怎么就成了毒贩，他甚至怀疑是公安局的人搞错了。

父亲出事后，公安局的人找他谈过话，无非是给他讲一些政策，希望他能主动提供父亲的线索。他猜不出父亲可能会去哪儿，在他的印象里，父亲从来没有离开过山水市。他也把自己对父亲的认识说了出来，然后恳切地说：你们是不是搞错了，我爸怎么会是毒贩呢？这不可能，太不可能了。

公安局的人拍拍手里的公文包，说：我们都跟踪他几年了，怎么会搞错。

那时，他大脑一片空白，所有关于父亲的细节一股脑儿地在脑海里闪现出来。他思来想去，也想不通父亲会是个毒贩。可眼下，父亲的的确确消失了。他从小就没有了母亲，难道，父亲也将离他而去？

就在父亲消失了一个月后，他突然发现自己的银行卡里又多出了一大笔钱。自从考上大学后，父亲每个月都会按时往卡里打一些钱，算不上宽裕，也说不上紧张，但总能让他从容地过上一个月。

这一次，父亲可以说给他打了一笔巨款，数目超过了万元，这是前所未有的。钱无疑是父亲打来的，这一信息同时也提示他，父亲目前还是安全的，也是自由的。

他跑回公寓，拿出银行卡想了好久。他开始思念父亲，不论父亲是什么样的人，对他来说父亲是他在这个世界上唯一的亲人，父亲就是父亲，任何人都无法取代。然而，父亲又在哪里？他不知道。此时此刻，孟星更加刻骨地思念父亲。有时，他在夜里突然醒来，猛地从床上坐起来，在梦里，父亲就在他的身边，给他掖被子，抚摸着他的脸，就像小时候一样。可当他努力睁开眼睛时，父亲却不在身边，他的心撕裂一般地疼痛，泪水止不住地流了下来。

那一阵子，关于父亲的通缉令依然张贴得到处都是，他每次看见都会远远地躲开。

一次，他和杨悦走在校园里。忽然，杨悦在一根电线杆下停住了脚步，抬头看看那张告示，半开玩笑地说：孟星，这个人也姓孟呢。

他走过去，拉住杨悦的胳膊就走，走了一段路才停下来，说：以后你不要看那些东西。

杨悦不解地看着他，说：怎么了，看都不让看。

他猛地意识到什么，赶紧解释道：那些东西和咱们没关系，离它们越远越好。

杨悦不以为然地笑了，说：就为这个呀，好吧，不看就不看。看你急得那样，好像那人是你什么人似的。

他嘴唇哆嗦了一下，不再说话，径直往前走去。

从那以后，他还发现自己出了校园后，总觉得背后有双眼睛在盯着他，他回过头去，那目光又消失了。等他再往前走时，那双眼睛似乎又出现在他的背后。这种感觉，以前从来没有过。有几次，他都回到公寓了，却觉得窗外仍有人在盯着他。他拉开窗帘的一角，看到街上的行人正行色匆匆地赶路。当他放下窗帘，那种感觉就又出现了。后来，他就想，一定是自己多心了。于是，干脆把窗帘拉开，把音响打开，自己该干什么还干什么。但那种被偷窥的感觉仍然存在，他又一次把窗帘拉上，这种奇怪的感觉弄得他坐卧不安。

以前，每到周末，他都要回家陪父亲吃顿饭。父亲最爱听他讲学校里发生的事了，他说了一遍又一遍，父亲总是津津有味地听着。听得多了，父亲就记住了同学的名字，偶尔还会问起某个同学又怎么样了。

父亲在知道他有女朋友后，总会嘱咐他：儿子，什么时候把杨悦带回来，让爸看看。

那时，他总是回答父亲：不急，过一阵再说。

父亲的样子似乎比他还急，不停地向他打听杨悦家里的情况。关于杨悦的家庭他并不清楚，只知道杨悦的家在一个小县城。在他的心里，杨悦家庭怎样与他并无关系，他喜欢的只是杨悦这个人。

父亲消失后，他无家可归。家已经被公安局封了。有几次，周末时他竟身不由己地要回家，直到走近门口，看到门上的封条，他才醒悟过来。他在门口站了一会儿，望着那熟悉而又陌生的家门，心里百感交集。呆怔片刻，他从楼道里走出来，来到楼下，抬头望着那扇自家的窗口时，猛然，他就想起了父亲，眼睛也潮湿了。

回到公寓，他躺在床上，开始回忆起自己和父亲在一起的日子。现在父亲突然从他的生活里消失了，他就像失去了一种依傍，无着无落。

又是一个周末，学校里的学生有的回家，有的进了图书馆，校园一下子就安静了许多。以前每逢周末，下课铃一响，孟星总是第一个冲出学校。那时的生活对他来说，既规律又温馨。可现在，他没有了回家的指望，他能做的只是等待。他先到图书馆看了一会儿书，人也是心不在焉的，然后转身又回到教室。教室里只有三两个学生在那儿聊天，看见他进来，有同学奇怪地问：孟星，你怎么还不回家？

他不好回答什么，笑一笑，离开了教室。

在外面转了一圈后，他回到了公寓。

当走到门口时，他发现门口放了一个塑料提袋，里面装着盒饭。他以为是别人把盒饭送错了地方，就站在门口喊道：这是谁订的盒饭？

没有人应声。楼道里依然很静。

他站了一会儿，又喊了一会儿，就用钥匙打开了房门。看着眼前的盒饭，他有些疑惑，也有些茫然，当他犹豫着把饭菜打开，一股熟悉的味道迎面扑了过来。那一刻，他的眼泪差点儿落下来。这是他和父亲周末外出吃饭时，父亲常点的老三样。

他意识到了什么，打开门，往楼道里张望。楼道静静的，一个人影也没有，只隐约传来电视里的声音。

他回到屋里，看着桌上的饭菜。用手摸上去，饭菜还是热乎的，这说明父亲刚刚来过。也许父亲正躲在某个角落，望着他。他跑到窗前，拉开窗帘，向外面看去。街上已不似白天那般热闹，有零星的路人走过。他把窗帘彻底打开，再也没有合上，冥冥之中，他觉得父亲就在自己的身边。

他坐下来，看着饭菜，眼泪一点一滴地流了下来。他吃一口饭，抹一次眼泪，在心里一遍遍地说：爸，你在哪里，我想你。

这么想着想着，眼泪终于止不住地流了出来。

那顿饭他吃了很长时间，仿佛父亲就坐在他的面前，和以前一样。

此时，他明白无误地知道，父亲还在山水市，而且，就在他的身边。虽然，他看不到父亲，但父亲正用自己独特的方式告诉他，自己会守候在他的身边。这么想过了，他有些兴奋，但同时又为父亲担心起来。父亲是公安局通缉的要犯，说不定什么时候，父亲就会被人抓起来。想到这儿，他真想大哭一场，为父亲，也为自己。

业余侦探

刘春来和李林已经跟踪孟星有一段时间了，他们想通过孟星的蛛丝马迹，捕捉到老孟的气味。他们也曾经近距离地接触过孟星。

那天，放学后的孟星迎面走过来，在与孟星擦肩而过时，他们甚至在孟星的眼睛里感受到了一丝忧郁。在他们看来，孟星在众多的学生中，除了面色有些苍白，眼神略带忧伤外，与普通学生别无二致。

经过一段时间的跟踪，他们并没有在孟星的身上发现什么。每天，他除了上课、去食堂吃饭，就是躲在图书馆里看书。晚一点的时候，孟星就骑着自行车，穿过一条马路，再转一个弯，回到公寓。即便是对公寓暗中观察，他们也没有发现任何异常。孟星照旧早出晚归，生活得很规律。

又过了几天，他们发现孟星的身边出现了一个女孩的身影。后来，他们知道那女孩子叫杨悦，是孟星的同班同学，也是他的女朋友。

看到杨悦，刘春来就想到了华子，心里就有一种说不出来的东西在动。他有些思念华子，但很快就被另一种念头压制住了。他离家出门时，曾向华子发过誓：我一定要抓住老孟，然后回去和你好好过日子。

华子含着泪点了点头，华子理解他的心。为华子这一点，他感到庆幸和幸福。他一到山水市就给华子写了信，华子也回过信，她在信里说，希望他早日抓到逃犯，并告诉他，她很想他。

刘春来知道，华子这是报喜不报忧，他知道母亲张桂花对他的离家出走，已经是忍无可忍了。

他这次出来，并没有告诉母亲实情。如果母亲知道他是去抓老孟，说死也不会让他离开家门的。他只好哄母亲说自己是外出打工。

尽管母亲并不是很支持他往外面跑，但对于一个男人来说，出去闯一闯也并非坏事。只是母亲总觉得才新婚就离开媳妇，这有些亏待了华子。好在华子及时替刘春来打了圆场，母亲也就不好多说什么。于是，在一个天还没有亮透的清晨，刘春来和李林离开了小镇。

看着华子的来信，他能想象得出，母亲一定是把他的名字天天挂在嘴边，念叨着他。华子在信里并没有说这些，但他知道，华子是在宽慰他。

每次看华子的信时，李林就笑他：结婚有什么好，就是个拖累。你看我，一人吃饱全家不饿。

李林把好端端的工作辞掉，在家里引起了轩然大波。以前，母亲还一直站在他的立场，袒护着他。那天，当父母看到他留下的信时，他们的心几乎就要碎了。

此时，看着刘春来眉头紧蹙的样子，李林的心是安定的。按照他的话说，他是没有什么可牵肠挂肚的，他要一心一意对付老孟。老孟不归案，他就决不收兵。

接下来，两个人还去了一趟万家平安装饰公司。这也是王伟提供的线索之一。那天，他们走进万家平安装饰公司时，一副长驱直入的架势。

接待他们的正是公司的小柳。小柳带着职业性的微笑，热情地问：两位是想装修吗？

他们点点头说：看看，咨询一下。

小柳就把两个人带到了设计师小刘的办公室。

小刘正在接待客户。桌子上摊着一大堆图纸，他正耐心地给客户讲解着最新的装修理念和风格。看到他们，小刘友好地笑笑，说：请稍等一下。

两个人看了眼小刘，就走了出来。他们的注意力不在小刘的身上。

小柳从旁边追了上来，说：两位请稍等一下，我们的设计师很快就会接待二位。

刘春来扬起了下巴，说：我想和你们的老板谈谈。

小柳毫不犹豫地说：那请跟我来。

小柳把他们带到老于的屋子里。

老于正在查账。以前公司的账目都是老孟一个人在管，老孟失踪后，老于就全面负责起来。他这一查账不要紧，发现公司竟亏损了几十万。这让老于倒吸了一口冷气。老孟从没有跟他提起过公司亏损的事，看着他整天乐呵呵的，似乎公司运转得很正常。而且，每个月大家也都按时拿到工资，奖金也从未短缺过。有时候，老孟还把大家带到饭店去吃一顿。点菜时，老孟从不小气，把菜单往众人面前一推，说：想吃什么就点，千万别跟我客气。

在众人眼里，老孟的公司做得还不错，起码是不亏本的。众人也就放心地吃，神清气爽地努力工作。

老孟从不跟客户讨价还价。设计师小刘拿出设计方案时就有了成本预算，报给客户后，客户就心疼地喊了起来：太贵了，这简直就是抢啊。老孟这时就一脸温和地说：那您看多少合适？

客户就给出一个报价。往往客户的报价给得很低，老孟听了，眼也不眨地说：行，你这单我接了。然后，低下头，拿过合同，很痛快地签了字。

因为老孟的公司报价低，客户就络绎不绝。每次签完一单生意，老于都会嘬着腮帮子说：孟总啊，你这也太低了，咱们连本儿都回不来啊。

老孟把手里的笔一放，说：都不容易，咱们也算是薄利多销嘛。

老于跟随老孟好多年了，从下乡到回城，直到下海搞公司。这么多年来，都是老孟拿主意，老于也懒得操心。

老孟突然间出事了，这让公司所有的人都大吃一惊。他们的第一反应就是公安局一定是搞错了，老孟怎么会是毒枭呢？然而，公安局毕竟是公安局，通缉令一发，他们也只能把老孟当成一个要犯了。

老丁正在为公司亏损几十万焦头烂额的时候，刘春来和李林来了。

李林开门见山地问：你是老板？

老于没说是，也没说不是，笑着看着他们，说：你们有什么事？我姓于，现在公司由我负责，有什么事就冲我说。

刘春来把屋子打量了一下，然后冲老于说：能把你们的执照拿给我看看吗？

老于犹豫了一下，从保险柜里取出了营业执照，说：你们不是工商局的吧？工商局的人我都见过，他们一年来检查一次。

你不用紧张，我们就是想装修房子，先到你们这儿考察一下。

老于脸上的表情立时轻松起来，说：那就看吧，都是真名实姓。我们公司可是名声在外，客户也都很信任我们。

执照上的确赫然写着老孟的名字，刘春来把执照还给老于，说：你不是老板，我们想和老板面谈。

老于笑笑说：是这样，我们老板不在，有事跟我说一样的。

李林拍了拍沙发的扶手，说：你们老板是出差了，还是没过来？

老于赔着小心地说：啊，是出差了，可能得等一阵子才能回来。不过，有事跟我说也行。

两个人站起身，一边往外走，一边说：那就等你们老板回来再谈吧。我们这次可是个大工程，一定要和你们老板谈。

老于招呼小柳一起把客人送到门口，他不停地重复着：其实您找我谈也一样，我们一定保质保量。

两个人冲老于挥挥手，没有说话，径直走了出去。

老于看着客人消失在视线里，才摇摇头，无奈地走进公司。

万家平安装饰公司

自从老孟消失后，老于一直很闹心。老孟不在了，他要把万家平安装饰公司维持下去，可要把公司维持下去，又谈何容易呢？以前，老孟在时，老于并不操太多的心，他只是老孟的助手，老孟怎么吆喝，他就怎么干。老孟的原则是从不和客户计较，装修工程保质保量不说，价钱上也没太多的计较。因此，老孟在山水市的装修界有很好的口碑，好多来装修的都是回头客，要么就是听别人介绍来的。表面上看，公司还算红火，大家跟着老孟干，心里也还踏实。

老孟出事，也是大家没有想到的。老孟在他们的眼里根本就不是那种人，怎么说出事就出事了呢？

老孟出事后，公安局的人挨个儿找公司的人谈话，主要是了解老孟的情况。作为老孟公司的员工，老孟出了这事，他们也成了公安局关注的对象。对于他们来说，也没有什么可隐瞒的，在他们的眼里，老孟一直是个厚道的老板。对于老孟出事反应最为强烈的莫过于老于了。老于对老孟可谓是知根知底，两个人一同下乡，又一同回城，直至开了这家装修公司。老孟走过的路几乎就是老于走过的路，他如此熟悉老孟，却不知这么多年老孟一直在贩毒。最初，他怀疑是公安局的人搞错了，后来听说老孟是当场被公安局抓了现行，在押解途中跑掉的。想想看，如果老孟不是犯了罪，他又何苦逃跑呢？

老于为老孟深深地痛心着。

自从老孟出事后，公司的门前经常会出现一些陌生的面孔。他们看似和一般的路人没什么区别，仔细观察却发现那些人不时地变换着位置和角度，时不时地向这里望。

老于是经历过一些事情的，他一眼就看出，这些人是警察。老孟跑了，这里就成了重要的监视点。

那一阵子，老孟消失了。通缉令贴出来后，公司的业务量一下子就下降了，没有谁会找一个毒枭开的装修公司去干活，偶尔有一些不知深浅的人，会到公司里转转，了解些业务，打听完了，也就走了。

那些日子，公司里还是有事可做的，以前的一些装修活还没有收工，老于就带着大家不停地跑工地，只留下小柳负责接待。工地上的活陆续干完了，公司就真的冷清下来了。老于开始整理公司的账目，这一整理不要紧，严重的亏损令他瞠目结舌，最近几个月的工程竟亏损了几十万，对老于来说，这简直是个天文数字。表面上生意红火的万家平安，眼下正处于亏损状态，这是他做梦也没有想到的。

那几天，老于如同热锅上的蚂蚁。在他的经历中，自己从不曾大富大贵过，可自从跟着老孟拉起装修队开始，日子也算走上了正轨，谈不上比别人好，也绝不比别人差。老于为公司的现状感到茫然和无助，如果能继续接到单子的话，公司还能维持下去，该欠的账继续先欠着。老孟消失一个月后，讨债的人就多得推不开门了。先是打电话，后来就是追上门来，都是一些建材商。公司进货后总是按惯例压一些建材商的款先不结，而建材商也明白，公司总是要进货的，因此建材商也不急于结账。现在，全山水市的人都知道老孟出事了，万家平安做不下去了，那些赊欠着账的建材商心里没了底，一股脑儿蜂拥着找上门来。

没钱可结，走投无路的老于只能考虑把公司的房子卖了。这是他唯一的出路，但真要卖了房，万家平安装饰公司也就不存在了。一想到公司的房子，他就想到了和老孟这么多年的拼杀。老于陷入到矛盾和痛苦之中。

也就是在这时，老于突然接到了一个电话。

那是一个早晨，老于刚到公司，小柳就手指着窗外，大惊失色地喊起来：于总你看，还是昨天那几个人。

老于顺着小柳手指的方向，只看了一眼，就知道那是公安局的便衣。那里也出现了刘春来和李林的身影。老于平淡地冲小柳说：这里没你的事，别大呼小叫的，该忙什么就忙什么去吧。

也就在这时，桌子上的电话响了。电话一响，老于就头疼，电话的内容无一例外都是建材商催着结钱。

电话响了一气，又响了一气，没完没了的样子。

老于没好气地拿起电话说：不是跟你说了吗，公司现在没钱，等缓一阵儿再给你结。

对方半天没有动静，过了一会儿，才说：我给公司的账上打了一些钱，先把欠的账还了，然后把公司贴上封条。

就这一句话，老于身上的汗毛立时竖了起来——这是老孟的声音。他下意识地把电话听筒捂上，紧张得连气都喘不过来了。

他结结巴巴地说：你在哪儿？

老孟在电话里平静地说：钱应该已经到账了，还了账你们就马上离开公司。别忘了把大门锁好，有机会我会见你的。

老孟说完便挂掉了电话。

老于举着话筒，任凭电话里的忙音“嘟嘟”地响着。好半晌，他才把电话挂上。

老于没有把老孟来电话的事告诉任何人，也没有报告给公安局。公安局找他们谈话时曾交代过，只要有老孟的消息就马上报告。老于并没有那么做，他当天就让人把款提出来，然后亲自到建材商那里，把欠的款项一一还上了。

回到公司后，老于把公司所有的人召集起来开了一个会。他用非常压抑的声音说：咱们都散了吧。

公司的人就都散了。老孟出了这事，所有的人也都提心吊胆。他们已经在这种提心吊胆中过了这么长时间了，老于说散了，也就真的该散了。

剩下老于一个人时，他从楼上到楼下又走了一遍，把每个房间的灯关掉，门关上。来到一楼时，他把水和电的闸门也仔细地关了，然后，锁上大门，把写好的封条拿出来，小心地贴在门上。

走出大门后，他又把院里的铁门锁好。

做完这一切之后，他没有马上离开，而是坐在路边抽了一支烟，又抽了一支烟。在抽烟的过程中，他和老孟在一起共事的情形过电影似的在脑子里放了一遍。这时，他忽然看到了站在马路对面的刘春来和李林，面对着这两个似曾相识的面孔，他想了半天，才想起几天前在公司里好像见过他们。在潜意识里，他已经把眼前的两个人当成公安局的便衣了。

刘春来和李林看见门上的封条，又望一眼老于，这才过来说：老板，公司怎么不做了？

老于眯着眼看着远处说：不做了，你们也不用这么辛苦了。

老于说完，站起身，拍拍衣服走人了。

刘春来和李林望一眼身后锁着的铁门，又望一眼老于离去的方向，心里有些怅然。

跟　踪

刘春来和李林这段时间跟侦探一样，最初的跟踪对象是老孟的儿子孟星。他们在孟星经常出入的校园和公寓之间潜伏、蹲守，有时一盯就是几个小时。以前执行任务时练就的潜伏功夫，这时正好派上了用场。他们安静地守候着，像猎人一样睁大了眼睛。然而，一天，两天，一连好多天过去了，他们几乎掌握了孟星所有的生活规律，可以说，孟星的生活单调而又规律。其间，他们甚至发现了杨悦，那是一个很朴实的女孩子，两个人牵着手在校园里漫步。从表面上看，他们是一对很般配的恋人。接下来，他们也跟踪过杨悦，杨悦就住在校园里的学生公寓，平时很少离开校园，即便出校门，也是到附近的商场买一些生活用品，匆匆地去，又匆匆地回。

在跟踪了孟星一段时间以后，刘春来和李林就把目光转向了万家平安装饰公司。在近距离地与公司接触后，他们仿佛看到了希望，就把蹲守的重点放在了万家平安装饰公司。他们跟踪过进进出出的人，也跟踪过老于、小刘和小柳等人。

他们似乎和老孟没有什么瓜葛，离开公司后就忙自己的了。表面上，什么事情都没有发生，但刘春来和李林依然有足够的耐心守候下去。这份耐心正是在一次次抓捕罪犯时练就的。在参与的抓捕中，也时常有扑空的时候，无功而返，但正是这种虚虚实实的行动，磨炼出了一份可贵的耐心。

他们很有耐心地在万家平安装饰公司的周边潜伏着，直到公司里所有的人都走了，大门锁上了，他们也不肯放过，潜进公司的院子里，躲在角落里守候着。在他们看来，老孟随时都有出现的可能。

公司坐落在一条热闹的街上，来来往往的人络绎不绝，每一个进出公司的人都可能与老孟有着千丝万缕的联系。然而，事情的发展远比他们预想的变化要快得多，万家平安装饰公司突然间大门紧闭，贴上封条。而且，老于路过他们身边时，竟说出一句让他们后背冒凉气的话：你们也不用这么辛苦了——

很显然，老于意识到了什么，甚至还把他们当成了公安局的便衣。

两个人回到住处后，仔仔细细地分析了一番，分析的结果是老孟哪里都可能去，也哪里都未必去。中国这么大，又从哪里开始寻找老孟呢？按说老孟做贩毒生意，直接和国外的毒贩打交道，真要逃到国外去也不是没有可能。这样一想，两个人的心就冷了下来。

在绝望的时候，他们又一次想到了刑侦大队的王伟。这时候，他们希望王伟能给他们指点迷津。他们知道，王伟办案是有纪律的，有些话能说，有些话不能说，但凭着这么多年和王伟出生入死的情谊，王伟在这时候是可能给他们指点一二的。

那天晚上，他们静静地等候在公安局的门口。

王伟走出公安局大门时，一身疲态。两个人迎了上去，王伟看了他们一眼，没有说话，径直向前走去。两个人急忙跟在后面。

王伟走到一家牛肉面馆门前，头也不回地走了进去，冲服务员说：大碗牛肉面一碗，快点儿。

然后，才回过头，冲两个人问：你们吃点儿什么？

两个人摇摇头。

牛肉面很快热气腾腾地端上来了。王伟狼吞虎咽地吃了几口，这才缓过劲儿来，说：哥们儿，我都一天没吃东西了。

王伟很快把那碗牛肉面吃完了，汤也三两口喝了个精光，这才抹抹嘴说：怎么，有情况？

两人又一次摇摇头，愁眉苦脸地望着王伟。

王伟显然有些失落，他慢慢地点上一支烟，很深地吸了两口，说：你们找我，我还以为有什么情况呢？

刘春来把身体向前探着，小声地说：老孟真的是蒸发了。我们跟踪了所有和他有关系的人，这么长时间没有发现任何蛛丝马迹。

王伟吐出口烟，看着眼前飘飘荡荡的烟雾，说：我看你们还是回家吧，该干什么就干什么，别在这儿浪费时间了。

大队长，我们找你，可不是想听你说这些话的。我把工作都辞了，春来也是撇下了新媳妇，我们这次发誓一定要把老孟抓到。难道您就不希望抓到他吗？老孟一天不抓到，咱们三个人就谁也过不上踏实的日子。

王伟看着两个人，颇有些无奈地说：抓老孟的心情我比你们还急。我干了二十多年警察，老孟这件事情是我栽得最狠的一次，你们以为我就不想抓住他？

刘春来接过王伟的话，盯着他的眼睛说：那你就不该让我们回家。我们早就说过，不抓住老孟，我们不会走。

王伟把烟蒂狠狠地按在烟灰缸里，说：我跟你们说过，老孟的案子我不管了，现在由别人来负责。我知道，你们找我是想打听老孟的消息。

刘春来和李林紧紧地盯住王伟，不相信地问：你就一点儿也不知道老孟的消息？

王伟抓了抓头，把一张十元钱放在桌子上，冲服务员说：钱放这儿了。

说完，就从牛肉面馆里走了出来，一直走到一个胡同口，左右看看没人，才冲跟过来的两个人说：老孟的事我的确也知道得不多。

李林似乎从王伟的话里听出了什么，说：大队长，我们你还信不过吗？你给我们透露一点儿，就一点儿，我们也好有个方向。

王伟从兜里摸出烟点上，这才说：老孟并没有走远，还在市里。几天前，他还和万家平安的人通过电话。

两个人听了王伟的话，仿佛在茫茫黑夜中看见了星斗，人立时精神了许多。

看着两个人兴奋的神情，王伟又补充道：这我也是听负责老孟案子的人透露的。别的，我真的就不知道了。说完，转身走进了黑暗中。

忽然，走了几步路的王伟扭回头，说了句：祝你们好运！

王伟提供的信息令两个人如获至宝，他们兴冲冲地回到出租房里。打开门，就看到了从门缝里塞进来的一封信，信是华子寄来的。华子隔三岔五地给刘春来写信，这次的信却与以前不同。华子在信中告诉刘春来，她怀孕了，已经有三个月了。华子每次写信都很格式化，前面的内容多是一些思念的话，最后则是鼓励的话。从他离开家门，华子就一直在支持他，他也曾对华子许诺：只要抓到老孟，就一定和她踏踏实实地过日子。他对华子说这些话时，华子流泪了。他永远也忘不了，华子绵绵不断的泪水弄湿了他的胳膊。

他抱紧华子，在华子的耳边轻轻地说：我知道你对我好，但你也知道，一天不抓住老孟，我的心一天就不会安宁。

华子每次来信，都会说些鼓励的话，同时在信的结尾千篇一律地说：妈很想你，问你什么时候回来呢。

他知道，华子的信里过滤了母亲许多的怨言和不满，只剩下这一句思念的话。

离家这么久，他只给家里打过几次电话，在电话里，他向母亲描述了一家工厂的外观和气派，说他在给厂里当保安，吃得好，睡得香，还有不少的工资。母亲举着电话，高兴地点着头说：那就好，啥时候想家了就回来，妈和华子都等着你。

不管怎样，接到华子的来信，他还是无比高兴。他躺在床上，把华子的信放在胸前，冲李林按捺不住地说：李林，我有儿子了。

李林显然没有他那么兴奋，倒是老气横秋地说：春来，这回可是苦了华子了。

直到这时，刘春来才从热血浇头的冲动中冷静下来，他把信小心地放进信封里，塞到枕头底下，说：抓到老孟咱就回去，我答应华子要陪她好好过日子。

李林没有说话，抱着头，仰望着天棚自言自语着：老孟啊老孟，你到底是跑到哪儿去了？

生　日

这天放学，孟星把杨悦带到了自己租住的公寓。以前杨悦也来过这里，帮孟星打扫卫生，收拾房间，但也就那么几次。这段时间，孟星对杨悦总是不冷不热的，他一想起父亲，便对杨悦热情不起来。就是上课，他也总是在走神，渐渐就变得离群索居起来，有时和杨悦在一起也是这样。杨悦就问他：孟星，我发现你这段时间有些不对劲儿，你怎么了？

孟星猛地回过神来，说：我没事儿啊。

他望着远处，眼神飘飘忽忽的。

杨悦有些不高兴地说：见到我你就一直不高兴，是不是你心里又有别人了？

孟星痴痴怔怔地看着杨悦，半天才反应过来，说：没有。你不要乱想。

他试着把手臂伸过去，抱住杨悦。

杨悦把他的手推开了，说：别勉强自己了，我发现你这些日子就是变了。

说完，杨悦扭身走出了公寓。

望着杨悦离去的背影，他的心里茫然而混乱，说不清是种什么滋味。的确，父亲消失以来，那个单纯、快乐的孟星就不见了，他变得心事重重起来。不管愿意不愿意，随时随地，他都会想起父亲。父亲让他走神，让他心绪纷乱，犹如一块巨大的石头，重重地压在他的心间。

杨悦再一次来到孟星的公寓，是因为这一天是孟星的生日。

以前过生日，孟星是一定要回家与父亲一起过的。这么多年来，一直如此。父亲会为他准备一个蛋糕，然后在那家常去的饭店里吃顿饭。蜡烛是父亲亲手点燃的，父亲望着燃烧的蜡烛，再望一眼身边的孟星，说：儿子，吹了吧。现在你又大了一岁，别忘了先许个愿。

不知为什么，每年过生日，当蜡烛燃起的那一刻，他都会不由自主地想起母亲。母亲对来他说，只是一个模糊的概念而已。三岁生日的时候，父亲为他和母亲拍过一张照片。照片上母亲拉着他的手，而他噘着嘴，正在努力地吹蜡烛。母亲的样子看起来有些心事重重。这张照片一直被他小心地保存着。每次过生日时，他都会想起母亲当时那种难以言说的神情。听到父亲让他许愿时，他听话地闭上眼睛，母亲的形象在他面前一掠而过，他来不及许愿，便吹灭了蜡烛。

父亲微笑着说：吃蛋糕吧，生日会给你带来好运的。

其实，蛋糕吃不吃并不重要，只不过是一个形式。小时候，他盼着过生日，原因是可以吃到美味的蛋糕。现在，每到过生日时，他就会迫切地想起母亲。这在平时是从没有过的。

这天，他把杨悦带回了公寓。

刚走上楼梯口，两个人几乎同时看到了门口放着的一盒蛋糕。孟星一下子就明白了什么，他下意识地左右看看。楼道里静静的，并没有人。他忙掏出钥匙，打开门，把蛋糕拿进屋里。

杨悦不解地看着他，问：咦，这是谁送给你的蛋糕？

孟星不以为然地瞥一眼蛋糕，说：一个朋友送来的。

他这么说着，人就又开始走神了。他想尽快把杨悦打发走，因为父亲终于要出现了。

他天天都在盼着见到父亲，可又怕见到父亲。

杨悦小心地打开蛋糕盒，只见蛋糕上写着“生日快乐”，旁边还多了一张小纸条。

他迅速地把纸条拿出来，叠好，放到裤兜里。

杨悦一边欣赏着蛋糕，一边嗔怪着：你朋友也真是，送蛋糕连名字也不留。

我知道是谁送的，当然用不着留名了。

杨悦笑着捶了他一拳，说：不过我还是有些奇怪，以前你过生日不是都回家吗，这次怎么不回去了？

他小心地看一眼杨悦，忙说：我爸出差去外地了，赶不回来。

杨悦突然就不高兴了，说：去年你过生日时就答应我，带我去你家。这都一年了，到现在我还不知道你家的门朝哪儿开呢。

他勉强地咧嘴笑一笑，半晌才说：急什么，我早晚会带你去的。

杨悦把蜡烛插在蛋糕上，一一点燃了。

许个愿吧。杨悦轻轻地说。

他点点头，闭上了眼睛。这一瞬，他不仅想起了母亲，更想起了父亲。此时此刻，他不但没有母亲，也没有了相依为命的父亲。想到这儿，他再也抑制不住自己的情感，眼泪一下子涌了出来，滴落在面前的蛋糕上。

杨悦看见了，一脸的诧异，问：你怎么了？

他自知失态，忙把蜡烛吹灭，抹一把眼睛说：没事儿，可能是蜡烛熏着眼睛了。

接下来，两个人就吃起了蛋糕。杨悦小心地吃着蛋糕上漂亮的花朵，一副既心疼又享受的样子。美美地吃了几口蛋糕后，杨悦突然想起来什么似的，说：明年咱们就毕业了，你还没跟我说说你的打算呢。

他心里很乱，胡乱地吃了两口蛋糕后，就冲杨悦说：对不起杨悦，我有点儿累了，你早点儿回去吧，我就不送你了。

杨悦满怀喜悦地来给孟星过生日，却不料是这样一个结果。尽管，她不期待这个生日会有多么浪漫，但至少她可以和孟星享受两个人在一起的温情。结果却是在她情绪大好时，孟星发出了逐客令。她失望地站起身，看着桌上的蛋糕，再望一眼垂头丧气的孟星，犹豫了一下，还是伸出手，摸一摸孟星的头，说：你是不是身体不舒服？

孟星心不在焉地点点头，说：可能吧。

杨悦没有说话，走向门口。打开门的时候，她回头望着孟星说：你最近就是有点儿不对劲儿。

孟星没有理会杨悦奇怪的眼神。

杨悦走后，孟星从裤兜里取出那张纸条。纸条上写着：今天是你的生日，你又长大了一岁。

看着纸条上熟悉的笔迹，他仿佛又见到了父亲。每年过生日，父亲都会说这样的话。这一次，父亲又如约而至，只不过见面的情形有些不同了。

此时此刻，望着桌上的蛋糕，他又一次强烈地渴盼着父亲——爸，你在哪儿啊？

他期待着父亲能够出现在他的面前，他冲动地拉开大门，向楼道里张望，对面邻居的房门虚掩着，房间里传来电视的声音。

他关上门，走到窗前，拉开窗帘向外望去。大街上的人行色匆匆，哪一个又是他的父亲呢？

那天晚上，他就那么呆呆地坐在房间里，门外有一点风吹草动，他都会快速奔到门口，拉开门。他多希望此时父亲能出现在他的面前。

后来，他和衣躺在床上，不知什么时候竟睡了过去。

老孟也和儿子孟星一样，度过了一个焦灼的晚上。

他早早地就把给孟星过生日的蛋糕准备好了，并在儿子回来之前就把蛋糕放在了儿子的门前。那天，他小心地把门打开一条缝，在窄窄的缝隙里，他不仅看到了儿子，还看到了儿子的女朋友。孟星早就答应把女朋友带回去让他看看，可他一直也没有看到。令他惊喜的是，在儿子生日的这一天，他终于看到了儿子的女朋友杨悦。

眼瞅着儿子把蛋糕拎进房间，他浑身无力地靠在门上，想着儿了近在咫尺，却不能和儿子相见，他只能一遍遍地在心里说：儿子，爸祝你生日快乐。

他几乎控制不住地想去告诉孟星，自己就住他的对面。有两次，他已经把房门轻轻地打开了，想想后，他又关上了。他明白，作为逃亡的人，过早地暴露自己，只会多一分风险。为了自己，也为了儿子，他只能亲手把这扇亲情的门重重地合上。

他躺在床上，小声地念叨着：儿子，祝你生日快乐。爸就在你身边，可爸不能见你，爸祝你开心、快乐。

他说着，早已是泪流满面了。

在这个夜晚，父子俩一同煎熬着自己，思念着对方。

寻　　找

在城里没有发现老孟的踪迹，刘春来和李林就琢磨着要扩大搜寻范围。既然王伟告诉他们老孟还在山水市，他们就不能在一棵树上吊死，而要去远一些的地方寻找老孟。刘春来写了封信给华子，说为了寻找老孟，他打算买一辆摩托车。很快，华子就给他寄了一笔钱。华子刚工作不久，没有多少积蓄，这些钱一大部分都是华子借来的。华子理解刘春来，她相信老孟迟早会被抓住的，只要老孟归案，刘春来就能踏踏实实地和她过日子了。华子相信，两个人只要在一起，日子再苦也是幸福的。

刘春来和李林买来新摩托的那一天，两个人就像重新活了一遍，人立马精神了许多。摩托车停在小院里，刘春来绕着它一圈圈地走，一边搓着手，一边兴奋地说：这下好了，咱们离老孟又近了一步。

李林望着这辆红色的摩托车，想到了华子，也想到了老孟。在他的幻觉里，老孟在前面跑，他和刘春来驾着摩托车在后面风驰电掣地追，那情形跟美国大片一样。不知为什么，他看见这辆红色的摩托车时，华子的样子一遍遍地在他的眼前闪过，他的心乱跳个不停。他望一眼红得耀眼的摩托车，又眯眼看着刘春来，慢悠悠地说：春来，你这辈子可是值了。

刘春来不解地看着他。

李林也不解释什么，骑上摩托车，回过头喊：春来，咱们出发！

他一踩油门，摩托车“轰”的一声蹿了出去。

摩托车在山路上绕了两个多小时后，就来到了那个小镇。这个小镇是他们败走麦城的伤心之地。

那家小旅馆还在。从摩托车上跳下来，两个人奔着服务员冲过去。他们让服务员打开了老孟曾住过的那间客房，看着里面熟悉的一切，那天的情形又一次强烈地撞击着他们的脑海。

两个人站在房间里，恍若昨日。窗子被打开，有风吹进来，老孟跃窗而逃的身影仿佛犹在，刘春来扑过去，窗外除了一片草地，再往前就是山了。树木葱茏的山林，绵延不绝地伸向远方。

提着一串钥匙的服务员见客人认真地打量着房间，忙热情地问：这房间你们还满意吧？

他们回过头，一脸的茫然。

服务员有些不耐烦了，说：你们到底住不住啊？

刘春来这才反应过来，说：住，干吗不住。

服务员伸出手来，说：那就先交五十押金，到时多退少补。

服务员一走，两个人就关上门，站在窗前向外看。

刘春来身子一跳，就翻出了窗外。李林也跟着跳了出去。

两个人沿着草地，一直走到山里。他们又想起了当时追捕老孟的情形。那时，他们一直觉得老孟就在前面，只要快跑，就能追上老孟。他们一连在山里搜寻了三天，结果，连老孟的影子也没看到。此时的老孟，难道还会在山里吗？虽然，他们也觉得这个想法不太靠谱，但他们还是来了，就像当时搜山一样，两个人仔细地搜寻着。他们的样子就像是训练有素的警察，不放过任何蛛丝马迹，直到晚上，两个人才返回旅馆。

第二天，他们又沿着当时追捕老孟的路线，在山里转悠了三天。最后，他们无功而返，又一次回到了山水市。

回到租住地，他们一眼就看到了门上贴着的纸条。那是房东留下的，内容是请他们尽快交清房租。两个人的表情立时沉重起来，他们翻遍身上所有的口袋，也没有找出多余的钱来。其实，他们不用翻兜也知道，他们已经没有钱了，快进城的时候，摩托车就没油了，想加油，才发现身上已经没有一分钱了，摩托车是被他们推回来的。

李林把头伸到水龙头底下，让凉水不停地冲着，然后，他猛一仰头，水淋淋地站在那儿，红着眼睛说：班长，咱活人不能让尿憋死，不能这么干等下去了。

刘春来正闷着头想办法，听了李林的话，抓上衣服说：走，咱现在就是什么都没有了，还有一身力气呢。

那天傍晚，他们直接去了山水市火车站的货场，两人寻找老孟时曾来过这里。这里经常聚集了一些卖力气的工人，货车一到，人们就拥上去帮人卸货，挣些零钱，补贴家用。

两个人一路上几乎没有说话。走进货场，一个工头模样的人正吆五喝六地组织人手卸货。他们赶到时，活已经安排完了。李林上前，一把抓住工头的肩膀说：哎，师傅，还有我们俩呢。

工头看了他们一眼，摊摊手说：没活了，等明天吧。

李林就指着边上两个年龄稍大的人说：我们俩年轻，有力气，干活肯定比他们强。

工头斜着眼睛看他们一眼，又望一眼那两个正兴冲冲往前走的人，喊道：哎，老歪，你们俩过来一下。

叫老歪的不知发生了什么，颠儿颠儿地跑过来，说：头儿，咋的了？

工头冲他们点点头说：你们俩今天歇歇，让他俩去干。

老歪一听就急了：头儿，咋的，你胳膊肘往外拐呀？

工头就说：明天早晨，这一车货就得卸完，看你们那熊身体，我怕你们吃不消。你们歇歇，等明天有不急的活再说，今儿就让他俩干。

说到这儿，工头冲两个人努努嘴。

老歪回过头，不满地瞪着刘春来和李林。

刘春来冲老歪说了声：那就对不起了。

说完，拉起李林往货场走去。

老歪冲着两个人的背影嘀咕着：这是从哪儿冒出来的两个孙子，抢了我们的活。

李林停下脚，要冲过去，被刘春来一把拉住了。刘春来咬着牙说：咱们这是从人家嘴里抢食，你以为我心里好受啊。

两个人从晚上一直干到天亮，一车皮的货终于卸完了。他们当时就从工头的手里领到了一百块钱。

两人几乎是拖着身子走回到出租房的。房东已经等在门口了。门一打开，房东就挤了进来。房东是个五十来岁的汉子，一看到屋里的摩托车，就这看看，那摸摸，还伸手拍着摩托车说：这家伙不错。

刘春来把他从摩托车旁拉开，把一百块钱递到他的手上，说：给，这是房租，你数数。

房东看着钱，小心地数起来。临出门时还回过头说：你们那摩托车真不赖，到时候真没钱了，用它顶也行。

刘春来“砰”的一声，关上了门。他倚在门上，几乎再没有力气走回到屋里了。

母亲和这个家

母亲张桂花可不是一般的女人，在小镇上也是个有头有脸的女人。张桂花之所以有头有脸，完全是因为她的经历。

她这辈子只生了一儿一女，如今刘茹已经嫁人，日子过得还算可以。儿子刘春来是遗腹子。张桂花怀着刘春来时，丈夫在一次山洪暴发时，被大水卷走了。张桂花拉扯着年幼的刘茹，肚子里还怀着小儿子，呼天天不应，叫地地不灵，几乎到了世界的末日。

在丈夫被洪水冲走的两个月后，刘春来出生了。张桂花生产时因难产大出血，但她还是硬撑着睁着一双眼睛，亲眼看着儿子平安落地。也就是这个时候，这个气力早已耗尽的女人还不忘了问一句：是男孩儿还是女孩儿？

直到护士告诉她是男孩儿时，张桂花才把眼睛闭上。在她的心里，男人比天大。在这之前，她做好了两手准备，如果生的是女孩儿，她就改嫁，让别的男人来养活她们娘儿仨，孩子姓啥叫啥也都无所谓了。但如果生下的是男孩儿，她死活也要把孩子拉扯下去。结果，送子娘娘果真送给她一个男孩儿，也正是这个孩子，彻底改变了张桂花生活的态度和决心。于是，也就有了张桂花以后悲壮的生活。

死了丈夫的张桂花当时还算年轻，保媒的人也不算少，但都被张桂花一口回绝了。她每一次都苦口婆心地对媒人说：儿子春来是刘家的骨血，这日子不管多苦我也得撑下去。

也正是刘春来的出生，让母亲张桂花有了独自把生活扛下去的决心和动力。张桂花在小镇里也就变得出名了起来。

多少年过去了，含辛茹苦的张桂花终于把两个孩子都拉扯大了。女儿嫁了人，刘春来当了兵，这一切都让张桂花感到骄傲。如今，儿女们相继长大成人，她那因生活操劳而弯起的脊背似乎又挺直了起来，晚年生活也变得更有意义了。即使后来，刘春来没有在部队提干而是回到家里，她也没有太当回事。在她的观念里，再苦再难的日子，总会有出头的那一天。刘春来从部队上回来，已经老大不小了，娶妻生子就成了张桂花生活中的头等大事。

就在这时，华子出现在她的生活里。对于华子，她是满意的，于是在她有些强势的张罗下，刘春来和华子结了婚。儿子结婚了，她心里的一块石头也算落了地，儿女的大事也算是完成了。

华子和刘春来结婚的那天晚上，客人走了，张桂花独自看着丈夫的遗像，念叨着：他爸啊，儿子的大事我也张罗完了，我可是替你张罗的。现在咱家就什么事都没有了，哪天阎王爷要是让我走啊，我连眼皮都不会眨一下。

刘春来结婚之后，仍然显得很不安生。当他跟母亲说要外出打工时，张桂花几乎没有太多的阻拦。在她的观念里，男人一旦成家立业，就该有自己的事了，女人不能去拖男人的后腿。她只是冲刘春来摆了摆手，轻描淡写地说：你都成家了，以后不管什么大事，你自己做主就行了。

刘春来离开家之前，与华子达成了一个共识，那就是一定不能让母亲知道他离家的真正原因。

刘春来走后不久，华子就发现自己怀孕了，而这也正是张桂花所希望的。现在，华子的肚子里有了儿子的骨血，这也就是说刘家有后了。她欣喜地忙前忙后，在市场里买了土鸡和鱼，变着法子给华子熬汤喝。她笑吟吟地看着华子，说：多喝点儿，生孩子的时候才会有力气。等春来回来，他就可以抱上儿子了。

张桂花固执地认为，华子怀的就是男孩儿。

怀着孩子的华子时常会思念刘春来，新婚的幸福似乎还没有来得及品味，刘春来就离开了她。尽管在心里，她是理解刘春来的，但她还是希望他能陪在自己身边。

华子很清楚，此时在刘春来内心最为重要的就是亲手抓住毒贩老孟。当初，自己喜欢上刘春来，也正是缘于刘春来身上那种认准了不服输的劲儿。如果说，读书时的刘春来还略显平淡，但在报纸上看到刘春来抓坏人负伤的消息时，刘春来在她的心里就变得伟岸、高大起来。那时，她就坚定不移地告诉自己：一定要嫁给刘春来。

华子从小就喜欢军人，她也有过当女兵的梦想，只因为小镇太小，部队就从没有来这里招过女兵。刘春来和李林入伍后，她的梦想也被他们牵得远远的。有时候，她甚至觉得刘春来正是在替自己完成梦想。

刘春来在部队从战士顺利转成了士官后，又因屡次立功，提干的梦想也越来越近。如果说后来的一切都没有发生的话，华子完全有可能成为一名军属。正当她朝着梦想努力时，天有不测风云，刘春来却从部队上回来了。尽管如此，华子还是义无反顾地站在了刘春来的身边，她要用行动告诉刘春来，即便自己不能替他遮风挡雨，也要陪着他一起度过千难万险。

刘春来走了，偶尔来信也是通告一下他们抓捕老孟的进展。再后来，就是这样的信也变得少了。

华子知道，茫茫人海，要找到一个人又谈何容易？她理解刘春来，也暗暗地支持着他。每个月的工资一发下来，她只留出基本的生活费，其余的都寄给了刘春来。前些日子，刘春来来信说打算买一辆摩托车，她毫不犹豫地和同事借了几千块钱，寄了过去。

当发现自己怀孕后，她的生活就变得牵肠挂肚起来。她一面牵挂着肚子里的孩子，一面惦记着漂泊在外的刘春来。每次刘春来有信来，张桂花都一脸急迫地问：春来咋样了，什么时候回来呀？你这都怀孕了，也该让他回来看看你。

她答应婆婆回信叫春来回来，但她从不曾这样写过。她在信里总是把家里写得风调雨顺，目的就是让刘春来踏踏实实地去抓老孟。老孟抓住了，一家人才有团聚的那一天。有时候，她竟会在梦里见到老孟被抓到，刘春来和李林喜气洋洋地回到了小镇。刚要喊时，人就从梦中醒来了。她静静地躺在那里，望着有些发白的窗户，心里越发地思念刘春来。

怀孕后，家里的花销陡然增大了，每个月的工资她多数要寄给刘春来，自己只留下生活费。有时钱实在不够用了，她只能去借。亲朋好友借给她钱时总会说上一句：春来不是出去挣大钱了吗，怎么还让你借钱呢？

她听了，并不解释什么，只笑一笑说：外面的钱也不好挣，等春来寄钱回来，我就还给你们。

每次借钱华子都是背着婆婆，婆婆知道了，肯定会逼着春来回来。尽管她也希望他能回来，可现在还不是时候。再说，即使人回来了，心回不来又有什么用？华子明白这个道理。她希望刘春来如愿以偿地把老孟抓到，然后一身轻松地回来和她过日子。

华子觉得以后的生活还长着呢，不在乎眼前的一朝一夕。她对未来的生活充满了理想和渴望。

老　孟

老孟现在的名字叫张一水。这是他假身份证上的名字。自认为改头换面的老孟很少走出那间公寓，他每天最高兴的事就是盼着儿子孟星回来。只要到了放学时间，一听到走廊里的脚步声，他便从虚掩的门缝里往外看着。孟星一步步地走过来，然后打开房门。有时儿子用钥匙开门之前，会在门口驻足一会儿，不放心似的在走廊里打量一番，这才插上钥匙，打开了门。

孟星一进门，就“咔嗒”一声把门反锁上了。老孟的心也跟着响了一声。

虽然看不见儿子了，但他知道儿子就近在咫尺，父子二人只隔了两扇门、一条通廊，加起来的直线距离不过是几米远。此时，老孟的心里是踏实的，也是幸福的。

只要孟星一回来，老孟的每一根神经都是活跃的，他蹑手蹑脚地在屋子里走着，竖起耳朵，仔细听着对面房间里的动静。儿子房间里传来的任何一丝响动，都会牵动着他的心，直到儿子的屋里再也没有任何声响了，他才躺回到自己的床上。

老孟在床上躺了很久，仍没有一点睡意，眼前不停地闪现着儿子的身影。儿子从小到大的种种场景，让老孟感到既辛酸又温馨。

总之，老孟的心情是复杂的。

搬到这里后，老孟就买了一部高倍望远镜。他把望远镜架在阳台上，又用窗帘做了遮挡。开始的时候，他每天的大部分时间都躲在阳台的窗帘后面，将望远镜伸向窗帘的缝隙，仔细地观察着楼下的每一个人。老孟毕竟是老孟，他很快就从楼下的人群中发现了公安局的便衣。他知道，自己逃跑后，儿子就成了便衣跟踪的对象。在这个世界上，只有儿子是他的亲人，他之所以选择和儿子住在一起，在他的潜意识里，是要保护儿子的。后来，他又在望远镜里看到了刘春来和李林的身影，这两个曾押解过他的年轻的武警战士，给他留下的印象太深了。

一发现那两个武警战士，他浑身上下的每一根汗毛都竖了起来，当时历险的一幕幕又一次浮现在他的眼前。凭经验，他知道这两个武警战士的日子过得一定不太顺，自己毕竟是从他们两个手里逃脱的。在此后的一段时间里，他几乎每天都能看到这两张熟悉的面孔，他们有时蹲在树下，有时坐在小超市的门口，看似悠闲，目光却机警地打量着每一个过往的行人。老孟透过望远镜看到，他们也曾经跟踪过儿子孟星。不远不近地跟在孟星身后，看着他进了楼，两个人的脚步才停了下来。

老孟握着望远镜的手开始有些抖，浑身湿漉漉的，他用手一摸，额头上也满是汗水。他瘫坐在阳台上，闭上了眼睛。他现在是惊弓之鸟，不知道这样的日子还会持续多久。

有时候，他会看着那张假身份证发呆很久，尽管他清楚，“张一水”这个名字和照片上的面孔已经与以前的老孟没有任何关系了，但他的心还是悬着的。

他知道，最危险的时候已经过去了，追捕自己的通缉令经过风雨的冲刷，已经了无踪影，但这并不等于公安局的人对他失去了兴趣。外松内紧，办他案子的人一定正紧锣密鼓地制订新的方案，想方设法寻找他的踪迹。报纸上不是也经常报道有许多案子挂了十年二十年后，依然被成功破获吗？

老孟孤独地坐在公寓的阳台上，常常想：这样的日子何时才是个头呢？

老孟没有那么大的智慧能把自己的命运和生活一眼看穿，但他还是想好了眼前的生活——他每天都要和儿子在一起，哪怕只是能看到儿子的身影。周末时，他偶尔会订些饭菜放在儿子的房间外，让儿子真切地感受到他的存在，这就是他最大的幸福。

儿子过生日那天，他不仅看到了儿子，还破天荒看到了儿子的女朋友杨悦，这让他内心激动不已。他想冲过去，抱住儿子，说一声：儿子，生日快乐！可现在，他还不能这么做。尽管与儿子只有咫尺之遥，但目前自己唯一能够做到的，只是静静地守着儿子，用自己的心去陪伴着他。

透过门缝，听着儿子房间里传过来的点滴声响，他的心都碎了。从小到大，他给儿子过了二十次生日，每一次生日都是他亲自张罗，唯有这第二十一个生日，虽然给儿子送去了蛋糕，却只能远远地替儿子祈祷，祝儿子生日快乐时他的心仿佛掉进了冰水里。

难过之后，老孟又想到了另外一个问题，那就是他不知道儿子将会用怎样的眼光来看自己。在这之前，他留给儿子的印象是可亲的、美好的，甚至还有些溺爱。他一直希望儿子能过上好日子，不再经历自己所受的痛苦，于是他努力地为儿子积攒着金钱。每一次贩毒后，看着那些实实在在的钞票，他的心就踏实了许多。他是这样打算的，这些钱在他活着时是不会动用的，只有当自己离开这个世界时，他才会把这些财富亲手送给儿子。这样，他才能放心地走，心满意足地离开。

自从干上贩毒这一行，尽管做得很隐蔽，但他还是想到了这一天。当这一天来临时，他才真正地意识到，这样的日子对他来说是多么煎熬。他甚至也想过，如果自己从一开始就遵纪守法，这日子又会是怎样呢？当然，那又是另外一种生活了。他没法去想象那样一种结果。现在，摆在他眼前的只有这一种结果，他所能做的只是去承受。

许多个夜晚，他无法入眠，他多么希望抱住儿子，和儿子做一番倾诉，可是他不能，为了儿子，也为了自己，他只能忍受着这种煎熬。可那种倾诉的欲望却越发地不可遏制起来，他打开灯，坐到桌前，拿出日记本，他有话要写给儿子：

> 孩子，当你看到这些文字时，也许你的爸爸已经不在了。从你生下那一天开始，爸爸注定将会爱你一生一世。爸爸就是想让你过上好日子，不再受委屈，不再贫穷，希望从你睁开眼睛看世界的那一刻起，让你看到的就是一个美丽、快乐的世界。
>
> 你三岁那一年，你妈妈就离开了我们。虽然，她抛弃了我们，但我并不怪你妈，她是奔她的幸福去了。你妈把你留给了我，从那一天开始，我就发誓：咱们再也不能过这种穷日子了。我吃苦受累没什么，但不能让你再过这种生活。从那时开始，我就想尽了一切能挣钱的路子。
>
> 后来，一次偶然的机会，我认识了一个贩毒的老大，我试着帮他们做了两次，发现挣钱的确容易。再后来，我

就决定自己干。我知道，人一旦干上这个，就是走向了断头台，但爸爸不怕，爸爸只要你过上好日子。

那时你还小，爸爸知道你不能没有我，于是每一次都很小心，一年也就干上一两次。爸爸怕出事，只要一出事就鸡飞蛋打了，扔下你一个又得过苦日子了。爸爸每次干这事时都要下很大决心，每次都发誓，再干一次就收手了。爸爸知道，继续干下去的话早晚得翻船。直到你上了大学，终于长大成人了，爸爸悬着的心才放下一些。爸爸一直在想，这是最后一次了，可就是这一次，爸爸出事了。不仅自己有家难回，还连累了你，爸爸现在只能远远地望着你，却不能走近你。

孩子，我不知道你能不能原谅爸爸。你可以恨我，甚至不承认有过这样一个爸爸，但有一点你要知道，因为你的身体里流淌着的是爸爸的血液，所以爸爸是无条件地疼你、爱你。

写到这里，老孟的眼前一片模糊，他深深地吸了口气，又接着写下去：

孟星，我的孩子，还记得小时候爸爸给你讲的故事吗？夜空的星星是那么的亮，你指着问星星离我们有多远，我说很远很远。你又问妈妈离我们有多远，我回答不上来。孩子，你从小就缺少母爱，我是想把父爱和母爱一股脑儿都给你。现在看来，我也许是错了，但爸爸对你的爱是没有错的。

爸爸活到现在什么都不求了，爸爸想过要去自首，让法律去惩罚自己，可那时爸爸就会离开你。爸爸真是舍不得你啊！爸爸还要陪着你，看着你大学毕业，看着你成家立业——

老孟趴在桌上不停地写着，当他拉开窗帘时，天已经亮了。孟星房间里也有了动静。新的一天又开始了。

探　亲

华子的肚子已经显山露水了，看着华子慢慢隆起的肚子，张桂花就多了许多的心事。

刘春来从新婚到现在外出已经有半年了，他还没有回来过一次。关于儿子刘春来的信息，都是通过那几张薄薄的信纸传递过来的。华子每次看完刘春来的信，都会轻描淡写地说：春来在外面挺好的，他让您不用担心。

对于华子轻描淡写的描述，张桂花显然很不满意，每次看见华子给儿子写回信时就叮嘱道：你让春来抽空回来一趟，你都这个样子了，让他回来看看你。这男人是放出去的风筝，你手里的线该紧的时候就得紧一紧——

婆婆这么说时，华子嘴上满口答应着，可她该怎么写还是怎么写。于是，一封封的信寄出去后，刘春来依然没有回来的意思。

等不回儿子的张桂花就有些急了，她翻出儿子寄给华子的信，背着华子，悄悄地去了一趟邮电局。她按着信封上的地址，让邮电局的工作人员帮她发一封电报。工作人员认真地看着她问：阿姨，您要说什么呀？

张桂花想了想，赌气地说：你就说他妈要死了，让他回来看看。

工作人员很快就发了这样一封电报：母病重速回。

虽然只有短短的几个字，内容却透露出急迫和危急。

刘春来拿到这封电报时，不知家里发生了什么事。在这之前，刘春来和李林已经通过一个公安局的线人得到了一些线索，那个线人说山区的一个县里，发现了他们要找的人。但如果想知道更多具体的情况，得掏五百块钱的信息费。五百块钱对于两个赤手空拳的人来说，无疑是天文数字了。刘春来现在每个月也只能收到华子寄来的几十元钱。这时，两个人就想到了火车站的货场。现在，那里已经成了两个人经常光顾的地方，去的次数多了，和那里的工头也就混熟了。熟了以后，他们才知道那个工头也当过兵，在陆军的一个侦察连里待过，会些拳脚。因为都是战友，两个人就格外被关照，只要他们去就会有活干。每次干完活，还会比别人多出个几块钱来。

正当两个人准备去货场连续干上几天时，那封电报来了。

刘春来没有犹豫就火速返回了。

回到家里已是傍晚时分，张桂花和华子正坐在屋里吃饭，刘春来风尘仆仆地进了门。

他推开门，看着屋子里的人就愣在那里。华子惊呼一声：春来，你咋回来了？

她因为没有心理准备，筷子都掉到了地上。只有张桂花心里是有数的，她瞟了眼儿子，冲华子说：你去给春来盛碗饭，让他吃饭吧。

刘春来这才说：妈，你没病呀？

张桂花“啪”的一声把筷子摔在桌子上，说：你妈没病你就不能回来看看。

刘春来走到桌子前，坐了下去，说：妈——

张桂花扭过头，手指着厨房里的华子，说：你看看你媳妇，她都这个样子了，你再不回来，孩子都该生下来了。

刘春来望着行走略显笨拙的华子，不知道说什么好，忙过去接过华子手里的碗筷，埋下头，真真假假地吃起来。他怕自己的眼泪会掉下来，只能把头深埋下去。

这个家对他来说既熟悉又陌生，熟悉的是这屋里的一切，陌生的却是华子。华子刚进门十几天，他就走了。他似乎还没有适应婚后的生活，就离开了家门。现在，他回来了，华子已经与往昔大不相同，他心情就可想而知了。

那天晚上，母亲张桂花一直唠叨着对刘春来的不满。刘春来低着头，一声不吭地听着。

夜深了，刘春来才回到自己的房间。屋子里的一切和他走的时候没有什么变化，只是新婚的大红缎被子换成了素色的，墙上还贴着红红的喜字。

两个人躺下时，刘春来把华子轻轻地抱住了。他用手小心翼翼地摸着华子的肚子，哽着声音说：华子，对不起。

华子抹了一把眼角，努力地笑了一下，这才问：那个毒贩什么时候才能抓到啊？

提到老孟，刘春来就沉默了，想着临走前线人提供的线索，他沉吟了一会儿说：快了。

对于刘春来的回答，华子并没有多大的指望，她每次给刘春来写信，问到这个话题时，刘春来也都是这样回答的。

听到刘春来这么说，华子也不再深问了，把脸伏在他的胸前，说：春来，咱们的孩子就快出生了。

刘春来就有些愧疚地说：你看你都这样了，我也没能在你身边照顾一天。

华子并不接他的话茬儿，继续说下去：你喜欢男孩儿还是女孩儿？

男孩儿呗。刘春来想也没想，脱口而出。

华子撑起身子，直愣愣地望着黑暗中的刘春来。

刘春来伸出手，抚了一把华子的脸，坚定地说：我要是抓不住老孟，就让咱儿子去抓。我就不相信了，他还能飞了？

华子一下子扑在他的胸前，用手死死地抱住他，压低声音说：春来，你快抓住那个毒贩吧，我快要生了。

华子这么说时，刘春来也动了感情，他坐起来，打开了台灯，说：华子，我刘春来对不起你。我的心情你是知道的，老孟一天不抓住，我这心一天也踏实不下来，就是我人回到你身边，心也不在这里。华子，你等着我，等我把老孟抓到了，我就回来和你过日子，我会好好报答你的。

华子一把抱住了刘春来，眼泪止不住夺眶而出。华子一边哭，一边说：春来，你别说了，我说过一定要支持你，我等着那一天。

那一次，刘春来只在家里待了三天。每天华子上班时，他都用自行车带着华子把她送到学校，一直望着华子走进学校，他才一步三回头地往回走。

回到家里，他就尽量多地陪着母亲，母亲似乎有说不完的话。不知怎么了，母亲说的都是一些老话儿了，从他的童年开始说起，又说到一个人把他们姐弟俩拉扯大。说了一遍又一遍，仿佛是在给刘春来上一堂课。

刘春来坐在小院里，听着母亲的絮叨，心却已经飞到了山水市。他想象着李林现在的进展，想着那个线人说过的话，人就有些走神。

张桂花看着他心不在焉的样子，不高兴了，说：春来呀，妈知道你大了，你有自己的心事了，你跟妈说，外面有什么好的，你就那么喜欢外面。我看你是当兵把心弄野了，家里多好，别再往外跑了。

他望着母亲，不知说什么好，他又何尝不想回家呢？可人回来了，心却回不来。过了好一会儿，他下决心似的冲母亲说：等我们这个工期完了，我就回来了，哪儿也不去了。

母亲好像有了盼头，又追问着：那你们这个工程什么时候能完啊？

快了，说快就快了。他低下头，说给母亲听，更像是说给自己听。

傍晚的时候，刘春来去菜市场买了菜，然后又骑上自行车去接华子。

来到学校时，华子已经等在那里了。华子冲他笑一笑，就一脸幸福地坐在了自行车的后车架上。他蹬着车子，摇起一串铃声。

幸福的时光总是短暂的。三天一晃就过去了。

那天晚上，刘春来看着躺在身边的华子，忍了许久，还是说了：华子，我明天早晨就得走，老孟已经有线索了，我怕时间长了有变故。

华子慢慢地撑起身子，目不转睛地看着他，说：那你走吧，我不拦你。

说完，眼圈就红了。她伸出手，关掉床边的台灯，紧紧地抱住了刘春来。

天快要亮时，华子和刘春来几乎同时睁开了眼睛，两个人说了一阵悄悄话后，刘春来就要出发了。

走到小院门口时，华子喊住了刘春来，把二百块钱塞在他的手里。他想不要，华子就轻声说：春来，你就别推了，我知道你难，别忘了，穷家富路。

刘春来一脸犯难的样子说：你把每个月的工资都给我了，你吃什么花什么呀？

华子笑一笑说：我在家怎么都好办，不行还可以去借。

咱现在都已经借了那么多了。刘春来的心情一下子沉重了起来。

华子甩甩头说：没关系的，咱们还年轻，等你回来了，咱慢慢还呗。

刘春来的眼泪差点儿流了下来，他再也不敢停留了，拎起包，冲华子说句：等着我，华子，我一定早点儿回来。

刘春来走了，走了好久，他才回了一次头，看见华子仍站在门口看着他。

他回过头，抹了一把脸上的泪。这时的他还没有意识到，这一次他与华子的告别将成为永别。

假 线 人

刘春来回到山水市的住处，一眼就看见眼睛红肿的李林，正站在门口等他。

看见他，李林又惊又喜地跑过去，从兜里掏出一些零零散散的钱，抑制不住兴奋地说：钱够了，正好五百，今天早晨刚凑齐的。

刘春来看着疲惫不堪的李林问：你又去货场了？

李林故作轻松地笑笑，说：你回家了，我也没别的事儿，就赶紧把钱挣出来算了。

说到这儿，李林想起来什么似的说：你妈的身体怎么样啊？

刘春来摇摇头，说：没事儿，她就是想看看我。

李林接过刘春来手里的包，放到屋里，就扯着他往外走，说：快走吧，咱们现在就去找那个线人。

刘春来看着李林熬红的双眼，说：你肯定几天都没睡觉了，今天歇一歇，明天再去吧。

李林像没听见一样，早已经打着了摩托车，大声地说：不用，一想起老孟，我就没觉了。

刘春来看着李林兴奋的样子，没说什么，一迈腿坐了上去。

摩托车一声轰鸣，冲了出去。

那个线人是他们在一家小旅馆的门前碰上的。有几天，两个人总去那家旅馆转悠，就发现了这个线人。旅馆里住了很多上访的人，这个人就帮那些人写告状信，出些主意什么的，人家就会给一些零用钱算是好处费了。

当时两个人把老孟的通缉令拿出来，想让他看看有没有见过这个人。那人一看见通缉令，眼睛立马就直了，然后上上下下打量着他们，有些吃惊地问：你们是公安局的？

刘春来摇摇头。

那个人就又问：那你们找他干什么？

李林就不耐烦地说：这你就别管了，你就说看没看见过这个人吧。

那人就耸耸肩，嘴一撇，显然，他见多了这种事情。过了一会儿，他转转眼珠，一脸神秘地看着他们说：这个人我还真见过，我也知道他在哪里。

刘春来和李林一听，立时瞪大了眼睛，两个人几乎同时抓住了他的胳膊，仿佛他就是要找的老孟，生怕他再一次地跑掉。

快说，他现在在哪里？

这时，那个人反而不急了，他挣脱开两个人的手，嚷嚷着：你们这是干什么，我又不是坏人，抓我干什么？

说着，他点点头，把两个人带到了一条小胡同里。

你们真想知道这个人的下落？他盯着两个人，慢悠悠地问。

两个人的眼睛牛一样地瞪着，刘春来迫不及待地说：快说，他在哪儿？

那人把脖子一缩，伸出一只手来。

李林不解地看着他，问：干吗？

钱呢？我总不能白告诉你们吧，这也叫资源是不是？我可不是活雷锋，我是指这个吃饭的。

说吧，你想要多少钱？

少了五百肯定不行。

两个人把所有的兜都翻遍了，只找出十几元钱，这还是两个人未来几天的生活费。

那人头摇得拨浪鼓似的，说：我不管你们是干什么的，没有五百块钱，我一个字也不会透露。以前，我也给公安局的人提供过线索，他们也一样得给钱。我不管你们找这个人干吗，但不给钱我决不会说，我要是告诉你们了，这个人知道是我通风报信，那还不得要我的命。告诉你们，我干这事也是把脑袋别在了裤腰上，我容易吗？

刘春来这时也冷静了下来，说：那你倒是说说，我们又怎么相信你说的是真的。

那人耸耸肩膀，脱口而出：你们要找的人叫孟易达，贩毒的，几个月前公安局抓他时，半路上让他跑了，我说得对吧？

听到这儿，两个人更是惊得睁大了眼睛。李林忍不住竟质问起那个人：你既然知道他的情况，为什么不报告给公安局？

那人一副死猪不怕开水烫的架势，说：公安又不是我爹，他们不给我好处，我凭什么向他们报告。原来的那个大队长王伟，你们听说过吧，我可是经常跟他打交道，我还给他做过线人呢。

一提起王伟，两个人一下子对眼前这个人打消了顾虑，看来这个人还真的有些道行。那人察言观色后，慢条斯理地从怀里掏出身份证说：我可是合法公民。我是林水县的，告诉你们，你们要找的老孟就在我们县里，我这么说，你们也找不到，他藏在一个山里，他还求我给他买过方便面呢。

两个人听到这儿，就不能不相信眼前这个人的话了。李林把那人的身份证拿过来，知道他的确是林水县的，姓赵。

姓赵的线人就说：信不信由你们。我没时间跟你们耽误工夫，我还要给人写状子呢。现在也不知道怎么了，告状的人怎么这么多。

刘春来一把抓住赵线人，说：我们现在没钱，等过几天，我们再来找你。

赵线人笑了，说：不急，你们钱凑够了再来找我，我包你们找到那个人。

两个人匆匆地走了。

赵线人冲着他们的背影喊：记住了是五百啊，少一分也不行，这年头没钱的事儿谁干啊。

从那家旅馆走回来，两个人其实是准备去货场的。他们计算过，拼命干上几天，就能凑够这五百块钱了。到那时，他们就可以抓到老孟了。没有料到的是，就在这个时候，刘春来收到了家里的电报。他只能匆匆地赶回去了。让刘春来没有想到的是，在这短短的三天时间里，李林一个人就凑够了五百块钱。

两个人谁也无法再等了，只想在第一时间抓到老孟，越快越好。

他们再一次来到小旅馆门前，如约看到了赵线人。赵线人似乎很闲，坐在一张小凳子上，地上还多了一份广告。广告是一块白布，上面写着：代人诉讼，书写状子，提供情况，等等。

赵线人正袖着手，半闭着眼睛在晒太阳，见到两个人时眼睛立刻睁开了。他下意识地抬了抬屁股，又坐下了，眼睛也半闭上了。

李林上前蹲下身子，拿出钱，在他面前晃一晃，说：看好了，这是五百块钱，说说老孟的下落吧。

赵线人睁开眼，真真假假地打了个哈欠，说：我说你们为这人花五百块钱值吗？你们可要想好了。

李林抓着他的肩膀摇晃着，说：别说废话，快说老孟在哪儿。

赵线人把手伸出来。李林一愣，刘春来反应过来，说：把钱给他吧。

赵线人接过钱，零零角角，一五一十地数了起来。数完钱，把钱严严实实地塞到怀里，这才说：林水县向北走五公里，有个老爷山，山上有个洞，老孟一准儿就藏在那里。

刘春来上前一步，提着赵线人的膀子，一下子就把他拎了起来，说：你要是说谎，我们会来找你的。

赵线人急赤白脸，信誓旦旦地说：我骗你们干什么？老孟又不是我爹，我藏他干啥？你们去找他，一准儿能找到，他都在那儿藏了好些日子了，光方便面就吃了几箱。快去吧，晚了，他跑了可跟我没有关系。

当下，刘春来用摩托车载着李林呼呼地驶出了城。没多久，前面的路标就显示不远就是林水县了，可刘春来却忽然把摩托车停了下来。

李林在后面问：怎么了，是不是没油了？

李林和刘春来先后从摩托车上下来。

咱俩现在去抓老孟肯定不合适，你说要不要先通知一下公安局？刘春来征询地看着李林。

见刘春来这么问，李林也犹豫了，想了半晌才说：咱们通知了公安局，万一那情报是假的怎么办？我看还是先摸摸情况，老孟如果真躲在那里，咱们再向林水县公安局报案也来得及。

刘春来琢磨了一下，觉得李林说得也有道理，于是两人又一次跨上摩托车，风似的向林水县方向驶去。

此时，两个人恨不能立刻飞到老爷山。以前，他们当兵时在老爷山执行过任务，当赵线人说到老爷山时，两人都觉得他不像是在骗人。李林在刘春来的身后喊着：春来，要是这次抓到老孟，你以后想干什么？

刘春来迎着风大声地说：这次真要能抓到老孟，我就回家好好和华子过日子。华子就要生孩子了，再过几个月我就要当爸了，你呢？

李林忍不住打了个哈欠，说：我呀，我要好好洗个澡，大吃大喝一顿，然后美美地睡上三天。

两个人畅想着，风驰电掣般地把摩托车开到了老爷山下。

下午时分，他们在上山时看到了一个放牛的老汉。他们走过去，刘春来压低声音冲老汉说：大爷，你知道山上有个洞吗？

老汉声音洪亮地说：你说的是观音洞吧？顺这儿照直走，再爬半个小时的山就到了。

李林好奇地看着老汉，说：大爷，您老也知道那个洞？

老汉咧开嘴笑了，说：我在这儿生活了一辈子，还能不知道？那里的香火旺得很，也灵验得很，你们多烧烧香，保你们平安。

两个人的心里急得不行，没等老汉说完，摩托车已经蹿出去很远了。

那个洞很好找，也很热闹，洞口立着一尊观世音的石像，一些善男信女在那里虔诚地烧香、磕头。他们走过去，马上意识到上当了，这里哪会有什么老孟？

一路上，他们不知道自己是怎么走下山的，也不知道是如何回到山水市的。回到住处，便大睡不起。

不知过了多久，他们被一阵急促的敲门声惊醒。

刘春来摇晃着身子打开了门，却不料，出现在他面前的竟是王伟。

王伟没有说话，径直走进屋里，一抬手，就把窗户推开了，说：

看看你们，这是过的什么日子？

李林揉着惺忪的睡眼，见是王伟，马上从床上跳了下来，问：大队长，老孟抓到了？

王伟看了两个人一眼，一屁股坐在椅子上，说：你们几天前，是不是见到那个姓赵的？

刘春来一脸惊愕地看着王伟，说：大队长，你怎么知道？

王伟从衣兜里掏出一卷钱，说：这是你们的钱吧？

大队长，这钱怎么到了你手里？

王伟黑着脸说：亏你们当了那么多年的兵，这点儿小把戏就把你们给骗了。几天前，有人举报那个姓赵的，说他以给人打官司、写状子为名骗了不少人，昨天我们刚把他收拾掉。没想到，他把你们被骗的事也交代了。他不知道你们俩的名字，我一猜就是你们，有这事吧？

两个人低下头，又恨又恼，病急乱投医的结果只能是被骗。半晌，李林才抬起头来说：这人说得有鼻子有眼的，就连地址也说得明明白白，我们也就信了。

你们呀，真是昏了头。老孟的通缉令张贴得满大街都是，谁不知道？那个姓赵的家就是林水县的，能不知道有个老爷山？你们呀！来，你们签个字，这钱让那小子花得也没剩下多少了。

两个人在王伟带来的材料上签了字。

王伟收起材料，苦口婆心地说：我劝你们还是回去吧，请相信我们干公安的，我们早晚会抓住老孟的，到时候会还咱们一个清白。

刘春来和李林谁也没有说话，在他们的记忆里，王伟大队长这话已经说过无数次了。在他们的心里，不是不相信公安局，但他们一定要亲眼看到老孟被抓起来，心里才会踏实。

父与子

老孟的假身份证虽然写着张一水的名字，但他并不能像真的张一水那样。他白天几乎很少外出，整日把自己关在房间里，了解外面世界的唯一方法就是通过架在阳台上的那只望远镜。他透过望远镜，近距离地观察着外面的世界，他的视线永远是有局限的，他就在这有限的世界里捕捉着外面的信息。人们在他的眼前匆匆地走过，又匆匆地走来。偶尔，他也能看到便衣的身影，他对便衣已经警觉到有些过敏了。刚开始，他并不能认清楚这些便衣，后来观察的时间长了，他就有了经验，总是那几张老面孔，虽然轮流着在门口出现，但时间长了，他就把这几张面孔记住了。这些人，有时一个人出现，有时则成双结对，他们似乎在聊天，有时就装出等人的样子，在楼前转一转。

老孟把这些看烦了，就放下望远镜，走到镜子前，痴痴呆呆地望着镜子中的自己，那张脸看起来既熟悉又陌生。在拆下脸上那一条条绷带的过程中，他的心理曾发生过巨大的变化，跟了他几十年的那张熟悉得不能再熟悉的脸，顷刻间就变成了另外一副模样。他先是吃惊，最后就是极度的排斥。冷不丁地，在镜子中猛然看见自己时，他惊骇得瞠目结舌。他一遍遍地在镜子中看着自己，心里不停地问着：你是老孟吗？真的是吗？同时，又有另外一个声音告诉他：你已经不是老孟了，你是张一水，张一水。

他望着镜子中陌生的自己，竟呵呵地笑了起来，笑着笑着，他的眼泪流了出来。他不知道自己为什么会流泪，然后他沮丧地跌坐在地上。过了很久，他抖着手，点了一支烟，猛地吸了几口。忽然，他抬起头，望着天花板一迭声地说：你现在是张一水了，记住，你是张一水。

他一遍遍地重复着自己的话，眼泪又一次涌了出来。

傍晚的时候，老孟偶尔也会从公寓里出来，他要买一些生活用品。他知道，此时的便衣正用锐利的眼睛扫视着进出小区的每一个人，当然，也包括他老孟。他能做到的就是尽量不慌不忙、若无其事地从小区门前走过。他有时会在附近的超市转转，有时会稍远一些，转过两个街口，再向北，还有另外一家大型超市。他选购东西时也从容不迫地挑挑拣拣，然后，提着买来的东西慢慢地走出来。他站在超市门外，先深深地吸几口气，似乎这种空气对他来说已经久违了，他就想：自由真好啊！以前的老孟是自由的，想干什么就干什么，想笑就笑，想喊就喊，他可以随心所欲地和儿子在一起。现在，虽然他的身体是自由的，但无形中他的心已经被困死了。

一次，他走回小区门口时，被一双眼睛盯上了。不用回头看，第六感觉告诉他那是一双便衣的眼睛，他的身体一下子僵硬起来。前方十几米的地方有一个卖冰棍的，他知道那人也是个便衣。他向卖冰棍的男人走过去，然后放下手里的东西，掏出一元钱，用手指着冰棍说：来一个。

他尽量少说话，但又不能不说话，他知道虽然容貌变了，可自己的体形、走路的姿态、说话的声音并没有变。于是，每一次出门的时候，他都努力地变化着自己，让自己变成想象中的张一水。

他剥掉冰棍上的包装纸，狠狠地咬上一口，一股凉气霎时冒了上来，他忍不住舒服地说了句：好爽啊。

天气又闷又热，不论白天还是晚上，都是潮闷难当。卖冰棍的冲他笑笑，就把目光投向了别处。

老孟这才慢悠悠地往回走去。

这时候，天色慢慢暗了下来，楼前到处都是乘凉的人，三三两两，闲言碎语地边走边聊。

最让老孟意想不到的是，很少走出屋子的自己竟然在门口看到了回来的孟星。在大部分的时间里，老孟都能准确地估算出孟星回来的时间，误差前后绝不会超过十分钟。在这之前和之后，他早就躲在猫眼的后面向楼道里张望，直到孟星的身影出现在他的面前。孟星越走越近，然后拿出钥匙打开门，走进自己的房间。每天，老孟都是以这样的期待与儿子默默地打着招呼。只要看到儿子，他心里就是愉快的。只有看到儿子，他的心才真正地踏实下来。

这天，他没能如约等到儿子的身影。按理说，这种情况也很正常，同学之间有点什么事耽误一会儿，也没什么。但对老孟来说，这是不正常的，他坐立不安，一次次走到阳台，透过窗帘的缝隙用望远镜向外张望，只要楼道里有风吹草动，他都会跑到猫眼跟前观察一番。结果，折腾了半天，还是没有等到孟星。

老孟只好下楼了。他站在小区门口，混在纳凉的人群中，却越待越不自在，他就又去了一趟超市。家里并不缺什么，他就买了一箱矿泉水，沉甸甸地拎在手里。就在快走到小区大门的时候，他看见了儿子孟星。孟星的身影一出现，他的世界就被占满了。老孟下意识地紧走几步，尾随在儿子身后。两个人相差几步先后走进楼道里。孟星伸手按了电梯，电梯门开了，孟星走了进去，跟在后面的他正琢磨着上还是不上时，孟星转过身，按下了楼层的电梯按钮，也就在这时，孟星看见了他。电梯的门合上了，但马上又打开了。

孟星看到老孟后很快就把电梯的门打开了，老孟只能硬着头皮进了电梯。孟星看了他一眼，又看了他一眼，然后就把目光盯在某个角落，不动了。

老孟的呼吸忽然变得不顺畅了，从出事到现在，他还没有这么近地和儿子单独接触过。现在，电梯里只有他们两个，他站在儿子身后一点，他发现儿子又长高了一些，以前儿子的个头和他差不多，现在明显比他高大了。电梯升了几层后，突然停住了，上来一个年岁比较大的女人。那女人很胖，一上电梯就站在了父子俩中间，女人手里拎了一大堆的东西，她仰起下巴，冲孟星说：小伙子，帮我按一下十六层，谢谢了。

孟星按了十六层的按钮。接着，电梯又停了，孟星率先走了出去，老孟提着矿泉水也走了出去。孟星走到自己的门前，掏出钥匙插入锁孔时，随意地回头看了老孟一眼，这时老孟的注意力都在孟星的身上，他几乎忘记了去掏钥匙。

孟星看了他一眼，他忙伸手在兜里掏着钥匙。孟星突然冲他说了句：你好。

他一怔，也忙说：你好，你好！

这时，他已经拿出了钥匙，抖着手半天也没有对上锁孔。楼道里的光线并不好，孟星伸手把楼道里的灯打开了，突然而至的光明让老孟猛一哆嗦。当他把门打开的时候，孟星已经进了房间，“咔嗒”一声将门反锁上了。那一声清脆的“咔嗒”在老孟听来竟如惊天巨响，如此近距离地和儿子接触，被那声“咔嗒”隔成了两个世界。

回到屋里的老孟倚在门上，慢慢地蹲下了身子。他抱住头，耳边不停地响起儿子的声音：你好——

过了许久，他哭了。他捂着嘴，努力不让自己哭出声来，泪水便顺着指缝流了下来。

孤独的老孟多么想走近儿子，抱住儿子，告诉他事情的真相。躺在床上的老孟经常会有这样的冲动。也正是这种冲动令他辗转反侧，无法入眠，他干脆坐到桌前，打开台灯，把自己内心的感受写在日记本上：

> 亲爱的儿子，爸爸就住在你的对面，每天都能看见你，咫尺之间，爸爸却不能喊你一声“儿子”。儿子，爸爸每次看见你回来，心就跟荡起的秋千似的，忽上忽下。
>
> 儿子，爸爸现在是公安局的通缉犯，没有权利再像以前那样去爱你了，但爸爸对你的爱是不会变的。孩子，我写的这些日记，也许你暂时不会看到，可总有一天，你会看到的。也许，你现在怪爸爸或者恨爸爸，但爸爸对你的爱是无私的。有一天，当你做了爸爸，你会理解做父亲的一番苦心。
>
> 我亲爱的儿子，别怪爸爸不能认你，我知道在这些天里，你也在为爸爸提心吊胆。爸爸不认你，是为了能多陪你一些日子。如果爸爸现在就认你，可能公安局的人很快就会找到我。爸爸现在不狠心，就会坏了大事。
>
> 只要你好，爸爸就是幸福的，至少每天还能看到你。
>
> 不知这样的日子还能过多久！现在，爸爸最大的希望

就是在暗地关注着你，看到你一切都好。我知道，因为爸爸给你添了许多不便和麻烦，爸爸知道外面有公安的便衣，他们是想通过你找到爸爸，而你每天在那些人的注视下，生活是多么的不便，这都怪爸爸连累了你。孩子，爸爸真想再回到以前的日子——

老孟把所有的情感都深埋在心底，现在他只有通过写日记的方式才能把压在心里的情感宣泄出去，也只有这样，他才能安然睡去。

孟星无论如何也高兴不起来，没有父亲的日子里他显得很孤独，也多了许多心事。他每天除了上课，就一头扎进图书馆。杨悦发现了孟星的变化，在这种事情上，女孩子总比男孩子心细一些。

这天，杨悦把孟星从图书馆里叫了出来。

两个人站在图书馆外的一棵树下。杨悦看着孟星，孟星却把头扭向一边，无聊地踢着脚边的石子。

孟星，你最近一定有事在瞒着我。

没事。孟星把头扭向一边，他不敢正视杨悦，违心地说出这句话时，他的心一阵刺痛。

杨悦紧盯着孟星，急切地问：告诉我，是不是家里发生了什么事？

孟星这时已经冷静了下来，在此前的一瞬间，他差点儿把父亲的事说出来。最后，他还是忍住了。

我家里能有什么事？没事。我不是跟你说了嘛，我爸爸去外地接了一个装修的工程，他出差了。

说完，他转回头。当碰到杨悦的目光时，他下意识地低下了头。

孟星，你变了。

听杨悦这样说，孟星诧异地看着她。

知道吗？你现在经常走神儿，对我也不像以前那样了。

孟星的心里一阵阴晴雨雪。父亲出事后，他的确变了，以前无忧无虑的孟星不见了，他现在时常走神儿，做什么事都恍恍惚惚的，喜欢一个人躲在一边发呆。他想了很多，自然也想过和杨悦的关系。他喜欢杨悦，这一点他从来没有否认过。但父亲现在毕竟是逃犯，以后很可能就是一名罪犯，他从没想过作为罪犯的儿子将来会有什么样的生活。年轻的孟星无法承担起这种身份的变化，望着眼前无辜的杨悦，他的心仿佛在流血，他呻吟似的说：杨悦，咱们还是分手吧。

杨悦睁大眼睛，吃惊地望着他。

孟星在杨悦的审视中，又一次避开了她的目光。

半晌，杨悦喃喃地说：为什么？孟星你告诉我，为什么？

孟星不语。

杨悦忽然变得激动起来，喊着：孟星，我哪点做得不好，你为什么要这样对我？

孟星一下子捂住了脸。

杨悦走过去，掰开孟星的手，她看见孟星泪流满面。

孟星，你到底是怎么了？你是不是心里有什么事儿？告诉我，好吗？

孟星仰起头，抹一把脸说：没什么，我就是不想再和你交往下去了。

听了这话，杨悦平静地望着孟星，半晌，才一字一句地说：孟星，是我看错你了吗？我认识你时，一直觉得你是个有责任感的人，做什么事都坦荡、踏实，可你现在是怎么了？你不说出分手的理由，让我凭什么离开你？好，要分手也行，但我要听到让我信服的理由。

孟星摇摇头，闷声说：没有理由。

杨悦退后一步，审视地望着孟星，突然，她上前抓住了孟星的手，说：孟星，你肯定有事在瞒着我，你不告诉我也行。我知道你最近好像不高兴，这时候不论你说什么，我都不会离开你的，我要站在你身边。以前，我们曾经说过，要一起迎风雨、共患难，难道你都忘了吗？

孟星咬着嘴唇，泪眼蒙眬地看着杨悦。忽然，他把杨悦紧紧地抱在胸前，又一次流下了泪水。他悄悄地拭去脸上的眼泪，在心里说着：对不起，杨悦。

孟星一边想着离开杨悦，怕连累了她；一边又太害怕失去这份感情，从内心而言，他是需要杨悦的，他离不开杨悦。想到父亲，他的心里又变得沉重、复杂起来。

两个人长久地拥抱着、安抚着对方，却又各自想着心事。

校园里开始静了下来。

生死一搏

现在，刘春来和李林成了火车站货场的常客。每次去时，曾经当过兵的工头总会把有限的活安排给两个人。那个战友在知道他俩的真实情况后，已经完全理解了他们的心情。

这天，两个人在货场忙了一夜之后，那个战友把一沓钱塞到两人手里。刘春来和李林说什么也不肯接，战友就生气地说：大家伙把今天劳动的钱捐了出来，是希望你们早日抓到那个毒贩。

战友的身后站着一群工友，大家辛苦了一夜，汗渍还挂在脸上，神情疲惫。这是一群靠力气生活的人。

刘春来和李林望着眼前的人们，感动得眼泪差点儿流下来。

刘春来站在众人面前，不知如何表达自己的心情，停了半晌，他冲战友说：老大，我们不能要兄弟们的钱，大家还靠这些钱养家呢。

战友摆摆手说：这只是一点心意，大家都希望你们早日抓住坏人。这些钱是大家伙靠力气赚来的，你们花着也踏实，收下吧。

战友把手里的那沓钱硬塞到刘春来的手里，旁边的工友们也真诚地说着：收下吧。

两个人再也控制不住自己的感情，伸手抱住了工友们。

刘春来颤抖着手，小心地把那沓钱放在贴身的兜里，哽着声音说：谢谢大家，这个情我们领了。等有一天抓到那个毒贩，我们一定第一个告诉大家。

说完，他和李林举起手，给众人敬了个军礼。

自从探亲归来，刘春来无论如何再也不能向华子要钱了。华子一个月就那点死工资，现在又怀着身孕，正是用钱的时候，他知道华子寄来的钱也都是她从牙缝里抠出来的。他还知道，这大半年的时间里，为了让他早日抓住老孟，华子已经借了不少钱了。三亲六故，包括同事，她几乎借了个遍。这件事华子一直是瞒着婆婆张桂花的。

刘春来上次回家，华子把家里的真实情况告诉了他。他听了，心里一直很难受，他知道作为女人，华子为他默默地承受了很多。从结婚到现在，他把注意力都用在了老孟的身上，而忽视了华子的感受。这次回家虽然只有短短的三天，但他感受到了华子对他很深的情感。这份情一直沉甸甸地压在他的心底。他只有早日抓住老孟，才能和心爱的华子踏踏实实地去过日子。

几天前，两个人又找到了王伟。他们找王伟就是为了打探老孟的消息。当时，王伟并没有多说什么，只是告诉他们，老孟仍在山水市。

这样的消息，王伟是分析得到的。王伟发现负责老孟的办案人员一直没有离开过山水市，因此他判断老孟仍在山水市。王伟尽管不再负责老孟的案子，但老孟一天不抓住，他也就永远背着说不清的嫌疑。也正是避嫌，王伟从不过问老孟的事情，忙完自己手头上的工作，他总是远远地看着负责老孟一案的人员忙进忙出的身影。那些人仍哥们儿似的和他打招呼，他也远远地冲他们笑一笑，挥挥手，算是打过招呼了。关于老孟的一切，他也是从同组的同事们有一搭无一搭的闲聊中获得的。

王伟并不知道老孟的确切消息，也只是以局外人的身份做出判断和分析。

从火车站货场回来的那天晚上，刘春来和李林破天荒地从超市买了一点酒。

酒被满满地倒在杯子里，两个人一边慢慢喝着，一边说着话。

春来，你该回家了。华子怀着孕，你怎么着也该回去照顾她，这里有我呢。我一抓住老孟就回去。

刘春来从小镇回来后，李林就一直想劝刘春来回去。每次听到李林这么说，刘春来就不耐烦地挥挥手，似乎是在驱散自己内心的烦恼。

这次，刘春来端着杯子，有些愣怔地望了李林半晌才说：这话你就不用再说了，我是不会走的。抓老孟不是你一个人的事，你以为我这样走就能安心吗？

李林呷了口酒，皱着眉头说：华子一个人挺不容易的，她现在又怀着你的孩子，你说什么也应该回去。

刘春来把杯子里的酒一饮而尽，又替自己倒了一些，说：我答应过她，等抓到老孟我就和她好好地过日子，把亏欠她的都给她补上。

李林也把杯中的酒喝光了，然后就盯着刘春来说：你说这个老孟，难道他钻到地缝里去了？

刘春来用力地捏着手里的杯子，青着脸说：就是钻进地缝里，咱们也要把他给抠出来。

春来，你说咱这下一步该怎么办呢？

刘春来重重地把杯子蹾在桌子上，说：我们不能再等下去了。王伟不是已经说了，老孟肯定还没有离开山水市。照目前情况来看，他待在市里的可能性不大，极有可能是躲在郊区的某个角落里。下一步，我们的重点应该放在郊外。

李林的眼睛亮了起来，仿佛是发现了猎物的豹子。

两个人越说越兴奋，似乎老孟就在眼前，他们往前进一步，老孟就往后退一步，似乎在跟两个人玩一场游戏。

出发前，他们给摩托车加满了油，又随身带了一些吃的，就驾着摩托车冲进了晨曦中。

一路上，只要见到人，他们就拿出老孟的通缉令打听。人们仔细地看着照片上的老孟，又认真地想一想，最后还是摇了摇头。

天已经黑得不见五指了，两个人仍行驶在路上。几天来，他们风餐露宿，疲惫不堪。但他们并没有放弃，仍然寻找着。这一次，他们要在天亮前赶到一个叫乌岭的小山村。按照地图，他们一个村子也不打算放过，每到一处就用笔画掉一个。乌岭就是他们寻访的最后一个目的地。

两个人轮流驾着摩托车行驶在山路上。

李林跨上摩托车时，刘春来看着他疲惫的样子曾劝他：要是累了，咱就先抽支烟再上路。

李林看了一眼手表说：还有几十公里呢，咱们还是抓紧赶路吧。

车和人就又一次出发了。摩托车的响声很快就被黑暗吞噬了，不太亮的车灯引领着他们在山间的公路上前行着。

李林做梦也没有想到，就在这时出事了！单调的行驶让李林的眼皮不停地打架，他腾出一只手来，不停地拍打着自己的脸。刘春来的两只手抱着他的腰，脸贴在他的后背上，似乎睡着了，他能感受到刘春来的身体传过来的温暖。他很想把车停下来，抽一支烟，但为了赶路，他还是打消了这个念头。

摩托车驶向一段坡路，就在这时李林恍惚间打了一个盹儿，当他再睁开眼时，一个急转弯，摩托车已经向岩壁撞了过去，他只来得及大叫一声，接下来，他就什么也不知道了。

战友啊战友

李林睁开眼睛的瞬间，一时不知自己身在何处。他发现自己躺在床上，头上缠着纱布，正在输液。李林努力地回忆着此前发生的一切，他想起了黑夜和山路，最后，他的记忆就停留在了高高矗立的岩壁上。这时，他忽然大叫了一声：春来，春来——

他的喊声立刻惊动了医生和护士。

李林猛地坐了起来，只感到头痛欲裂，他只好又躺下了。

医生赶紧走到他的身边，说：别动，你的头上刚刚缝了十几针。

他忍着疼痛，冲医生说：我的朋友呢？我们是两个人，他在哪儿？

医生看着他，一脸冷静地说：你醒了就好，等稍好一些你帮那个人处理一下后事吧。

李林斜着眼睛望着医生，一时没有明白医生说的后事是什么意思，愣愣地望着围在床边的医生和护士。

一个护士轻声地说：昨天晚上是一个好心的司机把你们送到医院的，你那个同伴儿送到这儿就不行了，他现在已经被送到了太平间。

李林这才明白过来，但他仍不相信地问道：你说什么？你再说一遍，刘春来到底怎么了？

医生叹了口气，说：他死了，这回你明白了？

李林的面色顿时苍白如纸，两眼直勾勾地望着医生和护士。刘春来死了，这是从医生的嘴里说出来的，他现在终于听明白了。他躺在那里，似乎一下子就傻了。

你们是什么关系？你能不能通知他的家人或者帮他处理后事？

医生在说什么，他已经听不清了，他的脑子里乱哄哄地响着。医生和护士交换了一下眼神，就离开了病房。

不知过了多久，他终于清醒过来，一挥手，拔掉了手背上的输液针头，趔趄着走了出去。

在走廊里看到一个护士，他抓住护士的手臂问：太平间在哪儿？

护士看看他，说：在院子的后面。

他向楼下奔去。

在冰冷的太平间，他看到了刘春来。刘春来浑身是血地躺在那里，似乎在睡觉。

他一把抱住刘春来，嘴里说着：春来，咱们走。

说着，他把刘春来从床上抱了起来。

看守太平间的大爷赶忙跑过来说：我看你是疯了，这人已经死了，你要把他弄到哪儿去啊？

刘春来在他的怀里很沉，也很硬。他慢慢地把刘春来放回到床上，回过头，冲大爷，又似乎是冲自己说：春来，你真的是没救了？你真的就要躺在这里了？昨天你还好好的，你还说就是走到天涯海角也要把老孟抓住。

这时，大爷把他推到了门外。

门外阳光灿烂，他在温暖中打了一个冷战，脑子就清醒了一些。

大爷看着他，指点着：快给你朋友准备后事吧。

李林缓缓地蹲在太平间的门口，掏出烟。他吸了一口烟，烟雾在眼前慢慢散开了。他就想起了昨天晚上出事前，他真想把摩托车停在路边，吸一口烟。如果，那时他吸了这支烟，也许就不会有事了。但为了赶路，他没有停下车，只是打了一个盹儿，车就撞到了岩壁上——

他蹲在那里开始不停地流泪，一边流泪，一边就想到了华子，想到了刘春来的母亲。想到这时，他彻底清醒了。他跑到邮电局给华子发了一封电报。

再接下来，他就守在了医院的门口。

天黑了，又亮了。亮了，又黑了。不知过了多久，他终于看到医院门口的人流里出现了华子和张桂花的身影。

他摇摇晃晃地迎过去，叫了一声：阿姨、华子——便再也说不下去了。

张桂花一把抓住他的手，说：春来到底怎么了？他不是和你出来打工吗，怎么就出事了？

他有气无力地说：春来他……他死了。

他在给华子发电报时并没有告知刘春来的真实情况，只是在电报里说：春来出事了。

华子也吃惊地望着他，说：李林，你说什么，春来他……

面对华子，他嗫嚅着：他死了——

张桂花大叫一声：孩子，我的孩子啊——

华子晃了一下，晕了过去。他一把抱住了华子。

当华子捧着刘春来的骨灰盒，一步步走出殡仪馆的时候，已经是两天后的事情了。

母亲张桂花走在华子身后，李林、王伟及战友们也紧紧地跟在后面。

走出殡仪馆大门时，张桂花突然放声大哭，她一边哭一边说：春来，你走得太急了，我这是白发人送黑发人啊。当年你爸就扔下了我，现在你又把我扔下了，你们爷儿俩怎么就这么狠心呀——

华子的眼睛红肿着，她的目光一直凝视着骨灰盒上刘春来的照片。那是他穿着军装的照片，是在一次立功授奖中拍摄的。他的胸前戴着红花，一脸灿烂的笑容。刘春来终于把幸福的微笑定格在了人生最后的一瞬。

王伟和几个战友把李林拉到了一边，王伟说：李林，你把这娘儿俩送回去吧，她们这个样子，可别在路上出点儿什么事。

李林点点头。就是王伟不说，他也会把她们送回去的，他不仅是在送这娘儿俩，他更是在护送战友回家。

当李林陪着刘春来和张桂花、华子坐上长途车时，车下的战友们不知谁唱起了《送战友》。

歌声伴着长途车渐行渐远。

一路上，华子一直紧紧地抱着骨灰盒，仿佛在小心地抱着熟睡的婴儿。

张桂花默默地流着眼泪，她絮絮叨叨着：孩子啊，你怎么就走了，你说说，你这样对得起谁啊——

车驶进了山区，又驶进了平原，再往前行驶一段，就到小镇了。

一路上，李林一直没有开口，这几天他一直被一种巨大的过失感压着，压得他几乎喘不上气来。老孟逃跑就是因为自己睡着了，让他有了可乘之机。这次，也是因为自己那一个盹儿，让刘春来失去了生命。他知道，在张桂花娘儿俩面前，自己就是个罪人。刘春来曾和他说过的话仿佛就响在耳边：李林，抓不到老孟，我死也不会闭上眼睛。他忽然从华子的怀里捧起骨灰盒，哽咽着说：让我抱一会儿春来吧。

他用手小心地摩挲着骨灰盒，在心里说：春来，你放心，我李林一定会抓到老孟，让你安心地闭上眼睛。你回家吧，在家好好地等着我。我不抓到老孟，决不回家。好战友，你就等着吧。

他把心里的话说完了，又把骨灰盒送回到华子手里，说：华子，回去照顾好春来的妈妈，我该走了。

华子怔怔地看着他。

他看一眼伤心的张桂花，再看一眼华子，说：不抓到老孟，我是不会回小镇的，那样的话，春来就真的是白死了。

说完，他站起来，冲司机喊：停车！

司机不知发生了什么，一脚刹车把车停了下来。

他从车上跳下来，冲司机挥挥手。

车子很快又启动了，他冲着远去的长途车大声地喊：春来，你放心，不抓住老孟，我是不会回去看你的——

早　产

华子的早产是在她和婆婆张桂花回到家后。

华子伫立在屋子中央，怀里仍紧紧地抱着刘春来的骨灰盒。

张桂花站在一旁说：华子，你别那么抱着了，都抱一路了，你把春来放下吧，你也该歇歇了。

华子搬了个凳子，费力地踩着凳子，想把骨灰盒放在柜子最显眼的位置上。她托着骨灰盒，刚把它放在柜子上，便叫了一声，从凳子上摔了下来。她捂着肚子喊起来：妈，我肚子疼得厉害。

听到动静，张桂花从里屋跑出来，抱住华子，一迭声地喊：孩子，你这是怎么了？

一股血水已经从华子的裤腿里流了出来，张桂花是过来人，立刻知道是出事了，她惊呼一声：华子，你早产了！

在离预产期还有一个月的时候，华子产下了一名男婴。

当护士把这个男婴抱到面前时，华子紧紧地把他抱在自己的胸前，直勾勾地看着他，嘴里一遍遍地说：孩子，你没有爸爸了。

说完，华子的眼泪便哗哗地淌了下来。

男婴似乎是被打扰了，有些不安地扭动着身子。华子小心地安抚着，心里百感交集，春来离开了她，她的身边却多了一个孩子，也正是这个娇弱的生命，让她有了一份希望和对未来的念想。

张桂花看见这个孩子时的心情是复杂的，这是儿子春来留下的骨血，看着孩子酣睡的模样，她竟有些恍惚，仿佛这就是当年的刘春来。高兴之余，她很快又陷入到了一种悲哀之中。丈夫被洪水卷走的两个月后，她生了遗腹子刘春来，她拉扯着春来姐弟磕磕绊绊地走到了现在，孤儿寡母的辛酸和苦楚只有她自己知道。她没有想到，如今的华子又和自己走了一样的道路。她望着华子，仿佛看见了自己从青春走到年老的时光。

几天之后，华子出院了。

从医院回来后，华子似乎已经调整好了自己的心态。现在，看着可爱的孩子，她完全沉浸在做母亲的喜悦里。

张桂花却整日地唉声叹气，背着华子不停地抹眼泪。年轻时丈夫离她而去，如今老了，儿子又离开了她，把媳妇和孙子一股脑儿地推到她眼前。把儿子的骨灰盒接回家后，张桂花一下子就老了十岁，以前浑身是劲儿的她现在总感到胳膊腿哪儿哪儿都沉，沉得她似乎抬不动自己的手脚了。

这天，华子抱着孩子来和她商量着给孩子取名字的事。

张桂花怔怔地望着华子。

华子摸摸孩子嫩嫩的小脸说：就叫刘怀来吧，怀念他的父亲。

张桂花听了，眼泪一下子掉了下来。她背过身去，用衣袖擦了一把眼睛，说：好，这名字好，只要你觉得好，就叫怀来吧。

家里出了这么大的变故，刘春来的姐姐和姐夫也回来了一趟。伤心是免不了的，都是一家人。姐姐和姐夫的营生以前还不错，但现在发生了很大变化，原料如今一天一个价，日子也一天比一天难过，他们都快撑不住了。焦头烂额的厂子弄得两口子没有别的闲心了，他们已经一连几个月无法给工人发工资了。院子里每天都聚集了工人，叫苦连天地守在那里，弄得姐姐一家没处躲、没处藏。

家里发生了这么大的事，他们也只能匆匆地过来看上一眼，说些安慰的话，流一把热泪，睁开眼睛还得面对这个现实的世界。生活让他们的心肠变冷变硬了，走出这个院子，他们的表情就换成了另外一副模样。他们已经没有更多的闲心去悲悯亲人，他们还要努力地去拯救自己。

华子坐完月子后，不少同事和朋友相继来探望她，看着孩子和华子，人们总要说些同情的话和喜庆的话。两种味道的话夹杂在一起就使气氛变得平淡了，来人也把表情控制得很好，然后就犹豫着告辞了。走到门口时，又转过身子，颇有些为难地说：华子，按理说这时提钱的事儿不太好，可我也真是没办法了，我们家老二下岗了，想给他开个小店，华子你看——

不用人家再多说，华子就什么都明白了，华子把孩子往怀里用力地抱了一下，说：许阿姨，你放心，你的难处我理解，我会想办法的。

这样的客人走了一拨，又来了一拨，都是借过钱给华子的人。当初借钱也都是为了刘春来，每一次跟别人借钱的时候，华子都是背着婆婆张桂花。她觉得这是她和刘春来的事，没有必要让老人操心。现在，刘春来不在了，一个女人拉扯着孩子，什么时候才能还上这笔钱呢？于是，那些借钱给华子的人就变得不踏实了，找出各种理由来找华子婉转地要钱。

这些人来要钱，华子也怕惊动张桂花。老人已经失去了儿子，现在再也禁不起任何风吹草动了。每当有人来要债时，华子都会主动地说：马嫂，你放心，你的孩子就要高考，这事我惦记着呢。等有了钱，我第一个就还给你。

马嫂看看华子怀里的孩子，又望一眼柜子上的骨灰盒，犹犹豫豫地说：当初春来去抓毒贩，这我们都知道。毒贩抓到后，政府怎么说也会奖励春来一笔钱，可现在，春来不在了，那个毒贩也没抓到。华子，我家孩子他爸现在也下岗了，我们攒那点钱是为了孩子上大学用的。华子啊，马嫂可不是逼你，按说你家都这样了，我不该提钱的事儿，可我真是没办法了。

华子就低下头，小声地说：马嫂，我不怪你。你放心，这钱我一定还。

马嫂就唉声叹气地走了。

接下来，还有李姐、王大哥等人相继找到门上，张桂花就有了警觉。等来人走时，她就从里屋走出来，嗔怪华子：华子，这事你不该瞒着妈。你给妈说实话，咱到底欠了人家多少钱？

华子摇摇头，见实在瞒不过去，只好说：妈，这事你就别操心了。当初我借钱是想着我和春来一起还，现在春来不在了，我自己还就是了。

张桂花一听急了，她跺着脚道：告诉我，到底是多少钱？

华子拗不过婆婆，就从抽屉里拿出一个本子，说：都记在这儿了，加起来大概有两万多吧。

张桂花听了，差点儿一头跌倒，她扶着墙总算稳住了身子。好半天，她才青着脸，颤抖着嘴唇说：天哪，这么多钱，什么时候才能还上啊。

华子把睡着的孩子小心地放到床上，这才走到张桂花面前，说：妈，过几天我就去上班了，下课后我可以给学生做家教，我会慢慢地还。妈，你千万别着急。现在春来不在了，这钱我一个人能还。

张桂花听了放声大哭起来，她一边哭，一边说：老天爷呀，你让我们的日子可怎么过啊！

她走到儿子的骨灰盒前，看着照片上的刘春来继续哭诉着：春来呀，你一直瞒着妈，说是出去打工，妈也依了你。可谁知你是去抓什么毒贩子，抓坏人是公安局的事儿，你这是何苦啊！扔下孤儿寡母的，以后的日子可怎么过呀。春来啊春来，你在天上睁开眼睛，看看我们娘儿几个吧。

张桂花的哭诉惊醒了熟睡的孩子，孩子哇哇地哭起来，家里就乱了。张桂花的世界坍塌了，生活也失去了色彩。

刘春来在的时候，她的生活可以说是无忧无虑，即便春来从部队复员回来，她也没有觉得有什么过不去的。儿子娶了让她满意的华子，她逢人就说：我家媳妇是大学生呢，现在是老师。华子就是她的骄傲。当初春来离开家是瞒着她的，说是去打工。打工就打工吧，出去闯荡一下也好，只要不学坏，就是好事。在她的观念里，男人就该出去闯荡。世界就是闯出来的，不是守出来的。直到春来出事，她才知道儿子这一年来在外面都干了些什么。这对她来说是多么的不可理喻，更让她不可思议的是，儿子为了抓毒贩，竟给家里欠下了这么多的外债。两万多的外债对她来说，那就是天文数字。张桂花的天便塌了，地也陷了。

孤独的李林

当李林把刘春来的骨灰盒放回到华子的怀里，跳下车，眼睁睁地看着长途车卷起一股烟尘，渐行渐远时，他的眼泪不可遏制地流了下来。车远去了，他的心也空了。刚才，抱着骨灰盒时，他还能感到一丝慰藉。此时，他的身前身后顿时空荡荡的。

这几年来，他和刘春来可以说是形影不离，他们一起训练，一起执行任务，直到一同离开部队，又一同返回山水市。他们从来没有分开过，可眼下，他不得不和战友告别了，他突然感受到了孤独的滋味。以前，他一抬头就可以看到刘春来的身影，一挥手就能抓到身边的刘春来，现在却只剩下他一个人了。

他重新回到了山水市，回到和刘春来一同租住的小屋里。

坐在那里，似乎到处都能感受到刘春来生活的影子——刘春来的脚步声、说话声和他坐过的椅、睡过的床，这几乎让李林觉得刘春来从不曾离开过他。

他抬起头，透过窗户，看着天上的点点星光，刘春来说过的话又一次响在他的耳边：等把老孟抓住了，我就可以回家和华子好好过日子了。

当把目光从遥远的夜空中拉回到现实，看着空空的屋子，他知道刘春来这次是永远地和他分开了。就是那一瞬间，刘春来就从这个世界到了另外一个世界。回到房间里，他一下子就看到了桌上摆着的他和刘春来的合影。那是在一次立功授奖大会现场拍下的照片，两个人胸前戴着红花，靠在一起，冲着镜头笑着。他拿起照片，喊一声“春来”，眼睛立时就模糊了。

看着照片上微笑的刘春来，他泣不成声地说：春来，你的死是我一手造成的，我对不起你，对不起阿姨，更对不起华子。

说到这儿，李林抹了一把眼泪，又说：春来，是我错了。我知道你心里最放不下的就是老孟，春来你放心，现在虽然只剩下我一个人了，但我向你发誓，不抓到老孟，我决不回去见你。春来，请相信我，我以战友的名义发誓，以后阿姨和华子就是我的亲人，我会像亲人一样把她们照顾好——

李林冲着照片上的刘春来，哭一会儿，说一会儿，人就迷迷糊糊地睡了过去。从连续奔波于郊区的各个村落，到两个人出事，又一直到把张桂花和华子送走，李林几乎没有合上过眼睛。那时，他的心里是麻木的，现在，他终于理清了思路，身子一歪，人就睡着了。

他这一睡，竟昏昏沉沉地一连睡了几天。

昏睡的期间，他做了一个梦，在梦里他又见到了刘春来。刘春来和生前一样，与他面对面地坐着，眼睛却直勾勾地望着他，说：李林，现在就剩下你一个人去抓老孟了。

他猛地站起身，说：班长，你放心，只要我还有一口气，就要把老孟找到。

刘春来似乎叹了口气，说：凭咱们的力量太小了，你以后还要多去公安局，想办法从那里探听消息，只有这样才能找到老孟。

班长，我记住了。

刘春来冲他点点头，笑了笑，又说：以后寻找老孟就靠你了。哪天抓到老孟了，你一定要第一时间告诉我，否则，我闭不上眼睛。

他大声地说：班长，你放心吧，我一定要抓到老孟。

刘春来一转眼就不见了，似乎化成了一股风，他站在那里，一声声地喊着：春来——

这时他听到一阵敲门声。

外面的敲门声似乎有一阵了，他摇摇晃晃地打开了门，看到了王伟，还有刑侦大队的老沈。

他颇为惊讶，说：怎么是你们？

看着李林发红的眼睛，王伟伸出手，开玩笑地说：你可真能睡，我这手都快把门拍烂了。

李林的脑子这时似乎也清醒了，看到两人一同出现在这里，他立刻警觉地问：老孟有消息了？

王伟看了眼老沈，老沈点点头，王伟就摁着李林的肩膀让他坐下了，说：李林，我们以前就知道你和刘春来在寻找老孟，你们的心情我们是理解的。说实话，我们也没把你们的行动太当回事。毕竟你们不是警察，也许你们就是为了赌一口气，凭着三分钟的热情，找不到人也就回去了。谁知道你们竟坚持了这么久，中间还出了意外。

说到这儿，王伟指着老沈说：现在沈中队长负责老孟的案子，他说过来看看你，我就把他带来了。

老沈忙热情地握住了李林的手。

李林以前见过老沈，但并不熟悉，现在听说老沈具体负责老孟的案子，他再也按捺不住了，说：沈队长，不抓住老孟，我是不会回去的。春来已经不在了，我要是走了，我就对不起他的在天之灵。

老沈握住李林的手用了些力气，说：你以后再也不要没头没脑地乱撞了，那样太危险，也不会有效果。你和刘春来的事惊动了专案组，我们商量后，想请你来配合我们的工作，一来了却你和刘春来的心愿，二来也是考虑到你的安全。刘春来出事后，我们公安局上上下下都很震惊。

这么长时间以来，都是他和刘春来两个人在孤军战斗，现在，专案组找到了他，他一时愣在那里，半天没有反应过来。

看着王伟和老沈，李林犹豫着又问了一遍：你们真的让我参加专案组?

老沈纠正道：是配合我们的工作，虽然老孟逃走时有些谣传，但我个人是相信你的。

李林动动嘴，似乎有很多的话要说。王伟和老沈微笑着看着他，最后，他只是挤出了“谢谢”两个字。

这时，他的眼圈就红了。

王伟在一旁说：以后有什么事多和沈队联系，别再自己盲目出击了。说完，两个人就告辞了。

直到两个人的身影消失，他才回过神来，这时就有一股力量从他的心底升了起来。失去刘春来时的孤独感倏然不在了，他似乎又回到了集体，希望再一次出现在他的眼前。

盯　梢

刑侦大队的老沈交给李林一项新的任务，那就是盯梢孟星。现在，公安局的工作重点仍放在孟星身上。虽然暂时没有发现老孟联系孟星，但他们相信只要孟星在，老孟迟早会出现的。

老孟刚逃跑时，公安局也撒开几路人马满世界追寻老孟，但都没有发现线索，直到后来才发现了老孟在山水市活动的蛛丝马迹，那还是缘于对万家平安装饰公司的电话监听。尽管老孟是用手机和老于通了短短的一两分钟电话，警方还是捕捉到了老孟的踪迹。警方于是调动警力重点在山水市蹲守。

李林领了新的任务后，就弄了辆手推车，支起了一个活动烟摊，车上摆满各种香烟。他将自己的活动范围设定在山水市大学与孟星居住的公寓之间。

以前，他和刘春来也跟踪过孟星，但那只是基于他们自己做出的判断，心里一点底也没有。现在不一样了，他是在执行公安局的任务，是公安局的眼目。这种跟踪虽然单调，但他还是看到了希望，一想起迟早有一天会抓住老孟，他的心情就愉快起来了。

他在孟星居住的公寓和大学门前转悠着，每时每刻，每一根神经都变得紧张起来，似乎老孟随时都会出现。

老孟在望远镜里又一次看到了李林。这次，李林的身前多了一个活动烟摊，这一切都没有蒙骗过老孟的眼睛。前一阵子，李林和刘春来曾在他的眼前消失过一段时间，那时的老孟多少松了一口气。

现在，李林又一次出现了，只不过是少了刘春来。老孟为自己的准确判断而暗自庆幸，他知道李林他们不会放弃对孟星的监视。而自己不与孟星相见，正是对孟星最好的保护。老孟清楚，最危险的地方往往又是最安全的。他现在最大的乐趣就是通过望远镜观察李林，他想从李林的活动迹象中了解到一些新动向和新情况。

每天早晨，李林都推着手推车准时出现在公寓门口，这时正是孟星上学的时间。李林一直尾随着孟星走进学校大门，然后再慢悠悠地返回到公寓门口。直到傍晚时分，他再次等候在学校门口，然后悄悄跟随着孟星返回到公寓。

有时，孟星会在公寓门口的小摊儿上买一些水果再回家。躲在一边盯梢的李林看到孟星的房间亮起灯后依然没有离开的意思。他紧紧地盯着那扇熟悉的窗户，希望通过那扇窗能发现一些新情况。直到房间里的灯黑了，他才慢慢地推着车子回到自己租住的小屋。李林知道，他离开后，公安局的便衣又开始上岗了。

老沈会三天两头地出现在李林面前，扔下十块钱，随便拿起一盒什么烟，一边拆开烟盒，一边小声问：有什么情况吗？

李林手里找着零钱，嘴里说着：昨天晚上回来得比平时晚了四十分钟，在门口买了水果。

老沈点点头，点着了烟，说：别急，干咱们这行的千万不能急。

老沈说完就走了。

如果事情仍然这么延续下去，似乎就看不到峰回路转了。

结果，就在那天晚上，孟星和李林双双出事了。

那天晚上和以前并没有什么区别。天已经有些黑了，远远近近的灯火依次亮了起来。

孟星从学校里走出来，李林推着他的烟摊儿车不远不近地跟在后面。这些天来，孟星似乎从来也没有感觉到李林的存在。每天一出校门，他便目不斜视地骑着单车往前冲。

孟星前脚已经迈进公寓门了，又想起什么似的转回身，奔向一个卖小吃的摊位。热气腾腾的麻辣烫刺激着人们的肠胃，孟星冲老板娘说了句什么，老板娘就麻利地把煮熟的麻辣烫盛到了快餐盒里。

孟星接过餐盒，从书包里掏出了钱夹。李林一边给人拿烟，一边用眼睛瞟着。就在这时，一个瘦高个儿突然从路的一边蹿过来，从后面一伸手，抢走了孟星手里的钱夹。

孟星惊得大叫一声，瘦高个儿本想逃走，听见孟星的惊叫，猛地挥起了另一只手。李林清楚地看到，那只手里握着一把匕首。亮光一闪，那把匕首就插进了孟星的大腿。

瘦高个儿抛下一句：这回你连追都省了。就撒腿跑了。

在这短短的十几秒时间里，所有的人都定格住了。

李林完全是下意识地追了出去。他没有多想，也来不及多想。训练有素的李林很快就追上了瘦高个儿。

前面就是一条胡同，很黑，只有胡同口有一盏路灯。瘦高个儿显然对这里的地形很熟悉，他一头钻进了胡同里。

李林和瘦高个儿也就差三两步远的时候，瘦高个儿停下脚步，转过身，喘着气说：兄弟，这事和你没关系，躲远点儿。

李林停了下来，和瘦高个儿对视着，他在等待出手的机会。对于制服眼前这个瘦高个儿他充满了信心，毕竟他在部队学了擒拿格斗的本领，而且还在支队的比赛中获得过第五名的成绩。

短暂的静寂过后，瘦高个儿大喊一声：有人，你看！

突然的喊声让李林分了一下神，他回头看了一眼，那把匕首就刺了过来。李林下意识地一个躲闪，匕首还是从他的肋骨上划了过去。他没感觉到疼，只有一种冷飕飕的感觉。这时，瘦高个儿又想跑，他伸出腿扫了一下，瘦高个儿踉跄一下，跑了几步，摔倒了。他扑过去，和瘦高个儿扭在一起。他抓住瘦高个儿那只握着匕首的手，向地上一磕，匕首就落到了地上。

这时，一群人已经出现在胡同口，两个警察也冲了过来。

那天晚上，李林被送进了医院。医生在处理伤口的过程中也替李林感到庆幸，如果再刺进去一厘米，就伤到脾脏了。

没有想到，李林竟和腿上缠着绷带的孟星住进了同一间病房。最初的一瞬，李林怔了一下，自己跟踪了孟星这么久，却还从没有与孟星如此近距离地面对面过。他站在门口，冲孟星点了点头。

孟星看了他一眼，在床上轻轻地移了一下身子。孟星的脸色有些苍白，刀虽然扎在腿上，却伤到了动脉。此时，已经输过血的孟星躺在那里，正在输液。

孟星显然也认出了他，用微弱的声音说：你就是抓小偷的英雄吧？

李林笑了笑，躺到床上。

一位护士举着输液瓶走进来，她一边将针头小心地扎进李林的手背，一边开着玩笑：你们俩可真有意思，受害者和见义勇为的英雄住到了一起。

李林挥挥手说：我算什么见义勇为，就是赶巧让我碰上了。

忙完手里的活，护士抬起头看着两个人说：哎，我说你们俩的家属呢？

孟星没有说话，把头扭向一边。

李林笑一笑，说：我在这儿没有亲人，再说了，我这点小伤也不用人陪。

护士走到孟星的床边，说：我看你还是学生吧？出了这么大事，怎么也不通知家里人？你刚输完血，可不能随便走动。最好还是通知家里人来照顾你。

孟星听到这儿，眼睛突然就湿了。他没有说话，用力咬紧了嘴唇。这一切都被李林看在了眼里。

护士出去后很快又回来了，她站在孟星的床边，小心地说：你的治疗费还没有交呢。

我的钱夹在公安局，等他们还给我了，我就去交。

李林赶紧冲护士说：我的也没交呢，我这儿有。

你的就不用交了，已经有人替你交了。

李林忙问：是谁替我交的？

是两个先生，其中一个好像姓沈。

李林马上就想到了老沈和王伟。

护士站在孟星的床前喋喋不休地唠叨着：你说你这个学生也是，出了这么大的事儿，家里也不来个人。

孟星突然打断了护士的话：我爸出差在外地，家里没有别人了。

那公安局什么时候才能还你钱夹呢？我们医院可是有规定的，没有押金是不能继续往下治疗的。

李林从兜里掏出钱，冲护士说：护士，我这里还有些钱，先替他垫着，也不知道够不够。

真是不好意思，你救了我，还让你替我破费。孟星的眼里满是感激。

护士从李林的手里拿过钱，数了数，抬起头冲孟星说：这四百八十块钱连你输血的钱都不够，我看只有等公安局还你钱夹，再把押金交了。

护士说完就走了。

孟星望着李林不知说什么好，只是不停地说着谢谢。

李林赶忙安慰他说：这没什么，我姓李，咱们住在一起也算是病友了。

难舍难离

张桂花守着家里一大一小两个人，心里愁得要死要活。

刘春来的突然离去，对她的打击非同小可。自己年纪轻轻就守了寡，拉扯着一儿一女，生活中的种种苦楚就不用说了，但那时她对生活充满了希望，她一直坚信自己会有一个幸福的晚年，想着所有的苦难她年轻时已经吃了个遍，老了自然是苦尽甘来。刘春来娶了华子后，她心里的最后一块石头总算落了地。华子聪明能干，又有着一份好工作，刘春来又去了外面闯荡，迟早会把日子过得红红火火。特别是眼瞅着华子的肚子鼓起来时，她的心里更是乐开了花，好日了真的就要来了！正当她满怀期望时，刘春来却突然出事了。她做梦也没有想到，自己一生中会摊上这么多的苦难，人一下子苍老了许多，希望之火瞬间就在她的眼前熄灭了。现在，不光生活没了希望，她还要为现实的艰难愁苦着。

作为母亲，她失去了儿子，而华子则失去了丈夫，孙子还没有出世就没了父亲。这是多么悲哀的一个家呀！看到华子，她就想到了自己年轻时的日子，为此，她背着华子不知流了多少眼泪。

失去儿子已经让她痛不欲生，家里欠下的巨额外债更是让她不堪重负。这些债务都是儿子生前为寻找毒贩借下的。如果早知道这些，她说什么也不会同意儿子去抓什么逃犯。可现在，一切都晚了。要账的人天天追到家里，千篇一律地说些无关痛痒的话，然后就直截了当地向华子提出来还钱。华子小心地赔着笑脸，她躲在里屋心如刀绞。

来人一走，她就铁青着脸站在华子面前。

华子自然明白婆婆为什么用这种目光看着她，她柔声劝着：妈，你放心，这钱是我和春来借的，决不会连累您。我一定会想办法还上的，再说了，就是我还不上，还有怀来呢。

听了华子的话，她的脑子里顿时轰然一响，她颤抖着手从华子的怀里抱过孙子怀来，怀来香甜地睡着。看着怀来，她恍惚觉得又回到了从前，一时间，她竟有些分不清自己抱着的是怀来还是春来了。

她的眼泪一串串地落了下来，滴在怀来的脸上，怀来醒了。怀来睁开眼睛，长长地打了个哈欠，然后，竟冲她笑了一下。

张桂花再也受不了了，她抱紧怀来，将自己的脸贴在怀来的小脸上。

从此，内心愁苦的张桂花又多添了一份心事——自古以来父债子还，天经地义，想着怀来从生下来就没有见过父亲的模样，却要在未来的日子里背下父亲沉重的债务，她的心就一阵疼，像碎了一样。

那天晚上，张桂花走进了华子的房间。华子正抱着怀来，哼着歌儿哄孩子入睡。

张桂花坐在椅子上，一抬头，就看见了儿子和华子的婚纱照，儿子正一脸幸福地和华子对望着。她的心一阵颤抖。

华子把睡熟的怀来轻轻地放到床上，这才转过身，低声地问：

妈，你有事儿？

她点点头，忍了半天还是说了出来：华子，你真不该为春来借那么多钱。

华子看了眼照片上的春来，低下头，哽着声音说：抓住那个逃犯是春来的梦想，我得支持他，不能拖他的后腿。

听华子这么说，她长长地吁了一口气，说：那你们也不该瞒我啊！当初我要是知道，说什么也不会让春来去干那种傻事，结果把自己的命都搭上了，不值啊！

华子的眼睛一下子就湿了，她偷偷地抹去眼角的泪水，说：妈，我理解春来，你要是让他待在家里，他会生不如死，他这是想还给自己一个清白。

张桂花再去抬眼看儿子时，眼前已是一片朦胧，她冲着儿子模糊的身影嗔怪着：你们不该瞒着妈呀，咱借的这些钱什么时候才能还到头啊！

华子小心地劝慰着：妈，我还年轻，以后有的是机会，钱会还上的。再说了，现在有了怀来，我就什么都不怕了，即使我这辈子还不上，怀来长大了也会替他父亲还清这笔账。

张桂花的心又是一抖，她不停地长吁短叹着：华子，你刚进这个门，有些事你还不知道。当年春来他爸去得早，是我拉扯着一双儿女长大，当时我就发誓，就是饿死也不去借人家一分钱，硬是把他们拉扯成人了。

妈，这些我都知道，为了这个我敬重您。原本我和春来想着一定让您有个幸福的晚年，可现在春来不在了，但您要相信，往后我会好好照顾您的，绝不比春来在时差。妈，您就放心吧，咱们欠人家的一定能还上。

张桂花听了华子的这番话，终于忍不住老泪纵横，说：华子啊，从你还没进刘家大门，我就知道你是个好孩子，这进门后又跟着吃了不少苦。新婚的被窝还没有热透呢，春来就走了。这一年多来，是你在操持这个家，妈心里有数。孩子，你已经够不容易的了，妈不想让你过这种孤儿寡母的日子，妈就是这样走过来的，有多少苦、多少难妈心里最清楚。华子啊，你可不能学妈，这样的日子，妈是一天也看不下去啊。

华子听了，睁大眼睛看着婆婆，半晌才说：妈，你是不是不想让我在这个家待了，不想要我了？

张桂花站起身，一把抱住华子，凄然地说：华子，妈也舍不得你，可妈不忍心看着你过这种苦日子。

华子也抱紧了婆婆，用力抹去脸上的泪水，她清晰、坚定地说：妈，我哪儿也不去。现在，春来没了，可我还有怀来，我一定会给您养老送终。

华子，我的好孩子！

张桂花再也说不下去了。

华子越是这样，张桂花越是下定了一个决心。儿子已经让华子受够了苦，现在儿子不在了，决不能再让华子受这份罪了。作为春来的母亲，她无论如何也不能眼睁睁地看着媳妇和孙子苦撑下去。

现在，一有时间，张桂花就把怀来抱在怀里。怀来是个可爱、懂事的婴儿，不哭也不闹，只要有人抱他，他就笑，睁着两只黑葡萄似的眼睛，咿咿呀呀着。看着怀来不谙世事的样子，她的眼泪就止不住地涌了出来。

她一边轻轻地拍着怀来，一边说：怀来呀，咱就不该来这世上，让你受苦了。你爸他怎么就狠心扔下咱们啊！

张桂花一边流泪，一边冲着怀里的怀来絮叨着。怀来看不懂奶奶的眼泪，也听不懂奶奶的话，只是冲奶奶笑着。怀来越笑，张桂花的心里就越疼。

有时，她看着怀来，竟一时不知自己在哪儿。

那些日子，她吃不下，睡不香，一个念头久久地盘绕在她的心里。

前两天，怀来发了一场高烧，华子也感冒了。不知是孩子传染给了华子，还是华子传染给了孩子。总之，大人孩子都病得不轻，药也吃了，烧还是没退。

头天晚上，张桂花看着烧得面色通红的华子说：今天晚上孩子跟我睡吧，这样互相传染你们谁也好不了。

华子没说什么，撑着虚弱的身子把药给怀来喂了下去，然后有气无力地说：妈，明天怀来的烧还不退，我就带他去医院。

张桂花把华子安顿好，就把怀来抱到了自己的房间。

她坐在床边，看着怀来难受的样子，心里急得像热锅上的蚂蚁。她一遍遍地摸着怀来滚烫的小脸，喃喃自语：怀来啊，你说你的命怎么就这么苦，生下来就没了爸不说，还背上那么多的债。咱这一家怎么都是苦命的人呢？你爸命苦，你命苦，你妈也命苦，你奶奶的命更苦——

她絮絮叨叨、不知疲倦地守候着。

夜里，昏睡中的怀来突然大哭起来，她忙把怀来抱了起来，在屋子里来来回回地走着。不知走了多久，怀来终于安静了下来。当她轻轻地把怀来放回到床上，怀来一下子就惊醒了，病痛让怀来又哭闹了起来，她只好抱起怀来，一圈圈地在屋里走着。

华子听到动静，硬撑着走了过来，说：妈，孩子这么闹，还是我来带吧。

看着华子被病痛折腾得蜡黄的脸，张桂花小声地说：快回去歇着，这儿有我呢。

华子在门口立了一会儿，默默地回到自己的房间。

张桂花一直抱着怀来走走停停了大半夜，怀来才沉沉地睡去。她把怀来放到床上，怜惜地说：怀来啊，我的孙子，咱们是一家人，看着你从小就这么受苦，奶奶死也闭不上眼睛啊。

天即将亮时，她靠着床头迷迷糊糊睡了过去。天亮时，她又醒了。醒来之后，她一眼就看到了怀来。她伸出手，在怀来的额头上试了一下，还是热得烫手。她收回手时，把孩子送走的念头迅速在脑子里闪了出来。

与其说是突然冒出这种想法，还不如说是她早就有了这个心思。送华子去医院生孩子时，守在产房门外的她意外地碰到了一对中年夫妇。

那一男一女不停地打量着她，然后，那女人就走过去和她搭讪：大娘，是姑娘还是媳妇生孩子呀？

是儿媳妇。她的眼睛紧紧地盯着产房的大门，毕竟华子是早产，她的心里七上八下，生怕有个闪失。

华子已经进去很久了，还没有半点音信，她活动了一下因紧张而有些麻木的身子，这时她才认真地看了眼身边这对中年夫妇。

你们家谁生孩子呀？

那女人笑了笑说：我们就是过来看看。

她起初对女人的回答没有想太多，过了一会儿，她忽然觉得有些不对劲儿，就把目光收回来，盯着那女人说：这生孩子有什么好看的。

女人就热情地把一只手搭在她的手上，说：大娘，不瞒您说，我们经常到这儿来看看，这里的医生、护士都和我们认识了。实话跟您说吧，我们是想抱个孩子。

她这才认真地把这一男一女重新打量了一遍。

女人说：大娘，不用看，我们不是坏人，你看看这个。

说着，女人把工作证、身份证和户口本都拿了出来。

她怔怔地看着那一堆证件，一时没有明白过来。

女人看了身边的男人一眼，叹了口气，继续说：大娘，我们俩年轻那会儿呀，没想过要孩子。过了三十岁想生了，又一直没有动静，就这么七拖八拖地给耽误了，到医院一检查，才知道是我有问题。

女人说到这儿，那男的已经悄悄地躲开了。

女人的话匣子一打开就收不住了：我叫谢红，在山水市的中学当老师，我们家那口子叫刘冰。他可喜欢孩子了，一看到孩子就迈不动步。后来，就商量干脆抱个孩子，我们就到这儿来了。

她百思不得其解地看着女人，说：那你们怎么跑这么远？在山水市多方便。

谢红左右看看，压低声音说：我们家那口子怕在家门口有麻烦，低头不见抬头见的，万一以后人家变卦了怎么办。我表姐在这里当护士，我们就到这儿碰碰运气，看有没有送孩子的，就是花些钱也行。大娘，您以后帮我们留心点。

她不置可否地望着眼前这个叫谢红的女人。女人的穿着打扮看起来很精致，说话、做派也像个老师的样子。

正在这时，产房的门开了，护士走了出来，问：谁是华子的家属？

她急忙站起来说：这儿呢，我是。

华子生了，是个男孩儿，母子平安。

护士说完，就又进了产房。

她心里的一块石头总算落了地。

叫谢红的女人看着她的表情，有些疑惑地问：儿子在哪儿上班啊，他怎么没有过来？

从山水市回来，华子就因为意外的摔跤早产了。她还没有来得及从失去儿子的悲痛中走出来，就又赶上华子生孩子。她被一连串的事击蒙了，完全是靠一种精神的力量在支撑着自己。

谢红在这个时候提到儿子，张桂花的眼泪一下子就流了出来。她无力地靠在椅子上，捂着脸说：看你是个好人，我也实话告诉你，孩子他爸几天前就不在了。

谢红叹口气，握住了她的手说：大娘，对不起，我不是有意的。

也就是在几天前，张桂花又专门去了趟华子生产的那家医院。不知为什么，自从上次和谢红夫妇在医院见过一面，她就再也忘不了他们了。在得知春来生前欠下那么一大笔债后，她的心里再也装不下任何东西了。她鬼使神差般地又来到了那家医院，来到产房门前。

这时，正好一个产妇被推了出来。产妇的家属忙凑上去，激动地问这问那。谢红夫妇远远地站在一旁看着眼前的一幕。谢红的眼睛早已经湿了，她的丈夫小声地劝慰着。

张桂花恍恍惚惚地走过去。

谢红看见她时惊讶极了，说：大娘，您怎么过来了？

她愣在那里，半晌才明白过来，说：我没事儿，就是过来看看。

她在医院里转了一圈后，走了出去。

一早，张桂花抱着孩子走出家门时，把孩子送走的念头便滋生了。而跨进医院大门的那一刻，这个念头就像一株疯长的野草缠绕着她。

孩子经过医生的诊断后，正静静地躺在那儿输液，她的心也稍稍安静下来。趁孩子输液的工夫，她去了一趟产房，产房门前聚集了一些家属，正焦急地等待着。

在那里，她并没有看到谢红夫妇。

她从楼上的产房走下来时，一眼看到了人群里的谢红夫妇。两个人手里拎着提包，一副要赶路的样子。

谢红看见她，怔了一下，但还是走过来打招呼：大娘，您怎么一大早就来这儿了，是不是孩子病了？

她颤着声问：怎么，你们这就要走？孩子要到了吗？

谢红神色黯然地说：学校马上就要开学了。我先生是请假陪我过来的，也不能耽搁时间太长。我们现在就回去，等寒假的时候再来。大娘，您多保重，我们得赶长途车了。

谢红说完，还冲她招了招手。

就在这时，她终于下了决心，冲谢红说了句：你们等等。

谢红停住脚，她的丈夫刘冰也转过身，不解地看着张桂花。

张桂花向前走了两步，冲两个人清晰地说出：我把孙子送给你们，你们要不要？

谢红和丈夫吃惊地望着她。

我没有说胡话，我孙子就在这儿输液呢，他发烧了。这是小病，没什么大不了的。

谢红先回过神儿来，她一把抓住张桂花，激动地说：大娘，您说的可是真的？

张桂花肯定地点了点头。

丈夫刘冰走过来，望着她，颇为冷静地问：我记得您说过您的儿子不在了，可孩子的母亲还在啊！她能答应吗？

她用坚定的目光看着他们，说：这你们就不用管了，我是孩子的奶奶，我说了算。你们如果想要，等一会儿就把孩子抱走。不想要，我就再找别人。

大娘，我们要。谢红忙不迭地说。

看着谢红夫妇，她缓缓地从兜里拿出怀来的出生证明，递给谢红，说：这是孩子的出生证明，上户口时用。我们还没来得及给孩子上户口呢。

说完，她踉跄地走回到怀来的床边。望着怀来，她的眼泪夺眶而出。

怀来啊，奶奶的孙子，你看奶奶一眼吧。奶奶今天就要把你送人了，奶奶是给你找了个享福的地方，别怪奶奶心狠，奶奶年纪大了，也没几年活头了，在这个世界上也陪不了你多久了。奶奶见不得你以后过苦日子。今天把你送走，也是给你妈一个解脱，奶奶就是从孤儿寡母的日子过来的。你妈是个好人，不能让你妈再过奶奶这样的日子。怀来啊，你就看奶奶一眼吧，这辈子，咱祖孙可就再也见不着面儿了——

正说到这儿，怀来突然大哭了起来。

谢红夫妇从她的怀里接过孩子，她的眼泪突然就止住了。

谢红夫妇千恩万谢的话自不必多说。临走时，谢红把一包东西塞进了她的口袋里。

望着谢红夫妇离去的身影，她在心里和孙子做着最后的告别：怀来啊，别怪奶奶，奶奶这也是没有办法啊！

直到谢红夫妇抱着孩子消失在她的视线里，她再也撑不住了，一头昏倒在医院的门口。

清醒过来，她强忍着内心巨大的悲哀离开了医院。

她不知道自己是怎么走回家的。她站在院子里，呆呆地看着迎出来的华子。

妈，你这是怎么了？怀来呢？怀来怎么没有回来？

她面无表情地冲华子丢下一句：怀来不在了，他死了。

说完，她再一次昏了过去。

华子听了婆婆的话，也差一点晕倒了。看见婆婆空着手回来，她就觉得不大对劲儿。孩子从生下来到现在，还从来没有这么长时间地离开过她。婆婆一走，她就躺不住了，不停地向外张望。有几次，她想去医院找婆婆和孩子，可她的身体实在是太虚弱了，站得久一些腿就发软。

见婆婆晕倒了，她用尽全身的力气，把她连拖带抱地放到床上。婆婆一动不动地躺在那儿，她使劲儿掐着婆婆的人中，撕心裂肺地喊：妈，怀来到底怎么了，他在哪儿啊？妈，妈你说话呀——

张桂花在华子的千呼万唤中终于慢慢睁开了眼睛。她直愣愣地望着华子，动动嘴，却什么也说不出来。

华子见婆婆醒了过来，忙一迭声地问：妈，怀来呢，怀来他怎么了？

张桂花指了指华子身边的椅子，示意她坐下。

华子惊恐不安地坐到婆婆面前，说：怀来他没事儿吧？他在哪儿，您告诉我，我去找他。

张桂花这时完全冷静了下来，她望着华子，一字一顿地说：华子，自从你进这个家门，春来就对不住你，他不该丢下你一个人去抓什么坏人。如今他不在了，你一个人带着怀来，这日子可怎么过啊！妈也是快不行的人了，说走就要走了。华子，妈是看着你走进这个家的，但现在，妈更希望看着你一个人清清爽爽地走出去，无牵无挂……

没等张桂花说完，华子嘶声喊道：妈，你说什么呢？你说的我怎么听不明白。

张桂花喘了几口气，瞅着华子，说：华子啊，春来不在了，你还这么年轻，不该在这个家守着。你以后还要有你的日子。妈就是从你这个年纪开始守寡的，一个妇道人家，守寡的日子不好过啊！华子，这回你轻松了，你就利利索索地走吧。你为春来借了那些钱，你不走，他们就会来找你。你还不上，他们就会找怀来，现在怀来也走了，干干净净地走了。等你走了，就让他们来找我，我哪儿也不去，我就守着这个家，这里有春来他爸，有春来，还有怀来，这一大家子的人陪着我，我不孤单。华子，你是外姓人，妈看不得你走我的老路。

华子的心碎了，说：妈，你这说的是什么话呀！你告诉我，怀来现在到底在哪里？

华子，妈不是告诉你了吗，怀来不在了，他高烧得不行，医生说没救了，我就把他搁到野地里了。

华子猛地站了起来，冲婆婆喊：妈，我不信。怀来他不会死的，不会的。

说完，华子疯了似的跑了出去。

张桂花摇晃着站起身，冲着华子的背影喊：华子，这回你就自由了。妈知道你的心碎了，可再长好就又是一颗完整的心了。

喊完这句话，张桂花只感到胸口一热，鼻子里突然冒出血来，她头一歪，便倒在了床上。

华子在医院里发疯般地寻找着怀来。

就在华子焦头烂额地乱冲乱撞时，她意外地碰到了李林的母亲。

刘春来发生这么大的事，整个小镇的人差不多都知道了。这时，李林的父母再也坐不住了，李林的父亲在妻子的一再催促下，决定亲自前往山水市寻找儿子。临行前，李林的母亲也下了死命令，务必把儿子带回来。只有守在儿子身边，他们才会感到踏实。

一大早，张桂花带着怀来看病时，就被李林的母亲一眼认了出来。她很快断定，张桂花抱着的孩子就是刘春来的。

她给孩子开处方的时候，还和张桂花说了几句话。

老姐姐，你要多保重啊！这小家伙还需要你照顾呢。

当时，张桂花的心里正乱得很，她答非所问地说：这回就好了，一切都该结束了。

看着张桂花匆匆离去的背影，李林的母亲百思不得其解地摇了摇头。

当看到华子在医院里口口声声让医院还她的儿子时，李林的母亲愣住了。她一把抓住华子，把华子带到没人的地方，说：孩子一早就被他奶奶带来看病了，是肺炎，药也开了，还输了液，怎么说死就死了呢？

华子听了，转身就去找输液的护士，护士也说：输完液老太太就抱着孩子走了，走时还好好的。

听了护士的话，华子脑子里一片空白。她一遍遍地寻找着，呼喊着：怀来，你在哪儿？

可哪里又有孩子的影子呢？

直到夜色降临，她才想起了家，想起了婆婆。这时，她忽然异想天开地认为，也许婆婆只是和她开了个玩笑，悄悄地把怀来藏到了什么地方，这会儿，婆婆正抱着怀来在家有说有笑呢。

想到这儿，脚下发软的她急急火火地奔回了家。

院子里漆黑一片，没有一丝声响。

她推开门，嘴里喊着：妈，怀来，我回来了。

等她把灯打开，看到床上的婆婆时，她惊叫起来：妈，你这是怎么了？

李　林

李林的父亲找到李林时，李林还没有受伤。

父亲是按照李林给家里写信的地址找上门来的。

李林回来时已是深夜。看见父亲守在门口，李林的心情是复杂的。他愣在那里，好半天才喊了一声：爸——

父亲站起身，透过昏暗的街灯冷冷地望着儿子。离家之前，李林和父亲大吵了一架，父亲当时气愤地拍了桌子，说：你要走就再也别回来了。

父亲说这话时，肯定是言不由衷的。李林复员回来，他的工作就成了父母的一块心病。当初为李林找工作，父亲也是豁出 张老脸，几乎调动了所有的关系，才给他在工商所找到一个空缺。在小镇人的眼里，能在工商所上班，那是梦寐以求的。可李林眼睛不眨地就辞了工作，做父母的没有理由不生气。

离开家一年多，李林只给家里写过一封报平安的信，就再也没有和家里联系过。接到李林的信，母亲要给儿子回信，却被父亲阻止了。

此时，李林做梦也没想到父亲会亲自找上门来。他拿出钥匙准备开门，父亲上前一步，按住了他的手，说：儿子，咱们回家，车票我都买好了。

李林望着父亲，慢慢地把父亲的手挪开，再一次小心地把钥匙插进锁孔。

门打开的一瞬，父亲迟疑了一下，还是跟着李林进了屋。屋里的陈设和以前一样，只是墙上多了一张放大了的照片。

刘春来正意气风发地看着屋内的一切，目光里充满了希望。

李林站在刘春来面前，给刘春来敬了个礼，说：班长，我回来了。今天还没有进展，但也许明天就会有希望，你别急。

自从刘春来死后，李林就把刘春来的照片放大，挂在了墙上。每天早晨离开时，他会冲刘春来敬礼，然后说一声：班长，我走了，等着我的好消息。回来后，他依然要给刘春来敬礼，然后把一天的情况说一说，雷打不动。他这么做，并不是给谁看的，而纯粹是一种心理需要。在他的情感深处，刘春来从来就不曾离开过他，只是换了个角度和他肩并肩地战斗着。只有这样，他的心里才不会感到孤单。

做完这一切，李林才回过身来望着父亲说：爸，我知道你来干什么，我也知道，你会来的。

父亲望着李林，声音干涩地说：孩子，你该回去了，一年了，你连家都没有回去过。

爸，该回去时我会回去的。我是你和妈的孩子，我还要给你们二老养老送终呢。

父亲沉吟了一下，终于说：抓坏人有公安局呢，用不着你。现在，刘春来把命都搭上了，我和你妈可不想看到你也有个什么好歹。儿子，咱回家吧，算是爸求你了。只要你回去，爸就是求爷爷、告奶奶，也想办法给你再找一份好工作。

从不曾在儿子面前低过头的父亲，这一次真的是苦口婆心了。

爸，这时候我真的不能回去。春来为了抓那个逃犯把命都搭上了，我们曾发过誓，不抓住那个逃犯，我们决不收兵。这个时候我回去，我不就是逃兵吗？我的战友刘春来会怎么看我，他又怎么能闭得上眼睛。爸，你知道……

不等李林说完，父亲颤抖着伸出手，说：你、你真是气死我了，你简直就不是我的儿子。

爸，爸你听我说。

李林走上一步，想去扶父亲一把，却被父亲拒绝了。

看着气愤已极的父亲，李林变得更加平静，说：爸，这一次我真的不能跟你回去，你就死了这条心吧。

李林走到自己的床前，打开被子，说：爸，你也累了一天了，晚上就睡我的床吧。春来的床咱们谁也不能碰。那天早晨，我们出发时，他的床就是这个样子，现在，就让它还是那样吧，直到抓住老孟为止。

父亲没有动弹，半天没有说话。许久，他仰起脸，盯着李林说：儿子，你就不能听爸妈这一回吗？

爸，别的事我都可以听你和妈的，唯独这件事不行。我说过，只要抓住老孟，我就回家。到时候我哪儿也不去，就在家里守着你们，给你们养老送终。

父亲再也无话可说了，他分明在儿子的眼里看到了什么是义无反顾。他的心彻底凉了。沉默了一会儿，他站了起来，推门走了出去。

李林追出来时，父亲的身影已经消失在夜色中。

爸——

李林冲着无尽的黑暗喊出了声。

老　　孟

老孟那天晚上亲眼看见儿子走进了自己的视线。每天晚上，站在猫眼后面看着儿子走回自己的房间，已经成了老孟一天中最大的乐趣。令他没有想到的是，儿子就在自己的眼皮底下出事了。透过望远镜，他眼睁睁地看着跟踪儿子的李林冲着瘦高个儿追了上去。

老孟放下望远镜，夺门而出。

他夹杂在那些看热闹的人群中，向出事地点奔了过去。他看见儿子的同时，也看到了受伤的李林。看着救护车一路呼啸着把儿子和李林拉走，他却挪不动半步。忽然，老孟像惊醒一般，拦住一辆出租车顺着救护车行驶的方向追了过去。

救护车很快就在医院门口停下了。刚开始，老孟并未走进医院，他知道警察随后也会赶过来。他一直躲在一旁静静地观察着，直到夜半时分，警察撤走了，他才悄悄溜进医院，向值班的护士打听情况。知道两个人已脱离危险后，他才离开病房。

走到一楼大厅时，他犹豫着放慢了脚步。他知道儿子银行卡里的钱并不多，住院得花钱，他曾经冒出了给儿子交住院押金的想法。当走近交费窗口时，他略一停顿，犹豫再三还是转身走出了医院。

老孟知道，这时决不能因小失大，暴露了自己。这个时候，也许正有无数双眼睛盯着自己，盯着儿子。警察们也正想顺着儿子这根藤，摸出他这个瓜来。

那一晚，老孟几乎一夜没有合眼，他把门打开，望着儿子的房间。这么多天来，他第一次在没有儿子的陪伴下度过难熬的夜晚。他想象着痛苦地躺在医院里的儿子，心里油煎一般。他明明知道儿子住进了医院，却不能走近儿子，更不能看上一眼。他在痛苦与自责中辗转反侧，几乎睁着眼睛等到了天明。

他在第一时间赶到了银行。就是找这家银行，他也是花了一番心思。市区里大一些的银行肯定是不能去的，他搭了出租车七拐八绕地在城乡接合部的地方找到了一家小银行。此时，他并不太担心自己，现在的他已经是张一水了，有身份证，银行卡的名字也与张一水一致。谨慎的他并不想让自己留下任何蛛丝马迹，在这一年多的时间里，他给孟星打过几次钱，也都是在这家小银行，从未有过纰漏。于是，他把这家小银行看成了一座安全岛。

给孟星的卡里打了钱，他的心里总算踏实了一些。从护士的嘴里得知儿子的伤并不重，他暗自庆幸儿子躲过了一劫。不知为什么，从银行出来后，他又鬼使神差地去了医院。

快走到医院门口时，他才清醒过来。站在熙熙攘攘的人群里，他仰起头，看着儿子住院的那座楼，在心里喊一声：儿子，爸爸来看你了。

儿子从小是他一手带大的。每一次儿子生病时，他都千遍万遍地自责没有照顾好孩子，又让儿子受罪了。儿子抽血、打针时的哭声，仿佛是在他的心头扎了一把尖刀，如今，儿子真的被刀扎伤了，他却只能在一边袖手旁观，老孟此时的心境便可想而知了。

老孟在医院的门前犹豫着，彷徨着，直到中午的时候，看见有三三两两的病人家属拿着鲜花和营养品走进住院部，他才下意识地走进医院门口的一家花店。

花店里的花很多，也很新鲜，一个小姑娘正在帮客人把挑好的鲜花做成漂亮的花篮。老孟正琢磨着选哪一种花时，小姑娘已经利索地送走了客人。

先生您买花是送给病人的吧？

老孟点点头。

小姑娘在那些叫不上名的花束里三挑两拣，就把一捧鲜艳欲滴的花儿放进他的怀里。

从花店里出来时，陡然而降的阳光让他的身体猛一激灵，顿时，他清醒了些。这时，似乎有两种声音在他心里争辩，一个说：老孟，你该上楼去看看你的儿子。另一个说：老孟，你不能因小失大，你不能去看孟星。

两种声音一次又一次地在他的心里轰响着。他甩甩头，毫不犹豫地走进了医院。

来到儿子的病房前，他的心开始颤抖，仿佛是跋山涉水走了三天三夜才到这里。

病房的门是虚掩着的。他走过去，透过门上的玻璃看到了儿子孟星，同时也看到了李林。

李林的床前放着几束鲜花，有两个武警正在和李林说着什么。

他没敢多看，匆匆地走了过去。过了一会儿，他又转了回来。他偷偷地往病房里看去，孟星脸朝墙躺着，脸色有些苍白，输液瓶里的液体正不紧不慢地滴落着。

他看了一眼，又看了一眼，就转身离开了。在下楼的拐角处，见四周无人，他把花顺手扔到了角落里，头也不回地走出了医院。

走出医院有一段路了，他又回头望了一眼，这才拦住了一辆出租车。

回到公寓，他反手把门锁上，一把捂住胸口，一种令人窒息的感觉紧紧地扼住了他。李林一直形影不离地跟着儿子，仿佛幽灵一般，就是在医院里，那个李林也不肯放过儿子。儿子陷入这样的生活恰恰都是因为自己，如果不是自己，儿子也许就不会受伤，更不会生活在别人的监视之下。可如今，就在儿子最需要亲人的时候，自己却不能守候在儿子的身边。想到这儿，老孟的喉头一紧，眼泪差点儿掉了下来。

恋　人

孟星住进医院的第二天，杨悦就出现在他的身边。

杨悦似乎是悄无声息地站在了孟星的床前。刚开始，孟星并没有发现杨悦的到来，他靠在床头，专注地看一本书。书几乎挡住了他的视线。

李林一看见杨悦，就知道她是孟星的女朋友。以前跟踪孟星时，他就见过这个女孩子。

直到杨悦把孟星手里的书拿开，孟星才惊呼一声：杨悦，你怎么来了？

杨悦故作生气地说：看书着什么急呀！等你伤好了有的是时间。你现在最重要的任务就是养好伤。哎，伤口还疼吗？

孟星想撑起身子，却忍不住还是“哎哟”了一声，杨悦忙小心地扶住了他，嘴里嗔怪着：看你，逞什么能啊！我已经问过医生了，你伤得并不重，等拆了线就可以出院了。咱们马上就要参加毕业考试了，这段时间正好可以一边养伤，一边复习。你看看，我连书都给你带来了。

孟星的情绪突然间一落千丈，他把头扭向一边，似乎并不接受杨悦的诚意。自从父亲出事后，他便一直对杨悦不冷不热的。

杨悦看了眼孟星，心里很是委屈，但她还是尽量装作不在意的样子说：那好吧，你先歇着，我明天再过来看你。

有几次，杨悦还买了鸡，请食堂的师傅煲了鸡汤送过来。每一次，杨悦都是想着法儿地尽量哄孟星开心。

杨悦一边看着孟星喝汤，一边也给李林盛了一碗，说：我见过你，你的烟摊就摆在我们学校门口，对不对？

李林冲杨悦笑了笑。看见杨悦，不知为什么他就想到了华子。想起华子，他的心就沉下去了，华子还好吗？他这么想着，就冲杨悦说：你还是把鸡汤给孟星喝吧，我不习惯喝这东西。

杨悦就认真地说：喝汤才好呢，喝汤伤口恢复得快。再说了，你是为了救孟星才受的伤，我还得谢谢你呢。

李林不好推辞，只好端着碗，没滋没味地喝了几口。他望着眼前忙碌的杨悦，又看一眼孟星，心想：他们俩是多么般配的一对呀！他在心里暗暗地羡慕着两个年轻人。

李林住院后的第三天，王伟和老沈也来了。两个人穿着便装。

李林一见到他们，就要坐起来，被王伟伸手按住了。不等李林说话，王伟就说：听说你受伤了，我们代表战友们来看看你。

王伟的一句话，让李林清醒了过来。王伟和老沈询问了李林的伤情后，就冲他点点头，说：这机会可真是难得呀，你好好在这儿休息几天。医疗费你就不用操心了，大家已经替你交了，以后我们还会来看你。

说完，王伟冲他使了个眼色，就和老沈一同告辞了。

来人走后，孟星这才扭过头来，说：他们是你的战友，你当过兵？

李林点点头说：那是以前的事了，我很早就离开了部队，现在就是摆个烟摊儿混口饭吃。

摆烟摊儿能挣多少钱？为什么不干点儿别的？

李林笑了一下，说：摆烟摊儿不费什么力气，再说干别的，我也不会。

可能是因为李林救了自己，孟星很快就对李林亲近起来。

晚上，李林故意问孟星：杨悦是你女朋友吧？这个姑娘可真不错，我看你对人家可没有人家姑娘对你热情。

孟星不说话了，望着天棚，半晌才喃喃自语道：李哥，你当过兵，对法律可能了解得多一些。你说一个贩毒的人要是被公安机关抓到了，会判个什么罪呀？

李林听了，心里猛地抖了一下，他转过身，认真地看着孟星。

孟星忙打着哈哈：我也就是随便问问。

李林煞有介事地说：这得具体情况具体分析，不能一概而论，法律也是有明确规定的。

孟星长吁了口气，又望着天花板发呆了。

李林进一步地追问道：小孟，你受伤了，家里人怎么没来看你啊？

孟星一惊，目光躲闪着，说：李哥，你不知道，我家不是本地的，这里也没什么亲人，所以我就没有通知家里，怕他们担心。

李林接过话头：不告诉家里也好，反正也不是什么大伤，过几天就好了。

孟星勉强地笑了笑。

杨悦总是在下午的某个时段准时出现在病房里，每次来时不是带一把花就是拎一袋水果，进门后简单地问候一下，就开始帮助孟星复习功课。

这时李林就笑着冲孟星说：你们好好复习，我出去透口气。

走到走廊尽头，那里有处吸烟区，他站在那里，一边吸烟，一边琢磨着。这次偶然事件，让他有机会和孟星有了更深的接触。想要抓住老孟，孟星就是最大的诱饵。特别是在和孟星有了近距离的接触后，他更坚定了这一想法。正想着，他突然看见走廊里闪过一个人影，那人的个头和走路的姿势与老孟太像了。自从老孟从他和刘春来的眼皮底下溜掉，老孟的一切就深深地印在了他的脑子里。此时，完全是条件反射，他顾不上伤口的疼痛，快步追了上去。

那个背影很像老孟的人，似乎在寻找着什么，这里看看，那里瞧瞧，最后就停在李林和孟星的病房前，探着头向里看了几眼。很快，就向楼梯口走去。

李林只差几步就追上那人了，他突然喊了一声：老孟——

那人的脚步一下子停住了，一瞬间，李林几乎就相信眼前的这人就是老孟了。他伸出手，就在手要落在那人的肩上时，那人慢慢地转过了头，冲李林笑一笑，慢悠悠地说：我不姓孟，我姓张。

李林惊呆在那里，这张脸实在是太陌生了。

那人说完了，又不紧不慢地向前走去。

李林泥塑般地呆立在那里，半天没有缓过神来。他觉得身上的力气一下子泄了下来，他慢慢地转过身，拖着沉重的步子往回走。一直走到病房门口，他仍有些恍惚，仿佛还没有从刚才的紧张中走出来。

病房里的孟星和杨悦没有发现站在门口的李林。只听屋里的杨悦说：你爸到底在哪儿？你都住院了，他也不来看看你。

今天我不想复习了，你回去吧。孟星显然有些不高兴了。

杨悦站起来，不知所措地看着孟星。

孟星突然发了脾气：你走，你快走——

说完，把手里的书扔到了地上。

杨悦弯下腰，捡起地上的书，含着眼泪跑了出去。

与杨悦擦肩而过的李林走进病房，躺回到床上，冲孟星说：怎么能对女朋友发那么大的火，小杨可都哭了。

孟星掩饰着：没事儿，我就是心里有些不痛快。

孟星啊，小杨对你这么好，你可要好好地待她。

听了李林的话，孟星忍不住呜呜地哭出了声。

李林走过去，站在孟星的面前，想了想，在床边的椅子上坐了下来。他说：孟星，再过几个月你就要离开学校，走向社会了。以后还有很长的路要走，你是大学生，是国家的栋梁。我想和你说几句话，不知你爱不爱听。

孟星红着眼睛望着李林。

李林轻轻地拍一拍孟星，语重心长地说：以前，我不认识你，不知道你是怎样的一个人。可自从你住进医院，我发现你的情绪一直不太好，就像刚才，你怎么能那样对待小杨呢？多好的一个姑娘呀，她那么关心你，作为男人你要为心爱的女孩儿遮风挡雨，绝不能让她受半点儿委屈，而要努力让她幸福才对。

孟星的眼泪一下子又涌了出来。

李林站起身，慢慢地躺回到自己的床上，这时，他又想到了华子。刘春来牺牲后，不知为什么，他总是会想起华子。当他把刘春来的骨灰盒交还给华子，看到华子那绝望的眼神，他的心“哗啦”一声，就碎了。这些天，闲下来的他一直在想：华子该生了吧？！经历过这场磨难的华子还能撑得住吗？此时的华子成了他的一块心病，有事没事他都会想起她。一想到华子，他想抓住老孟的心情就变得更加迫切了，只有抓到老孟，他才能安心地回去。抱着刘春来的骨灰，他曾在心里对刘春来发过誓：班长，你放心地去吧，以后你的亲人就是我的亲人，我会永远照顾好她们。

直到今天，他在心里发下的誓言仍回响在耳边。

孟星从床上坐了起来，脱下身上的病号服，换了一身衣服。

李林吃惊地看着他，问：孟星，你要去哪儿？

孟星轻描淡写地说：李哥，我没事儿，我回学校一趟。

孟　星

父亲出事后，关于父亲的秘密就埋在了孟星的心底。也是因为父亲，他仿佛变了一个人。他开始变得沉默寡言，满腹心事，在对待杨悦的态度上，他也变得自卑起来。他甚至觉得，自己根本就配不上杨悦。

此时，父亲在他的心里似乎成了一颗定时炸弹，也许随时会爆响。这段日子里，他就是在这种胆战心惊中等待着。这种焦灼不安一点点地改变着孟星。

孤独的时候，他多希望杨悦能走近他呀！可杨悦走近他时，他又是那么的恐惧。如果杨悦知道他是毒贩的儿子，又会怎么看待他呢？因此，在和杨悦交往时，他开始变得小心翼翼、裹足不前。但当杨悦真的离开他了，他的一颗心也随之碎了。其实，他在心底里也期待着自己和杨悦的感情能有个美好的结局。

这个时候，李林的一席话让他幡然醒悟，他决心去找杨悦说个明白，即使杨悦最终离开自己，他也决不后悔。

孟星站在女生宿舍的楼下，不停地喊着杨悦的名字。

杨悦宿舍的窗户开着，但静静的，没有一点动静。

这时，一个女生走过他的身边，他急忙喊住她：麻烦你帮我叫一下三〇二的杨悦，谢谢了。

女生点点头。

孟星在楼下耐心地等待着，时间过去很久了，杨悦仍没有下来。孟星百无聊赖地绕着一棵树走，在心里默数着，只要数到一千，杨悦还不下来，他就决定离开这里。当数到九百时，他下意识地向女生宿舍望去。楼里又走出来几个女生，但都不是杨悦。他有些失望，正想离开时，杨悦的声音在他身后响起：你怎么从医院里跑出来了？

他转过身，一下子就看到了站在身后的杨悦。他先是吃惊，接着就是惊喜，喃喃自语着：我以为你再也不肯理我了。

杨悦疑惑地看着他。

他一把拉住杨悦，快步向前走去。

杨悦试图把胳膊从他的手里挣脱出来，却几次都没有成功。

一直走到校园外的一片小树林里，他才松开了杨悦。此时，太阳暖暖地照着，到处都是斑驳的树影。

孟星的胸口剧烈地起伏着。

杨悦仰起脸，表情紧张地看着他，问：怎么了，出了什么事？

孟星把手撑在树上，认真地盯着杨悦的眼睛说：杨悦，我要告诉你一件事。

杨悦点点头，睁大了眼睛。

孟星下了很大决心似的说：杨悦，我要告诉你，我的父亲是被公安局通缉的罪犯。

杨悦的表情出乎孟星的意料之外，一副处变不惊的样子。

孟星就又说了一遍：我爸他是通缉犯。

杨悦终于不紧不慢地说：我早就知道了。

这一回倒是孟星惊得睁大了眼睛。

杨悦平静地看着他说：你别忘了，咱们校园里也贴过公安局的通缉令。刚开始，我并没有留意，后来发现你每个周末都不再回家，我就开始注意你了。你一直在说，你父亲去外地出差了，但出差总有回来的时候吧？可你似乎从此就再也没有回过家。

听了杨悦的话，孟星哑口无言，只觉得周身的血液四处狂奔。

我理解你这么多天以来的心情，我怕伤着你，所以从不曾和你提起。如果你今天不说的话，我还会在你面前继续守口如瓶。

孟星无力地靠在树上，望着从树叶间洒下的点点光斑，说：那你为什么还不早点儿离开我？

杨悦把身体靠过去，眼睛里噙满了泪水，她哽着声音说：孟星，我喜欢你已经不是一天两天了，这你知道。虽说你父亲成了犯人，但他是他，你是你，我为什么要离开你？

孟星看着一脸泪水的杨悦，内心的感情是复杂的，喜出望外的同时，又有着一种深深的隐痛。

长久的沉默后，他呻吟似的说：我是通缉犯的儿子。

杨悦的泪水再一次流了下来，她抱住孟星，喃喃着：你是孟星，你就是孟星。

孟星再也控制不住自己的情绪，任眼里的泪水肆意横流，他紧紧地搂住杨悦，闭上了眼睛，说：谢谢你，杨悦，是你在我人生最黑暗的时候给了我希望。

两个人忽然就有了相依为命的感觉，他们用力地拥抱着彼此，相互温暖着。就在这时，杨悦一把推开了孟星，喘着气说：孟星，我忽然觉得那个和你住在一个病房的人很奇怪。

孟星不解地看着她，说：他有什么奇怪的，他叫李林，别忘了是他救的我。

杨悦的呼吸顿时急促起来，说：我的直觉告诉我，他很有可能就是便衣。

孟星吃惊得倒吸了一口冷气。

这个人我看见过许多回了，最初他是和另外一个人经常出现在咱们学校门口，也进过校园。后来，我还在你住的公寓门口看见过他们，不过最近我只看到他一个人了。

他是做小生意的，就在咱们学校门口摆摊儿。

杨悦摇摇头说：孟星，我觉得事情没有那么简单。他说不定就是便衣，在跟踪你呢。

孟星想想，还是有些迟疑地说：不会吧，我又不是通缉犯。

杨悦又一次紧紧地搂住了孟星，说：可能太敏感了吧，那个李林也许就是个卖烟的小商贩。孟星，我是真的怕你出事，我不能没有你。

看着杨悦又惊又怕的样子，孟星笑一笑，轻轻地拍了拍她的头，说：知道吗，杨悦，有了你我就再也不孤单了。以前，我一直觉得很孤独，总怕失去你，现在有你陪在我身边，真好。

杨悦把脸埋在孟星的臂弯里，小心地说：有一句话我不知该说不该说。

孟星把杨悦轻轻推开一些，望着她。

孟星你说实话，你父亲出事后和你联系过吗？

孟星犹豫着摇了摇头。

一阵微风吹起了杨悦的长发。

没有就好，这样你就不会受到连累。咱们马上就要毕业了，以后有了工作，就可以开始新的生活了。

杨悦的畅想让孟星的情绪一下子又低落下来。他知道，自己刚才对杨悦的回答并不准确，父亲不但给他送过饭，还给他送来了生日蛋糕，他始终都觉得自己一生都生活在父亲的视线之中。父亲也正悄悄地陪在他的身边，可他却始终没有机会与父亲相见。

这时，他又想到了与自己同住一室的李林。经过杨悦的提醒，他觉得以前似乎也见过李林。那天的事情也真是巧合，为什么偏偏是李林救了他，并且又抓住了那个小偷？一个摆摊儿的小贩，怎么会舍身去抓小偷呢？一时间，孟星的脑子里乱得像一团麻。

看着孟星痛苦、烦乱的样子，杨悦低声劝道：孟星，我没别的意思，就是怕你受到你父亲的牵连。我就是给你提个醒儿。

孟星抬起头来，说：我知道，我真没有和我父亲见过面。

说到这儿，他想起什么似的说：我得回医院了，该换药了。

说完，孟星满腹心事地走了。

望着孟星远去的背影，一种不可名状的情绪在杨悦的周身蔓延着。

孟星回到病房，就闷声不响地换上病号服，躺回到床上。

刚才护士过来给你换药，你不在。

孟星冲李林点点头。

孟星从外面回来后，李林就觉得孟星有些不对劲儿，看自己的眼神也总是躲躲闪闪的，不像以前那么亲热了。

孟星换药回来，李林把一只削好的苹果递给他。

孟星没有接，只是说了句：谢谢，我不想吃。

怎么了，出去一趟回来就不高兴了，是不是和女朋友吵架了？

孟星不置可否地笑了一下。

那天晚上，医生离开病房后，两个人安静地躺在那里，谁也没有说话。借着走廊里透过来的灯光，很容易就能看到对方的一举一动。

孟星从床上坐起来，冲李林说：李哥，我明天早晨就拆线了，拆完线就可以出院了。

李林也坐了起来，靠在床头上，说：我这两天也该出院了，到时候我去学校看你。咱们有缘分，住院都住在一个病房里。

李哥，我看你比我也大不了多少，有一句话我想问问你。

你说，客气什么。

孟星望着黑暗中的李林，停了半晌才说：你能不能告诉我，你到底是干什么的？

李林听了这话，暗暗吃了一惊，但马上反应过来，说：小孟，我不是跟你说过吗，以前我在山水市当兵，复员回家没找到合适的工作，就出来打工了。最早在火车站货场当搬运工，现在摆了个烟摊儿，就这些。怎么了？

孟星低着头，用手在床单上胡乱地画着，说：没事儿，我就是随便问问。李哥，你救过我，还为我挨了一刀，怎么说你对我也是有恩之人。以后，有机会我会报答你的。

李林摆摆手，不以为然地说：小孟你千万别这么说，我这人就是这个脾气，看不惯社会上那些乱七八糟的事，也可能是因为我当过兵吧。不过话说回来，不是你，就是别人遇到这种事儿，我也会管。

谢谢你李哥，我会永远记着你的。

孟星说完，就躺下了。

李林也躺到床上，却再也无法入睡，耳边回响着孟星刚才说过的话，想着刚才孟星的举动。难道自己的身份暴露了？李林越这么想，就越是了无睡意。

老　孟

李林在医院的楼梯上拍了一下老孟的肩膀，那一刻，他的腿都是软的。他看到了李林的眼神，那眼神恨不能一口把他吞掉。回过头去的一瞬间，他便认出了李林。虽然，李林的目光一点点暗淡了下来，但他仍然感受到了那份潜在的危险。

老孟一脚高、一脚低，像喝醉酒似的走回到家里。关上门，他倚着门缓缓地坐到了地上。他想挣扎着站起来，努力了几次都没有成功，最后，头一歪，就晕倒在了地上。

不知过了多久，老孟醒了过来。周围漆黑一片，他慢慢地从地上站起来，伸手打开了灯。强光的刺激一下子让他怔在那里，恍然不知自己身在何处。

他斜躺在床上，望着天花板，回想着在医院里发生的一幕，仍然浑身冒着冷汗。医院他是不能去了，但又放心不下儿子。他爬起来，走到桌子前，找出了日记本。日记本里写满了留给儿子的话，现在正沉甸甸地躺在他的手里。

他坐在灯下，拿起笔，又一次开始了对儿子的倾诉。

儿子，我亲爱的儿子，你受伤住进了医院。在我的记忆里，这是你受到的最大的伤害。以前，你也住过两次医院，可那都是小病小灾，打几针、输了液就好了。这次，你流了那么多的血，孤零零地躺在医院里，爸爸却不能守护在你的身边，只能像陌生人似的悄悄地看了你一眼。

儿子，你瘦了，爸爸看到你现在的样子，就像有人用刀扎在我的心上。

爸爸这辈子就是为你而活的，现在爸爸成了逃亡的罪人，虽然天天都能看到你，却不能走近你，更不能与你相认。哪怕能让爸爸伸出手，摸一摸你的脸，爸爸都是幸福的。然而，这一切都没有了，因为爸爸是个坏人，爸爸已经没有这个资格了。现在，爸爸每天都在回忆着和你在一起的时光。

儿子，你就要大学毕业了，踏入社会你就会明白很多。当你结婚后，有了自己的孩子，你就会真正懂得父亲的心思了。杨悦这孩子很不错，不知最近为什么看不到她了，你要好好待她，爸爸希望看到你们俩幸福。

老孟写了一气，后来就趴在桌子上睡着了。

他再次醒来的时候，外面已是天光大亮。他走到窗前，慢慢拉开窗帘，有意无意地向外望着。看着行色匆匆的人们，老孟觉得恍若隔世。他迷醉又失落地、呆呆地看着眼前的一切，忽然，他在人群里看到了两个似曾相识的身影。他忙拿过望远镜，当他把镜头拉近时，他发现，又是那两个便衣！两个人在楼下游荡了一会儿，就消失了。

老孟僵硬地站在阳台上，虽然他也知道公安局的便衣在跟踪着儿子，但没想到，儿子已经住院了，便衣仍会执着地盯守着。他的身上顿时出了一层虚汗，他似乎很累，累得气喘吁吁。

他慢慢地挪回到屋里，坐在椅子上，这时他发现肚子有些疼。他用手捂着肚子，肚子却越来越疼。一会儿，他从椅子上跌到了地上，在地上不停地翻滚着。这突然而至的疼痛，竟让他觉得到了世界的末日。

在地上不知折腾了多久，疼痛似乎减轻了一些，他躺在那里，没有一丝力气，仿佛力气已经被疼痛抽丝般地抽走了。

他用手按着肚子，那里仍然很疼。忽然，他有些想吐，就趔趄着进了洗手间，冲着马桶干呕一气，却并没有吐出什么来。

老孟意识到自己是生病了，而且病得不轻。他坐在那里，一边不停地喘着，一边思考着以后的事情。

当老孟从医院里出来时，天已经黑了。各种名目的检查已经让他精疲力竭，他坐在医院外的路边，点上烟，慢慢地吸了起来。人流、车流在他的身边鱼一样地穿梭，周围的一切在他的眼里变得虚幻起来。

检查的结果还不能马上出来，医生只是嘱咐他等待医院的通知，但他还是意识到，自己这一次病得不轻。他不仅是肚子疼，浑身还没有一丝力气，这在以前是从未有过的。

胡思乱想着，他就又一次想到了儿子。如果这时儿子在自己的身边该有多好啊！只要握住儿子的手，他就又有了力气，然后，冲着儿子淡然一笑，说：儿子，爸爸没事儿。

不知过了多久，他迷迷糊糊地站起来，摇摇晃晃地向前走去。

当他出现在一个小区的大门口时，他自己都蒙住了——这正是他的家，是他和儿子孟星居住的家。自从公安局把家封了，他就再没敢回来过。抬头望着熟悉的大院，看着窗户里的点点灯火，他的眼睛湿润了。他拍拍脑袋，想让自己清醒一些，等他发现周围并没有人注意到自己时，这才离开了。

三天以后，他又去了一趟医院。这天是结果出来的日子。

他拿着化验单找到了医生，医生看了眼单子，又看一眼他，说：你叫张一水？

他冲医生点点头。

有家属陪你来吗？

他摇了摇头。

医生在病历上写着什么，说：准备住院吧。

他吃惊地站起来，看着医生说：医生，我得了什么病？

医生看了他一眼，面无表情地说：明天住院时，让你家人来一趟。

他站了起来，紧张地望着医生，有些口吃地说：医生，我在这个城市里没有别的亲人，有什么事你就直接跟我说吧。医生，我挺得住。

医生翻了翻手中的化验单说：那我就实话对你说了吧，我们确诊你患了肝癌，晚期。

他直愣愣地看着医生，半天没有再说话。

医生没有去看他的脸，继续说下去：让你住院，也是希望你在有限的生命里得到很好的照顾，这话应该是对你的亲属说的。既然没有家人，我们也只能实话实说了。要早半年发现，情况可能还没有这么糟。

他虚弱地问道：医生，我还能活多久？

这个不好说，要看你的精神状态和体质情况，但保守估计，几个月、半年应该没有问题。

医生的话音刚落，他又坐回到医生面前，此时的他已经没有刚才那么紧张了。他镇定地看着医生，问：医生，你确定没有搞错吧？

医生见怪不怪地看了他一眼，问：你叫张一水没错吧？

他点点头。

那就没有错。医生肯定地说。

他慢慢站起身，冲医生牵了牵嘴角，似乎是想笑一下，然后就拿着化验单走了出去。

医生在他身后喊道：哎，你等一等，我把住院单给你开好，你明天就可以到住院部办手续了。

他转过头，冲医生弯了弯腰，说：不必了医生，谢谢你。

说完，他大步走下楼梯。

他站在医院门前，一时不知身处何方。他掏出烟，半天才打着火，点上烟后，望着身边往来的人们，仿佛自己和这个世界已经没有任何关系了。

迷茫中，他想到了儿子孟星，孟星牢牢地走进了他的心里，他开始变得冷静起来。这么多年来，自己不就是想让儿子过上无忧无虑的生活吗？如今，自己是这样一个结果，从此，也许儿子再也不用为他而牵挂了。他藏来躲去的，仿佛也就是为了这一种结果。人在绝望的时候换一种心情，生活似乎也就变成了另外一个样子，他扔掉手里的烟头，缓缓站了起来。

太阳明晃晃地照在他的身上。眯起眼看着太阳，他只觉鼻子里一阵酸痒，响亮地打了一个喷嚏，浑身上下舒服极了。他在心里一遍遍地说着：解脱了，终于解脱了。

走到医院门口时，他才发现化验单还被他死死地攥着，他几把撕碎了化验单，扔进路旁的垃圾桶里。然后，他很潇洒地走在大街上。现在，他再也不用处心积虑地躲着、藏着了，他想看什么就看什么，想怎么走就怎么走。

一年多以前，他虽然变成了张一水，但并不能像张一水那样活着，人走在街上，可心里却像老鼠似的总是见不得半点儿阳光和热闹。而此时，走在街上的他正昂首阔步地打量着眼前的一切，他甚至还深深地吸了几口气。

孟星的爱情

孟星出院了，他的爱情也有了突飞猛进的发展。

在孟星住院的这些天里，杨悦几乎每天都会抽出时间来陪他。晚上，杨悦总会在学校的食堂打好饭菜，赶到医院陪孟星一起吃。吃完饭，两个人就走出病房，一起在医院的草坪边走一走。说到高兴处，杨悦就不由自主地畅想起两个人未来的日子。每到这个时候，孟星就显得很是忧郁，刚才还好好地说着话，忽然就愣起了神儿。一旁的杨悦马上就意识到了什么，她望着远处，小心地说：是不是又想你爸了？

孟星这才回过神来，说：没……没有，咱们回去吧。

杨悦一直把孟星送回到病房，两个人才恋恋不舍地分了手。

出院后的孟星，生活很快又恢复到了以前的样子。有所不同的是，杨悦出现在孟星公寓里的次数明显多了起来。放学回来，两个人会在外面买一些菜，然后齐心协力地做着晚饭。

老孟最先察觉到了这种变化。每次，眼看着时间差不多时，老孟就把自己的房门虚掩起来，躲在门后听着外面的动静。偶尔，他甚至能听到孟星和杨悦开心的笑声，这时的老孟早已是泪眼模糊。

在他的心里，儿子一夜之间就长大了，无论自己是否陪在儿子的身边，儿子都将会有自己的生活。

这天，他在小区门口意外地看到了杨悦。杨悦手里拎着青菜，轻快地从他的身边走了过去。也许是杨悦无意中看了他一眼，他竟忍不住喊了一声：姑娘——

杨悦走了两步，停住了，回过身问：您是叫我吗？

他温和地笑笑说：没事儿，姑娘。我认错人了。

杨悦嫣然一笑，转过身去。

老孟在杨悦的身上看到了儿子孟星的未来。他现在已经不再把自己严严实实地关在屋子里了，他要和普通的人一样到处走一走，看一看。他去了孟星读书的大学，站在足球场边，看着孟星和同学们踢球，他感慨万千。

后来，他还回了一趟自己的家。一走进熟悉的小区，他的心里就生出说不清楚的感受。沿着台阶走上去，他径直到了自己的房门前，那张封条还好好地贴在门上。楼上有人走了下来，他一眼就认出这人正是六层的老吴。以前，每次和老吴在楼道里碰面，总要打声招呼。

他望着老吴，一时不知说什么好，赶紧把身子转了过去。老吴也看见了他，但并没有看清他的脸，只看见了他的背影。老吴惊讶地睁大了眼睛，下意识地向后退去，嘴里喊出了声：老孟——

他只好把头扭了回去。

老吴直到看清了他的脸，才镇定下来，又往下走了两个台阶才看着他说：你是找老孟吧？他现在已经不在这儿了。

他冲老吴咧嘴笑了笑。直到这时，他才意识到自己已经是张一水了。

老吴一边往下走着，一边不时地扭过头望着他。

老孟在自己的家门口站了一会儿，便走下了楼。站在院子里，他看见几个年纪稍大的人正在那儿锻炼身体。他走过去，不远不近地看着。

一年多以前，他对这样的场景实在是太熟悉了，那时他并没觉得有什么，现在，再看到这一切时，他心里竟有一种说不出来的感动。他在小区里这儿走走，那儿看看，走到小区门口时，他又回过头留恋地望过去。这时，他忽然感到肚子又隐隐地疼了起来。

回到公寓的时候，他把在饭店买回的几样饭菜悄悄地放在了儿子的门前。然后，静静地站在阳台上，等待着。

孟星和杨悦的身影刚出现在小区的门口，他的心就狂跳起来。他赶紧跑回屋里，把门虚掩上。

脚步声一点点地传过来，每一下都像敲击在他的心上。他看见孟星很快就把饭菜拎到屋里，关上了门。接着，他又看见孟星走了出来，站在楼道里张望着。此时的楼道里静悄悄的，等孟星再次回到屋里时，杨悦正一脸好奇地琢磨着桌子上的饭菜。

快吃吧。瞎想什么呢？

杨悦疑惑地看着孟星，问：没听你说叫外卖呀？

孟星拿起筷子，赶紧往嘴里扒了几口，这时他的眼泪就下来了。他放下碗，跑到洗手间，用水洗了把脸。

杨悦跟了进来，倚在门框上。

孟星抬起头时，人已经平静了下来，他从镜子里看着杨悦，说：吃饭吧，再不吃就凉了。

再次坐回到桌子前，两个人谁也没有再说一句话。

吃完饭，杨悦盯着孟星不容置疑地说：你爸该去自首了，这种逃亡的日子什么时候是个头啊！

孟星定定地看着杨悦，好半天没有说话。

不知过了多久，孟星才犹犹豫豫地说：我爸其实就在我的身边，但我不知道他到底在哪儿。这些日子，他往我的银行卡里打过钱，也给我送过吃的，就像今天这样，可我始终见不到他。

杨悦叹了口气，说：也许你爸是被冤枉的，也许根本就是一场误会，但不管怎么说，他都应该到公安局去说清楚。

孟星摇摇头，闭上了眼睛。

杨悦走过去，把头伏在孟星的肩上，说：孟星，我知道你心里很苦，你要是想哭就哭出来吧。

孟星的眼泪终于不可遏制地汹涌而出，杨悦的话深深地触动了他内心的痛处，他像孩子似的抽泣起来。

杨悦轻轻地拍着他的背安抚着：孟星，如果哭可以让你好受一些，你就使劲儿地哭吧。

许久，孟星的情绪才稳定下来，杨悦不失时机地又一次地劝说着：还是让你父亲尽快去自首吧，这样对他对你都好。你总是这样折磨着自己，我看着心里也难受啊。

老孟靠在自己的门后，小心地捕捉着儿子房间里传来的每一丝声响。他隐约听到了儿子孟星和杨悦的对话，颓然地从门上滑落到地上，腹痛又一次袭来了，豆粒大的汗珠顺着脸颊滚了下来。他用力地闭上眼睛，大口地喘着气。

孩　子

送走了婆婆张桂花，华子觉得她的世界一下子就黑了。作为一个女人，在这么短的时间内接连失去了三个亲人——丈夫、孩子，还有婆婆。华子仿佛也死了一回，当她送走婆婆，捧着婆婆的骨灰回到家里时，她整个人都是麻木的，一切似乎都与自己无关了。

华子的父母一直陪在她的身边。她把婆婆和丈夫的骨灰盒摆放在一起，就站在屋子中央，呆呆地看着。

母亲在一旁紧紧地搀扶着她，说：华子，咱回家吧，爸爸和妈妈会好好照顾你的。

华子像是没有听见母亲的话，喃喃自语着：都走了，你们都走了——

孩子，妈妈知道你对这个家有感情，先跟妈回去住几天，你这个样子，我和你爸不放心。

华子慢慢地坐到椅子上，痴呆呆地看着墙上一家人的照片。

母亲看着女儿，流下了眼泪，她一边擦着眼睛，一边求救似的望着丈夫，说：咱女儿真是傻了，你说可怎么办呀？

父亲叹了口气，向前迈了一步，在华子面前伏下了身子。他看着华子，轻轻地说：华子，我是爸爸。

华子的目光越过父亲的肩头，直直地望向墙上的照片，空洞的眼神让人看了心惊肉跳。

母亲再也沉不住气了，她用力地摇晃着华子，大声地说：孩子，你这是怎么了，你跟妈说句话啊！

华子僵硬地转过身体，仿佛这时才意识到父母的存在。突然，她的眼里蓄满了泪水，说：爸、妈，你们回去吧，我想一个人待一会儿。

父母对视一眼后，父亲率先向门口走去。母亲把手搭在华子的肩上，心疼地看着她说：孩子，那你就先待一会儿，到时候爸妈再来看你。

母亲一步三回头地离开了华子。

此时，房间里就剩下华子一个人了。华子慢慢地走回到自己的房间，墙上的喜字还贴在那里，只是颜色有些不太鲜亮了，结婚照上的两个人仍然是相亲相爱的样子。华子扫视着屋里的每一个角落，似乎是在努力地回忆着一切。

终于，她把刘春来的骨灰盒抱在怀里，用手轻轻地抚摸着，眼泪顿时像断了线的珠子，滚落下来。

她痴痴地望着，仿佛刘春来就站在她的面前。她说：春来，你说过要好好跟我过日子的，可咱们结婚才七天你就离开了我，你说你会回来的，我就天天等你。后来，我发现自己怀了孩子，我就和肚子里的孩子一起等你、盼你。现在，你终于回来了，能跟我们天天在一起了，我该满足了。春来，你还想跟我好好过日子吗？

她的手不停地在刘春来的脸上摩挲着。刘春来不说话，冲她微笑着，仿佛已经回答了她的问题。

看着刘春来的笑脸，她心里似乎也轻松了一些，说：春来，你知道吗？我就喜欢看你笑的样子，你一笑，我心里的那片云就散了。有你陪着我真好！

说完，她把刘春来的照片小心地放好，又拿起了怀来的照片。百日照上的怀来胖嘟嘟的，瞪着一双黑亮的眼睛，懵懵懂懂地笑着，她的耳边仿佛又传来了儿子的哭声。儿子的哭声就是无言的召唤，她又该给儿子喂奶或者是换尿布了，可儿子又在哪儿呢？

华子紧紧地捏着怀来的照片，冲着上面的小人儿自言自语着：怀来，我可怜的孩子，妈妈原以为你爸爸走了，还有你可以陪着妈妈，可现在，你也离开了妈妈。孩子，你到底在哪儿啊？你让妈妈的心都碎了，妈妈可怎么活啊！

华子冲着怀来的照片大哭了一气，最后，她来到了婆婆跟前，喊道：妈，求求你告诉我，怀来他到底怎么了？你怎么不说话呀妈，妈，你倒是说话呀。

华子就这么一直哭哭说说，她一个人孤独地守候着自己的亲人，在她的世界里已经没有了黑夜和白天。

第二天一早，父母就来了。母亲为她做了一碗面条，端到她的面前。她没有吃饭的欲望，只是无助地坐在那里。

母亲毕竟是女人，看到女儿这个样子再也忍受不住了，她抱住华子，用力地捶打着，说：孩子，他们走了，妈知道你心里难受，可你不能这样啊，别忘了，你也是妈的孩子啊！妈要是没有了你，妈和你爸可怎么活啊——

母亲的哭泣终于让华子清醒了一些，她看着父母，一字一顿地说：爸、妈，你们放心，我会好好活下去的。怀来现在不知去向，但我一定要把他找回来。我知道，怀来只是得了小病，他不会死的。

华子说完，端过那碗面条，艰难地吃了下去。

第三天父母再来时，华子似乎平静了下来。她把房间重新收拾后，也把自己弄得清爽了许多。母亲坐在她的面前说：华子，你是妈妈的女儿，我和你爸就你这么一个孩子。当初，你嫁给春来，我和你爸没拦你，现在家成了这个样子，我和你爸谁也没有想到。孩子你还年轻，以后的日子还得往下过，听妈的话，跟妈回家，咱们一切重新开始。

华子望着母亲慢慢地说：妈，你说的话我懂，我知道你是为我好，可我现在还有家啊，春来、怀来，还有婆婆，我不能扔下他们，他们也不能没有我。

父亲一边叹着气，一边不停地踱着步子。

母亲越发心痛了，说：华子，我看你真是傻了，你婆婆都说怀来不在了，她还能骗你？要是怀来没有死，你婆婆也不会伤心得撒手归西了。

华子看着母亲，斩钉截铁地说：我去医院问过了，怀来得的是肺炎，输液后还是好好的，怎么会说没就没了呢？我不相信，我一定要把怀来找回来。

怀来也是你婆婆的骨肉，她怎么会骗你呢？

华子摇摇头。

妈，我就问你一句话，要是我没了，你会去找我吗？

华子的话让母亲失声痛哭，她抱住华子，说：孩子啊，你的命怎么就这么苦呢？

送走父母，华子去了一趟学校，在向校长递交了辞职报告后，她请人做了一块寻人的牌子。牌子上写着“寻子”两个字，上面还贴了怀来的百日照。

孩子是在去医院看病时不见的，于是，华子决定在医院的周围打听孩子的下落。她把寻子启事铺在医院门前的空地上，自己就站在那里，像一棵树，坚定不移地守候着。

没几天，关于华子的故事就传遍了小镇。小镇不大，什么事传起来就像一阵风似的，华子一时成了小镇的名人，许多人听到华子的事后，都跑到医院门口，想亲眼看看这个多灾多难的苦命女人。

进　展

李林在孟星出院几天后，也拆线出院了。

李林出院时，王伟和老沈过来了，住院费也是他们结的，这让李林感到很过意不去。王伟就拍着李林的肩膀说：你是见义勇为的英雄，我们应该奖励你的。

两个人把李林带到一个饭店，算是庆祝他痊愈。吃完饭，李林迫不及待冲两个人问：我的下一步工作还是跟踪孟星吗？

老沈看了王伟一眼，点点头说：经历过这次住院，你们俩也算是朋友了，你跟踪他再合适不过了。

李林想了想说：经过这段时间的观察，我发现孟星真的没有和老孟接触过，咱们继续跟踪他还有意义吗？

老沈笑了笑说：没有直接的接触，不等于没有接触。有些情况我们已经掌握了一些，只要最后再努力一把，说不定我们很快就能成功了。

李林望着老沈和王伟坚定的神情，心里也充满了希望。公安机关到底掌握了老孟多少情况，那是公安局内部的事情，他也不好多问，但他还是站起来说：放心吧，我保证完成好任务。

老沈通过医院的住院部已经查到了孟星交费的银行卡号，有了这个卡号，他们就能顺藤摸瓜，找到往这张卡上打款的人。他们分析过，给孟星打款的十有八九会是老孟，如果顺着这条线索查下去，很快就会水落石出。

李林又出现在孟星居住的公寓门口时，面前还是摆着烟摊儿，当他再去观察周围那些来来往往的人时，心境发生了一百八十度的变化——老孟就要被抓到了，他和刘春来内心的遗憾也就要了却了。

晚上回到住处，看着桌上两个人的合影，李林的眼睛就模糊了。他伸出手，拿过照片，轻轻地抚摸着。他对着照片上的刘春来说：班长，公安局的人说了，老孟很快就要被抓住了。我现在的任务还是跟踪孟星。你现在还好吧，你放心，等把老孟抓到了，我就去照顾华子和你的孩子。我说到做到。班长，等抓到老孟的那一天，我会放一挂鞭炮，让你好好地听听——

李林看着照片说一会儿，哭一会儿，眼泪点点滴滴地落在刘春来的脸上。

老孟透过阳台上的望远镜，又一次看到了李林。经过这段时间的观察，他对李林已经很熟悉了。不知过了多久，他放下手里的望远镜，冷汗流了下来，他一边擦汗，一边自语着：这一切都是天意啊，看来，我的劫数就要到了。

老孟似乎下了最后的决心，他开始打量这套住了一年多的房子。他这里看看，那里瞧瞧，就从抽屉里取出了香。自从干上贩毒这个行当，他就有了烧香的习惯。每天，他总要虔诚地烧了香，心里才能踏实下来。这么多年来，能顺风顺水地过来，他一直认为是烧香的结果。

每次烧香，他都会在心里默念着自己的祈求。这一次，当他把香点上，闭上眼睛的那一刻，他在心里想到的不是自己，而是儿子孟星。他明白，只要自己一天不现身，儿子就会被监视下去，儿子现在已经成了最大的诱饵。如今，自己毒贩的身份已经影响了儿子的正常生活，作为父亲，他宁可自己粉身碎骨，也不愿意累及无辜的儿子。这是老孟的人生信条。

儿子应该解脱了，他不该再受自己的拖累了。看着燃起的袅袅青烟，老孟在心里说。

孟星放学回来时，一眼就看到了在公寓门口摆摊儿的李林。他热情地走过去，冲李林招呼着：李哥，你也出院了？这几天我还想着去医院看你呢。

李林憨厚地笑笑说：我这就是受点儿皮外伤，比你晚拆了两天线，没事儿，我挺好。

孟星站在烟摊儿旁，看着那些摆放整齐的香烟说：李哥，我看你一天也卖不了几盒烟，还不如干点儿别的。

李林搓搓手，一副知足常乐的样子，说：过一阵再说吧，现在日子还能凑合着过。

两个人说上一会儿话，孟星就说：我还要修改论文，先回去了，你有空就上楼找我玩儿吧，我住八楼，八〇一。

好，我记住了，八〇一，有空我就去找你。

李林目送着孟星走进了小区。

老孟一直在望远镜里观察着孟星。每天，他都要在望远镜里看着儿子离开，再看着儿子回来，直到儿子进了自己的房间，他的心才能安定下来。等待儿子回家，已经成了他每天的重要工作。

听到儿子熟悉的脚步声，他走到门口，犹豫着把门打开了。他第一次面对面地迎接着儿子。

孟星走过来，看了他一眼，似乎对这个邻居已经见怪不怪了。

孟星拿出钥匙开门，老孟紧盯着儿子每一个细微的动作，当孟星把钥匙插进锁孔，回过头时，两个人的目光碰到了一起。这时的孟星突然说话了：您有事儿吗？

他没有料到儿子会这么问，他一时不知如何回答，半晌，他摇了摇头。

孟星莫名其妙地看了他一眼，打开门，进屋后很快就把门反锁上了。

儿子关门的声音竟让他心里猛地一颤。

他慢慢地走进屋里，关上门。靠在门上，想到儿子那莫名其妙的目光，他的心仿佛都碎了。他仰起脸，嘴里喃喃着：儿子，我是你的爸爸呀！

忽然，他用双手死死地按住了肚子，豆大的汗珠从他的额头上滚落下来。

父子相认

老孟知道，自己就要到人生的最后时刻了。

一整天的时间里，他一直守在阳台上，看着太阳从早晨升起，又一点点地向西斜去，在这个过程中，他几乎回想起了所有与儿子有关的往事。

傍晚的时候，他知道儿子就要回来了，伏在桌子上，给儿子写了一张纸条，然后，顺着门缝塞进了儿子的房间。

接下来，他就要准备出发了。他站在洗手间，望着既熟悉又陌生的自己，恍若梦中。他拍拍自己的脸，打开水龙头，弯下身，用劲儿地洗着脸。然后，抬起头，抓过毛巾，用力地擦着，似乎要擦破那一张脸。

走出小区门口，他一眼就看到了李林的烟摊儿。

他径直走过去，走到烟摊儿前，拿起一盒烟，没等找零钱，就往前走去。

李林在后面喊着：师傅，找你钱。

他头都没有回，摆了摆手。

李林望着这人的背影，恍惚看到了老孟的身影。李林疑惑地揉了揉眼睛。

孟星从学校回到公寓，一低头，就看到了塞进来的纸条。纸条在暗影里有些模糊，他顺手打开了灯。

儿子，爸爸要和你吃晚饭。老地方等你。

孟星怔住了，低下头，又仔细地看了一遍纸条，才确信这的确是父亲写的。他对父亲的笔迹太熟悉了。他把纸条揣在兜里，看了眼时间，来不及准备什么，慌慌张张地跑了出去。正在门口摆摊儿的李林看到他，冲他喊道：孟星，这么晚上哪儿啊？

他支吾了一声，匆匆地打了一辆车。

李林和旁边卖水果的小贩交代了几句，也招手拦了一辆出租车。

孟星来到那家熟悉的饭店时，整个街上已经华灯初上。饭店里人头攒动，看起来客人很满。

孟星走进去，站在门口环顾左右，然后朝一张台子望过去——父亲的背影出现在他的面前。他的心狂跳着，两只向前迈动的脚似乎已经没了力气。

他不知自己是怎样走到父亲身边的，他在后面轻轻叫了声：爸——

父亲转过头，他看到了一张陌生的脸。

孟星睁大了眼睛，差点儿叫出声来。这不就是自己的邻居吗？他转身想要离开。

儿子，你没有找错人，坐下吧。

这分明是父亲的声音，他犹豫地望着眼前的这张脸，结结巴巴地说：你……你到底是谁？

孩子，你坐下来。

孟星身不由己地坐了下来，定定地望着面前这个人。

老孟冲服务员招招手，说：人来了，上菜吧。

孟星一直盯着这个人，心里奇怪极了。这人的举动和声音的的确确就是父亲，可那张脸却是如此的陌生。

老孟拍了拍自己的脸，似笑非笑地说：这张脸是爸爸的，也可以说不是爸爸的，这是爸爸自己做的一张脸。

孟星一下子就明白了，他哽着声音喊道：爸——

老孟望着儿子，有些激动，为了缓解情绪，他点了支烟，慢慢吸了两口，才说：孩子，咱们爷儿俩可能是最后一次在一起吃饭了。

孟星眼里的泪光变成了泪水。

老孟深深地叹了口气，说：一年多了，爸爸没陪你吃过一次饭。来，儿子，咱们今天好好聚一聚。

说完，他亲自把红酒倒进儿子的杯里，然后，也给自己倒了一杯。菜已经陆续地上来了，他端起酒杯，伸到孟星面前，说：儿子，和爸爸碰一杯。

两个人的杯子碰在一起，发出清脆的响声。

老孟一口气把酒喝了。

看着儿子也一口气喝下杯子里的酒，老孟这才笑了，说：儿子，快吃菜，这些都是你最爱吃的。

爸，警察在到处抓你呢。

孟星的声音听起来有些颤抖。

老孟吃了几口菜，点点头，说：我知道。当初我给自己做脸，并没想到永远躲下去，他们迟早会找到我的。爸爸其实早就把结局想到了。

孟星抬起脸，凄惨地喊一声：爸——

老孟伸出手，拍了拍孟星的肩膀，一时间，他似乎有许多的话要对儿子说，可又不知说什么。

老孟终于平静了一些，他温和地看着儿子，说：孟星，你马上就要毕业了，等你一工作，爸爸就不用操心了。爸爸也偷偷看到了你的女朋友，是个好姑娘。男人在这个世界上，有女人爱，是男人的福分，你要好好珍惜，守住这份爱。爸爸相信你们会有好的未来。爸爸是不能参加你们的婚礼了，来，儿子，爸爸提前祝福你们。

老孟再一次举起酒杯，用力地和儿子的杯子碰了一下。

孟星再一次流下了泪水。

看着孟星的样子，老孟轻轻摇了摇头。

儿子，你该高兴，不要哭，哭什么？快，把眼泪擦掉。

孟星听话地用餐巾纸擦去了眼泪。

儿子啊，爸爸这一生做了两件大事，一是养了你，另外就是做了一件不该做的事。爸爸以前一直以为不让你过苦日子，让你过上大富大贵的生活才是爱你，现在，爸爸才知道错了。但一切都晚了，爸爸注定要为此付出代价。

孟星的情绪也开始平稳下来，他深深地凝视着自己的父亲。

这时，已经不再说话的老孟忽然又叫了一声：儿子——就再也说不下去了。

孟星一脸期待地看着父亲。

儿子，你为有这样一个父亲感到后悔吗？

孟星望着父亲半晌，摇了摇头。

老孟苦笑了一下，说：爸爸这一生做的最伟大的事情就是把你养大到今天，你是爸爸的骄傲。

透过玻璃窗，李林很清楚地看到了孟星和那个人。他疑惑不解，却又被两个人的神情举止吸引住了。

老孟和孟星从饭店里走出来时，老孟抱住了孟星的肩膀说：儿子，爸爸今天要好好地陪陪你。

说完，老孟抬手叫了辆出租车。

两个人很快就消失在车海人流中。

那天晚上，老孟在儿子的房间待了一宿。父子俩不停地说着话，儿子睡着了，老孟仍然没有睡意。他打开台灯，坐在儿子身边，静静地看着儿子。

看着儿子熟睡的样子，他伸出手，轻轻地握住了儿子的手。儿子的手很温暖，他把脸贴向儿子的手，儿子的体温传到他的脸上，一瞬间，他的眼泪滑了下来。

老孟目不转睛地看着儿子，轻声地说：儿子，爸爸早晚都会离开你，未来的生活只能靠你自己去走了。

儿子安静地躺在那儿，似乎正在认真地倾听。

儿子，爸爸对不住你，是爸爸连累了你，等到明天一切就都好起来了，你就又是你了。虽然，你最近一段时间会难过、伤心，但爸爸相信，你会走出这阴影的。也许再过几年，你会把爸爸所犯的错误忘了，心里只记着爸爸的好……

说到这儿，老孟再也说不下去了。

孩　子

可怜天下父母心。华子为寻找怀来已经在医院门口坚守数日了，她举着那块写有寻子的牌子，把希望的目光投向每一个路人。只要有人停下脚步，看一眼牌上的字，她就会一遍遍地说：怀来是我的孩子，一个月前被奶奶带来看病后，就再也没有回过家——

华子像祥林嫂一样向路人念叨着她的怀来。

华子寻子的事轰动了小镇之后，那些曾经借钱给华子的人，就不断地来找华子，说：华子啊，没想到你这么难，钱的事儿你放心，有就还，没有就再说。

华子看着来人，咬紧牙关，面容坚定地说：放心，只要我华子还有一口气，我就一定还上你们的钱。那些钱我是替春来借的，春来不在了，我会替他还的——

华子的决心感动了人们，他们大度地安慰着华子：算了，华子，别再提还钱的事儿了。好好的一个家，现在只剩你一个人了，华子你也不容易呢。

华子冲着来人的背影喊着：放心吧，大哥，华子说话算数。

华子没日没夜地坚守在医院门口。她没有想到，她的举动惊动了一个人，那就是谢红的表姐。谢红的表姐叫张芳，三十多岁的样子。表妹谢红抱走怀来时，她是见过孩子的。

当初，表妹和妹夫想到抱养孩子时，是她出主意让他们来小镇的。小镇的医院经常有农村人来生孩子，农村人还是老观念，都盼着生个儿子，结果生下的却是女孩儿，爷爷奶奶就拍着大腿哭天抢地：老天爷啊，这咋又是个女娃呀，你这是让我们断子绝孙啊——

喊完了，叫完了，一家人就嚷嚷着要把孩子送出去。当张芳出主意让表妹到小镇来抱养孩子时，不巧的是，那些日子来医院生孩子的人很少，抱养孩子的愿望自然是落了空。看着表妹两口子失望的神情，张芳就建议他们再多停留几天，说不定运气好就会碰上呢！也许是借了张芳的吉言，就在谢红夫妇打算离开小镇的那天，皇天不负有心人，张桂花意外地碰到了他们。

表妹谢红抱着孩子回去后，高兴劲儿自不必说，到现在还三天两头打来电话，向张芳问东问西，张芳俨然成了育儿专家。现在，谢红还向单位请了长假，专心照顾这个孩子。当然，他们已经给孩子起了一个新的名字，叫刘谢男。

张芳经常能在电话里听到刘谢男的笑声或哭声。张芳也是做了母亲的人，她能够感受到表妹一家有了孩子后的快乐和温馨。可这样的日子没几天，她就在医院门口看到了华子。最初的时候，她都会绕着华子走开，她怕看到华子的那双眼睛。

小镇不大，什么事情都会传得很快，张芳很快就知道了华子一家的故事。华子的丈夫刘春来在抓一名逃犯时出车祸死了，后来，婆婆也死了，儿子也没了，好端端的一个家只剩下了华子。

小镇的人们一边议论着华子一家，一边就生出许多感慨。也有好事的人胡乱猜测起来，说明明祖孙俩是去医院看病，怎么孩子说没就没了呢？一定是婆婆怕拖累了华子，偷偷把孩子送了人……

说这种话的人还没说完，女人们听了就红了眼圈，说华子的婆婆心太狠，再苦再难也不该把孩子送走。

张芳在一旁听着，并没有想太多。她也以为华子不过是凭着一腔母爱，也许坚持几天后，该干什么就干什么去了。一个女人，没了丈夫和孩子，了无牵挂，就可以毫不分心地开始自己的新生活了。没想到的是，华子像上班一样，每天都坚守在医院门口。华子固执地认为，孩子是在医院里消失的，要想找到孩子，就一定要从医院入手。

谢红的表姐张芳的确被华子的固执惊出了一身的冷汗。

下班后，医院门口冷清下来了，张芳从医院里走出来，看到了仍坚守在那里的华子。

张芳往前走了几步，停下来，回头望了一眼华子，看见华子也正在看她。

华子突然冲她说：大姐，我认识你。

张芳一惊。

我生孩子的时候，是你把怀来接到了这个世界上。当时是你告诉我，男孩儿，六斤二两。

张芳每天都在接生，她已经记不清自己到底接生多少个孩子了。华子的话让她感到吃惊，她走回去，俯下身子，看了一眼华子面前那块寻子的牌子，拾起来，递到华子面前，说：大妹子，别再找了，快回家吧。

华子接过那块牌子，把它重新放回到地上，说：大姐，我不会走的，除非找到我的怀来。

张芳诧异地看着她，问：那你就这么一直等下去？

华子用手理了一下散乱的头发，语气坚定地说：我婆婆抱着怀来从这个大门进来，又从这个大门走出去，我相信一定有人见过他们。现在，我是活要见人，死要见尸。只要不是亲眼见到，谁的话我也不信。

张芳低下头，沉吟片刻说：大妹子，你的事我们都听说了，一家人就剩下你一个了。你还这么年轻，以后的路还很长，你还可以结婚，以后还会有自己的孩子。妹子，你可别再钻牛角尖儿了，你的天地还宽着呢。

华子仔细地打量了张芳一番，这才说：大姐，你也当母亲了吧？一个母亲连自己的孩子都不顾了，那还是母亲吗？

这时的张芳一下子就想到了自己的孩子，她还得赶紧回去给孩子做饭呢，想到这儿，她冲华子点点头，匆匆地离开了医院。

那天晚上，张芳煲了一锅汤给家人。却不料，转身的工夫，砂锅就被孩子打翻了，溅起的汤水烫了孩子的胳膊，幸好伤得不重。但那天晚上，孩子还是因为疼痛一直在哭闹。把孩子抱在怀里的时候，不知为什么，她的眼前一直晃动着华子的身影，耳边也响着华子的话。她几乎一夜都没睡好。

第二天上班，她如期看到了华子。她沿着路边走进了医院的大门，她怕看到华子的眼睛。整个上午，她一直心不在焉，总是走神儿。中午的时候，她趁护士站里没人，赶紧给表妹谢红打了一个电话。

谢红在电话里焦急地说：表姐，我正想给你打电话呢，刘谢男拉肚子了，你说是受凉了还是吃得不对劲儿了？

张芳在电话里沉默了片刻，才说：表妹，你要的孩子怕是养不成了。

电话另一端的谢红陡然提高了声音：表姐，你说什么？孩子怎么了？

张芳就在电话里把华子如何坚持寻找孩子的事告诉了谢红。以前，张芳也在电话里和谢红说过华子到医院里找孩子的事，但谁也没想太多，想着过几天华子失去了耐心，也就不了了之了。现在，听了张芳的话，谢红就在电话里哭了起来，她一边哭，一边说：表姐，那你说怎么办啊？我不想把谢男还给人家，我也不能没有谢男，他是我的命啊！他要是走了，我也不活了。

张芳在电话里叹了口气，说：那你有没有替人家亲生母亲想一想，你这才养了几天就这么难受，那么她呢？

谢红在电话里已经泣不成声了。

张芳的心也被谢红搅乱了，她慢慢地放下了电话。

张芳回家后，谢红的电话就打了过来，她无助地央求着表姐：表姐，你一定得帮帮我，我不想失去这个孩子。

表妹，你这两天就别打电话了，我的心里很乱，你让我想想。

张芳说完，就挂断了电话。

晚上睡觉，她不时地从梦中醒来，醒来后，她就去看身边的女儿。她紧紧地搂住女儿，伸出手，从头到脚地摸了一遍后，才放下心来。

以后，她越来越不敢去看华子的目光了，上班下班也总是躲着华子走。在华子的眼前，她承受着无法言说的压力。

终于有一天，她再也忍无可忍了，她在办公室写下谢红的地址和电话，跑下楼，气喘吁吁地来到华子面前。

她把那张纸条递到华子手上，说：去吧，这是地址和电话，你可以找到你的孩子了。

华子惊讶地抬起了头。

本案没有结局

李林在公安局看到了一段录像，那是银行的监控探头拍下的。镜头里，一个人被清晰地定格在电视屏幕上，那一刻，李林险些惊叫起来。半晌，他才喃喃地说：难道这个人就是老孟？

老沈点点头说：我们怀疑老孟整容了，而且还换了身份，现在看来果然如此。

老沈停顿了一下，又说：他现在的名字叫张一水——

不等老沈说完，李林转身跑了出去。

老沈在李林的身后喊：不用急，他跑不了了！

李林一口气跑到孟星居住的小区，这时，他才发现公安局的警车已经停在那里了，车顶上的警灯不停地闪着。

李林看见老孟不紧不慢地从楼道里走了出来，孟星跟在他的身后。老孟忽然停下脚步，转过身，看了一眼孟星，面容平静地说：儿子，再见了。

孟星站在那里。

然后，老孟一步步向李林走过去。

走到李林面前，老孟伸出了双手。一旁的公安干警给老孟戴上了手铐。这时，老孟歪过头，冲李林笑了一下，笑得意味深长。

警车鸣着警笛驶远了。

李林仍站在那里。当看见面色苍白的孟星时，他朝孟星走了过去。

失魂落魄的孟星叫一声：李哥——，泪水就流了下来。

李林上前一步，抱住了孟星。不知为什么，他的眼泪也流了下来。

接下来，李林回了一趟部队，老孟被抓的消息早就传到了部队。

在中队部里，中队长邱豪杰和邢指导员不停地感叹着：都过去了，一切都过去了。要是刘春来还在就好了。

两个人说到这里就湿了眼睛。

李林走出军营时，浑身感到一阵轻松。走了很远，他转身冲军营的方向敬了个礼。这时，他忽然迫切地想念家人，恨不能插上翅膀，一下子飞回到家里。一路上，他想了很多，想到刘春来，也想到了华子和她的孩子——

回到租住房时，他一眼就看到了等在门口的华子。

华子背对着他站在那里。听见声音，华子回过头来。

李林吃惊地问：你怎么来了？

图书在版编目（CIP）数据

追逃／石钟山著. -- 北京 ：中国文史出版社，2023.3

（中国专业作家作品典藏文库. 石钟山卷）

ISBN 978-7-5205-3656-1

Ⅰ. ①追… Ⅱ. ①石… Ⅲ. ①长篇小说-中国-当代 Ⅳ. ①I247.5

中国版本图书馆 CIP 数据核字(2022)第 164799 号

责任编辑：薛未未

出版发行：**中国文史出版社**
社　　址：北京市海淀区西八里庄路 69 号院　邮编：100142
电　　话：010-81136606　81136602　81136603（发行部）
传　　真：010-81136655
印　　装：北京新华印刷有限公司
经　　销：全国新华书店
开　　本：720×1020　1/16
印　　张：18　　　　字数：209 千字
版　　次：2023 年 3 月第 1 版
印　　次：2023 年 3 月第 1 次印刷
定　　价：63.00 元